LA BELLE-SŒUR

OUVRAGES ÉCRITS PAR SUE WATSON

En français
La Belle-sœur

En anglais
<u>Thriller psychologique</u>
You, Me, Her
The Lodge
The Wedding Day
The Nursery
The Resort
The New Wife
The Forever Home
First Date
The Sister-in-Law
The Empty Nest
The Woman Next Door
Our Little Lies

<u>Comédies romantiques</u>
Love and Lies Series
Love, Lies and Lemon Cake
Love, Lies and Wedding Cake

The Ice-Cream Café Series
Ella's Ice Cream Summer

SUE WATSON

LA BELLE-SŒUR

Traduit par Elisabeth Luc

bookouture

L'édition originale de cet ouvrage a été publié en 2020 sous le titre *The Sister-in-Law*
par Storyfire Ltd. (Bookouture).

Publié par Storyfire Ltd.
Carmelite House
50 Victoria Embankment
London EC4Y 0DZ

www.bookouture.com

ISBN : 978-1-83525-523-0
eBook ISBN : 978-1-83525-522-3

*Pour mon amie Sharon Beswick, originaire du Nord comme moi,
qui vit très loin, sous un climat plus clément.*

PROLOGUE

En baissant les yeux vers la piscine, je crus distinguer quelque chose dans l'eau. Une longue chevelure ondulante qui semblait s'ouvrir et se fermer tel une méduse dorée et un corps flottant à la surface de l'eau d'un bleu intense.

Si j'avais su ce que nous réservait l'été dernier, serais-je quand même allée en Italie ? Je me pose parfois la question. Aurais-je emmené ma famille dans cette villa aux murs blanchis à la chaux, sur la côte amalfitaine, où des secrets ont fait imploser nos vies sous une chaleur accablante ? Mais comment imaginer le mal porté par cette brise aux senteurs d'agrumes qui allait transformer nos existences ?

Un an après les faits, je me rappelle clairement les détails. Son parfum de sel et de citron, l'éclat doré de sa peau, sa façon de rire à gorge déployée, la tête rejetée en arrière, révélant ses dents blanches, vivant l'instant présent. Il m'arrive d'entendre sa voix mielleuse, son ton doucereux, même quand elle proférait les pires méchancetés. Parfois, je crois la voir au détour d'un rayon de supermarché ou dans la file d'attente du bureau de poste. Lors de fraîches matinées d'automne, j'ai l'impression qu'elle marche à côté de moi, dans le parc. Elle se faufile parmi les arbres et surgit pour m'envelopper de culpabilité et de peur, me rappeler ces événements. Elle me retrouve. Elle me retrouve à chaque fois.

Où que j'aille, je sais qu'elle sera toujours là, cette sœur le temps d'une saison, ma Némésis, ma vengeance, la femme qui a tout changé...

1

C'était il y a un an seulement, mais il me semble qu'il s'est écoulé une éternité depuis notre trajet sur cette route côtière spectaculaire, en Italie. Je sentais mon stress se dérouler dans mon sillage comme une longue écharpe. Sans me soucier du danger, je laissais mon angoisse et les tracas de la vie quotidienne s'envoler. Même la peur qui me tenaillait commençait à s'estomper.

Dan était à côté de moi. À l'arrière, les enfants dormaient à poings fermés. Je me rappelle avoir pensé : *J'ai tout ce dont j'ai besoin, ici, et personne ne peut me le prendre.* Nous avions besoin de cette pause. J'avais hâte de passer du temps en famille. Deux semaines entières de détente à jouer avec les enfants, à dévorer des tonnes de pâtes et à lézarder sous le soleil brûlant. Et surtout, j'avais envie d'être avec Dan, de discuter de tout et de rien, de profiter l'un de l'autre, de nous rappeler pourquoi nous étions ensemble.

Je regardai par la fenêtre.

« Le couple, ça demande des efforts et le bonheur, ça se travaille. Ça n'arrive pas comme par enchantement », m'avait déclaré ma belle-mère.

Elle avait raison. Joy avait toujours raison.

Naturellement, Dan roulait trop vite, au point que j'avais les doigts crispés sur mon siège. Je me gardai de tout commentaire pour ne pas gâcher l'ambiance. Je m'efforçai plutôt de me concentrer sur le halo de chaleur qui flottait au-dessus de la route. Ma petite voix intérieure implorait Dan de ralentir car nos enfants si précieux dormaient sur la banquette arrière. Ces routes sinueuses étaient trop étroites pour laisser passer plus d'un véhicule. Tandis que nous montions sur cette route surplombant la mer scintillante, je retenais mon souffle pour ne pas passer pour l'épouse rabat-joie alors que je voulais être une femme cool et sexy.

Au bout de quinze ans de mariage, nous parvenions à communiquer sans parler. En se tournant vers moi, Dan dut déceler ma panique sur mon visage.

— Tu n'aimes pas rouler à cent cinquante à l'heure sur une corniche ? se moqua-t-il gentiment. C'est bizarre.

— Non, je n'aime pas ça ! Et je ne suis pas bizarre, ajoutai-je avec une tape affectueuse sur son bras. On a beau être en Italie, tu ne fais pas partie de l'équipe Ferrari et on n'est pas sur un circuit automobile.

— On peut rêver, non ? répondit-il avec un sourire, en posant une main sur mon genou.

— Garde les yeux sur la route et les deux mains sur le volant, s'il te plaît !

Je laissai néanmoins sa main sur mon genou car j'appréciais cette marque d'attention. Avec trois enfants de moins de dix ans, ce geste équivalait à des préliminaires. Ces vacances allaient tout remettre en ordre.

Je me tournai vers les trois visages angéliques à l'arrière qui ne manquèrent pas de susciter chez moi un élan d'amour maternel.

— Je n'en reviens pas. Ils se sont donné le mot pour dormir

en même temps ! déclarai-je. Quel silence merveilleux. C'est presque trop calme.

— Pas pour longtemps. On arrive bientôt. Profite de la tranquillité car ils ne vont pas tarder à se réveiller, me conseilla Dan. J'ai hâte ! La piscine, le bon vin, le ciel bleu... Leur courir après autour du bassin !

Il désigna l'arrière de la voiture d'un signe de la tête et, enfin, freina. J'avais mal au cœur.

— Tu roules encore un peu vite, Dan, fis-je d'un ton qui se voulait désinvolte et masquait mal ma panique.

Dan n'était pas un conducteur imprudent, en général. C'était étrange. Était-il en quête de sensations fortes, en pleine crise de la quarantaine ? L'ex-mari de mon amie Jackie avait acheté une voiture de sport et l'avait quittée pour une jeunette.

Dan finit par ralentir et je me détendis un peu en profitant du superbe paysage à flanc de montagne.

Comme chaque été, nous passions nos vacances avec la famille de Dan, ses parents et son frère. Cette année marquait un tournant car Joy et Bob, les parents de Dan, avaient décidé de prendre leur retraite et quittaient l'entreprise familiale. Si Dan y travaillait depuis vingt ans, Jamie, son cadet, avait soudain décidé de rentrer au bercail et d'intégrer lui aussi la société.

À trente-deux ans, Jamie ne s'était jamais investi dans cette modeste agence immobilière des environs de Manchester, trop occupé à parcourir le monde. Lors de ses visites, il fascinait la famille avec ses anecdotes sans doute enjolivées sur le Népal, la Thaïlande, l'Afrique, le littoral australien, les champs de la mort du Cambodge... Dan était bien loin de tout cela. Il avait débuté très jeune à l'agence. Ces derniers temps, il peinait à la maintenir à flot. Leurs parents cédaient à tous les caprices de leur cadet, levant les yeux au ciel avec tendresse en évoquant ses frasques. « Mon fils est un non-conformiste qui ne tient pas en place », déclarait Joy en feignant la frustration, mais avec une fierté évidente. Si, lors de ses voyages, Jamie lui manquait beaucoup, elle se réjouissait de ses appels en visioconférence depuis l'autre bout du monde et montrait les photos de son compte Instagram à qui voulait bien les regarder... et même aux autres.

— Je ne comprends pas ce revirement. Pourquoi Jamie a-t-il décidé de renoncer à sa vie de globe-trotteur pour travailler avec moi à l'agence ? dit Dan lors de ce trajet vers la villa. Ça ne durera pas !

— Plus de plages, plus de ciel bleu, plus de plats exotiques, plus de créatures de rêve... Que fera-t-il de ses journées ? soupirai-je en pensant aux clichés de Jamie.

Je partageais le léger ressentiment de Dan. Le mode de vie de son cadet était pour le moins égoïste, d'autant que ses parents devaient souvent le dépanner financièrement. Les Taylor étaient aisés, selon l'expression de ma belle-mère, mais pas riches, de sorte que Dan supportait mal ces largesses à l'égard de Jamie, le « bébé à sa maman ». Bob et elle auraient fait n'importe quoi pour leurs deux enfants. Si Jamie ne donnait pas de nouvelles, Joy se précipitait sur les réseaux sociaux, avide d'informations. « Je retrouve mon Jamie sur Instagram », affirmait-elle comme si les photos étaient destinées à elle seule.

Elle s'extasiait autant sur des images de lui sur une plage cambodgienne que lorsqu'il se présentait par surprise sur le pas de sa porte. « D'après la photo, tu es là-bas ! » s'exclamait-elle en brandissant son téléphone. Quand il lui expliquait qu'il l'avait publiée quelques jours plus tôt, elle riait, fascinée par la magie d'Internet. Je la soupçonnais de jouer les imbéciles uniquement pour permettre à ses garçons de se sentir spéciaux, voire supérieurs. On ne savait jamais ce qui se cachait sous les airs faussement ingénus de Joy. Selon moi, c'était elle qui menait la danse.

— Hier, avant de partir, j'ai parlé à ta mère. Elle a dit que la villa était superbe. Ils sont arrivés vers 20 heures hier soir. J'espère qu'ils prendront le temps de se détendre, fis-je.

J'avais du mal à croire que nous nous trouvions sur cette

route du littoral italien. En plus d'être infirmière et maman à plein temps, je gérais le site Web de l'agence Taylor, ce qui constituait parfois un emploi supplémentaire. À la maison, le mot « détente » ne faisait pas partie de mon vocabulaire. Or durant les deux semaines à venir, je n'allais plus rien faire...

Dan sourit.

— Imagine mes parents ensemble en permanence, à la retraite. Elle ne le laissera jamais tranquille.

— Elle l'enverra au supermarché acheter des tomates séchées ou des figues, en fonction de ce qu'elle cuisinera à ses copines ce jour-là.

Il se tourna vers moi avec un sourire entendu.

— Ils n'ont pas grand-chose en commun, n'est-ce pas ? Je me demande parfois de quoi ils peuvent discuter.

Dan haussa les épaules.

— De quoi parlent les couples en général, d'après toi ?

Cette réflexion me piqua au vif. Était-ce l'image qu'il avait de nous ? Étions-nous comme les autres couples ? Nous voyait-il comme ses parents, un vieux binôme qui ne partageait pas grand-chose ? Je n'eus pas le temps de m'attarder sur ses propos car il prit le virage suivant trop vite.

— Dan, je t'en prie, lève le pied ! Les enfants sont à l'arrière. Qu'est-ce qui te prend ?

Je le vis se crisper, mais il ne ralentit pas.

Le trajet de l'aéroport de Naples à notre villa durait un peu plus d'une heure, d'après le GPS. Nous étions passés d'une ville effervescente à des panoramas superbes sur la mer étincelante. Nous grimpions à présent au milieu des vignobles et des arbres. Les feuillages verdoyants jouaient à cache-cache avec le soleil et on apercevait la mer, en contrebas, si belle en cette fin de journée. Je me souviens d'avoir ressenti impatience et exaltation à la perspective de cette quinzaine de jours. J'avais hâte de me baigner avec Dan et les enfants, de cuisiner des petits plats avec Joy, de lézarder tout l'après-midi au soleil. Nous n'avions que trop rarement l'occasion de parler tranquillement, de passer du temps avec les enfants et les parents de Dan, aussi. Ça allait être merveilleux. Exactement ce dont nous avions besoin. Ma priorité serait d'habituer Freddie à se baigner et d'apprendre à Alfie à nager.

Mon père m'avait appris à nager à la piscine du coin. Nous y allions le samedi après-midi et, l'été de mes neuf ans, j'avais réussi à parcourir une longueur de bassin. J'étais fière comme une championne olympique, sous les encouragements de mon père. L'hiver suivant, il était mort après que son camion avait dérapé sur une route verglacée.

Ma mère ne s'en était jamais remise. Du jour au lendemain, notre vie avait été bouleversée. Mon enfance s'était arrêtée et j'avais passé les dix années suivantes à essuyer ses larmes, jusqu'à ce qu'elle meure à son tour d'un cancer. En réalité, elle avait le cœur brisé. Je m'étais retrouvée orpheline à dix-neuf ans, sans famille. Jusqu'à ce que je rencontre Dan et les Taylor.

2

Une petite voix provenant de l'arrière de la voiture m'interrompit dans ma rêverie. C'était Violet, ma fille de neuf ans. En tant qu'aînée, elle était responsable, raisonnable et légèrement anxieuse.

— C'est quand qu'on arrive ?

Le soleil projetait des reflets dans ses cheveux dorés. Je pris le temps d'observer ma petite fille qui grandissait.

— On y est presque, chérie, répondit Dan d'un ton apaisant.

— Mamie et papi sont déjà là-bas ?

— Oui.

Je lui souris. Elle était pâle, son réveil brutal dans un endroit inconnu semblait l'avoir rendue maussade.

— Depuis hier. Mamie dit que la villa est superbe. Les garçons !

Je posai la main sur la jambe d'Alfie.

— Réveillez-vous. On est presque arrivés !

Alfie, quatre ans, remua. Du haut de ses deux ans, Freddie était incapable de gérer ce réveil dans une voiture inconnue et se mit à pleurer.

— Tais-toi ! lui ordonna Alfie.

— Laisse-le tranquille ! lança Violet.

Une querelle démarra sous les cris de plus en plus stridents de Freddie. La joie d'avoir trois enfants ! Quand ils étaient en forme et heureux, ce n'était que du bonheur. Grognons ou fatigués, ils ne cessaient de se prendre le bec.

Je rêvais de cinq minutes de paix, de lire un chapitre entier de roman, de pouvoir aller aux toilettes sans être dérangée. Cette simple perspective m'enivrait. Je me tournai pour rassurer nos petits passagers.

— On est presque arrivés ! Qu'est-ce que vous voyez par la fenêtre ? leur demandai-je pour faire diversion.

Les garçons se mirent à parler d'arbres et de rochers, puis Alfie affirma avoir aperçu un dinosaure. Violet lui rétorqua qu'il était stupide, déclenchant une nouvelle dispute.

— Bien joué, Clare ! railla Dan en riant.

— J'aimerais bien t'y voir...

Je lui tirai la langue, ce qui le fit sourire.

— Allons, les enfants, calmez-vous, dis-je gentiment.

Faisant fi des conseils d'éducation que je pouvais lire sur les blogs de parentalité, je leur promis vaguement une baignade dans la piscine et une glace en arrivant, s'ils étaient sages. La querelle cessa aussitôt. Violet annonça aux garçons qu'elle prendrait une glace à la fraise avec des vermicelles colorés. Alfie suggéra un parfum grenouille écrasée et rit de sa propre plaisanterie avant que sa sœur ne l'informe que ce parfum n'existait pas. Elle ajouta « idiot » pour faire bonne mesure.

Je souris et regardai le paysage défiler. En voyant un groupe de jeunes femmes en short, je me rendis compte avec effroi que, à quarante et un ans, j'étais sans doute en âge d'être leur mère. Je leur enviai leur beauté insouciante et ce temps libre que l'on n'apprécie vraiment qu'après avoir eu des enfants. J'avais été comme elles et, à présent, je n'avais même plus le temps de m'épiler les jambes. Il était loin, le temps de l'épilation du maillot avant les vacances. Le gommage, les séances d'UV et les achats de vêtements... Je regrettais de n'avoir pas trouvé le temps de m'épiler. J'entendais presque la voix de Joy : « Être soignée est le plus beau cadeau qu'une femme puisse se faire, ainsi qu'à son mari », m'avait-elle un jour déclaré. Un conseil maternel que j'appréciais, même si la conception qu'avait Joy de la vie de couple était dépassée. De nos jours, les sentiments d'un homme n'étaient plus tributaires de la pilosité des jambes de sa partenaire, du moins l'espérais-je. Dan remarquerait-il mon absence d'épilation ? J'en doutais et ce détail n'était pas prioritaire à mes yeux. Quoi qu'en dise Joy, on survivait très bien sans être épilée ou maquillée. Durant ces deux semaines, je me laisserais aller autant que je le voudrais. Pas question de perdre un temps précieux à me pomponner.

Enfin, la voiture s'engagea l'allée en pente de la villa. La bâtisse nichée entre mer et montagne se dressait sur trois niveaux. Elle avait perdu un peu de sa splendeur d'antan et la peinture blanche écaillée témoignait des ravages de l'air marin.

Dès que Dan eut serré le frein à main, j'émergeai du véhicule, attirée par les arbres. La chaleur de la journée était encore présente, contrastant avec l'habitacle climatisé de la voiture. Une douce brise soufflait de la côte, en contrebas, portant un parfum de sel et de pin. Le jardin était bordé de cyprès avec, au-delà, une piscine tapissée d'une mosaïque turquoise, offrant une vue spectaculaire sur la mer. En cette fin d'après-midi, les bleus se teintaient de lueurs dorées.

J'avais envie de passer ces premiers instants seule, à admirer le paysage, humer l'air pur et prometteur. Pendant que Dan faisait descendre les enfants de la voiture, je saisis ce moment et le gardai tel un papillon dans ma paume, jusqu'à ce qu'il s'envole et disparaisse avec les ultimes rayons du soleil.

Après environ une minute trente de paix, ce qui était long, pour moi, les enfants présentèrent leurs requêtes habituelles. « Maman, maman... » « Maman, je peux avoir... ? » « Tu avais dit qu'on pourrait... » « Tu avais promis... » Et ainsi de suite.

Alertée par leurs voix stridentes, Joy apparut, le visage poudré, du rouge aux lèvres. Sur ses talons, Bob affichait un sourire enthousiaste.

— Bonjour ! Vous voilà ! Je suis contente que vous soyez bien arrivés, déclara Joy en nous embrassant tour à tour.

Elle sentait la rose.

Bob se montra aussi chaleureux que de coutume, ravi de voir sa famille réunie autour de lui.

— Viens, Clare, me dit Joy. Laissons les hommes porter les valises. Je vais te montrer le jardin.

Elle m'entraîna par le bras vers une tonnelle verdoyante pendant que Bob aidait Dan à sortir les bagages de la voiture.

Les enfants se mirent à courir autour de nous. La conversation des hommes sur les routes et les différents itinéraires s'éloigna tandis que nous nous enfoncions dans le jardin ; le jour tombait. Prudente, je portais Freddie tout en disant à Violet de surveiller Alfie près de la piscine. Joy me montra les bougainvillées ornant la porte.

— Cette couleur ! s'exclama-t-elle.

Je m'extasiai à mon tour tandis que les enfants se pourchassaient autour du bassin en criant. Joy me parla de ce que nous allions manger et des recettes qu'elle avait dénichées depuis nos vacances de l'année précédente. Nous adorions cuisiner, discuter de recettes. C'était un point commun qui nous unissait, un plaisir que j'avais aussi partagé avec ma mère. À sa façon, Joy avait toujours été présente pour moi. « Je ne remplacerai pas ta maman mais je ferai de mon mieux », m'avait-elle promis le jour de mon mariage. Sa bienveillance m'avait fait pleurer. Elle avait sauvé mon maquillage à l'aide d'un mouchoir en papier. Depuis, elle avait tenu sa promesse et, quand j'avais désespérément besoin de soutien, elle intervenait et était la mère qu'il me fallait.

— Ce soir, je fais un *risotto*, annonça-t-elle en prononçant ce mot à l'italienne pour la première fois depuis que je la connaissais.

Sans doute avait-elle entendu un serveur le dire au restaurant, la veille. Joy était un véritable caméléon. Ayant grandi dans une famille modeste, elle avait l'ambition chevillée au corps et se trouvait parfois tiraillée entre deux univers. Sa vie semblait se diviser entre passé et présent. Bob était son amour d'adolescence sans le sou qui avait fini par lui procurer l'existence qu'elle pensait mériter. Il lui avait donné accès à un autre monde. S'ils n'étaient pas immensément riches, elle avait tout de même gravi les échelons de la société. Vivre dans une maison ayant le même code postal que celles des footballeurs de Manchester United était considéré comme la classe absolue quand on était issu du petit peuple.

Au fil des années, Joy s'était transformée. Elle avait effacé ses origines modestes grâce à des vêtements bien coupés et en s'inspirant de ses amies, lors de leurs déjeuners. Elle imitait leurs intonations, leurs manières et avait adopté leurs idéaux démodés. Dans le monde de Joy, les hommes n'étaient bons qu'à deux choses : gagner de l'argent et soulever les objets lourds. Tout le reste revenait à « nous, les filles ». Pendant ce temps, Bob avait été trop occupé à gagner de l'argent pour mettre une cravate ou perdre son accent du Nord, mais ils s'étaient arrangés.

— Maman, on peut se baigner, maintenant ? lança Violet depuis l'autre côté de la piscine.

— Chérie, je ne sais pas...

— S'il te plaaaît ! implora-t-elle, vite imitée par ses frères.

J'étais trop fatiguée pour résister et je voulais m'installer tranquillement dans cette villa. Je cédai donc au bout de quelques secondes.

— D'accord, soupirai-je en levant les yeux au ciel. J'étais en jean et en t-shirt. En relevant mon jean et en gardant les enfants là où ils avaient pied, je pouvais patauger avec eux.— Il faut que j'aille les surveiller, annonçai-je à Joy.

— Tu ne crois pas qu'il est un peu tard pour se baigner, ma chérie ? me fit remarquer Joy.

C'était une question rhétorique car j'étais censée être d'accord avec elle et annoncer aux enfants que j'avais changé d'avis. Cela faisait longtemps que Joy n'avait pas eu d'enfants à la maison et elle avait oublié qu'une promesse non tenue équivalait au déclenchement d'une Troisième Guerre mondiale. Joy avait beau être implacable face à la désobéissance, trois gamins frustrés au bord des larmes m'effrayaient encore davantage.

Je vis que cela contrariait Joy, qui était sans doute prête à boire son gin tonic. « Il n'est jamais trop tôt pour boire un verre. Le soleil se couche toujours quelque part dans le monde », récitait-elle presque chaque après-midi, pendant les vacances. En cet instant, elle eut beau s'efforcer de masquer son déplaisir, rien n'y fit. Elle pinça les lèvres comme si elle venait de mordre dans un citron. Elle avait une image idéale de ses petits-enfants, comme une photo sur laquelle leurs cheveux blonds leur faisaient des auréoles. Elle s'attendait à ce qu'ils soient mignons et dociles, qu'ils dînent, qu'ils aillent se coucher et qu'ils s'intègrent à ses projets sans discuter. Malheureusement pour elle, les enfants n'avaient pas reçu sa circulaire...

Elle était adorable mais, parfois, aucun d'entre nous ne semblait être à la hauteur de ses attentes, pas même ses précieux petits-enfants. Ce n'était pas ainsi qu'elle avait envisagé notre arrivée. Elle posa les mains sur son ventre, visiblement mécontente. Elle aimait nos retrouvailles entre filles, et moi aussi. Les hommes étant en train de décharger les bagages, nous étions sur le pont pour surveiller les enfants jusqu'à ce que Dan apparaisse ou que les enfants soient à l'abri dans la maison. Je ne pouvais boire du gin avec elle dans l'immédiat. De l'autre côté du bassin, Alfie commençait à se déshabiller.

— Non, Alfie ! Pas là ! lançai-je. L'eau est trop profonde. Viens plutôt par ici.

Je me dirigeai vers lui en adressant un regard contrit à Joy. Elle avait beau sourire, sa réprobation était manifeste.

— Alfie ! Arrête ! m'exclamai-je alors qu'il continuait son strip-tease effréné. Alfie, si tu ne viens pas tout de suite là où c'est moins profond, tu rentres ! le menaçai-je pour lui montrer qui était le chef.

— Non ! hurla-t-il, avant de changer d'approche et de geindre : Mamaaan...

— Tu nous avais promis qu'on se baignerait, intervint Violet, prenant le relais de son frère, depuis l'autre côté du jardin.

— Vous n'avez même pas encore visité les lieux. Tu n'as pas envie de voir la maison ? proposa Joy à Violet.

Celle-ci ignora cette tentative flagrante de diversion dont elle ne fut pas dupe une seconde.

— Maman et moi, on rentre, les enfants ! poursuivit Joy, espérant – bien naïvement –qu'ils renonceraient à la piscine au profit d'une découverte de la décoration intérieure de la villa.Alfie était en équilibre précaire au bord du bassin, tout nu. Du côté moins profond, Violet m'attendait. Une partie de moi aurait aimé suivre Joy à l'intérieur, sans doute, pour déambuler dans cette somptueuse villa en sirotant un gin tonic glacé avec une rondelle de citron. Hélas, mon fils de quatre ans était en train de vaciller au-dessus de deux mètres d'eau.

— Il est un peu tard, Clare. Tu vas vraiment les laisser se baigner maintenant ? s'enquit-elle du bout de ses lèvres impeccablement maquillées.

— Je leur avais promis, répondis-je, désolée.

Avant qu'elle ne puisse réagir, il y eut un grand *plouf* suivi d'un silence terrifiant.

3

Soudain, le silence fut rompu par Violet criant le nom de son frère. Bouche bée, Joy observait la piscine. D'instinct, je lui collai Freddie dans les bras avant de foncer vers mon fils de quatre ans qui se noyait. Je plongeai tout habillée et, au prix d'un gros effort, l'empoignai pour le remonter à la surface. Je maintins son visage hors de l'eau tandis qu'il reprenait son souffle en criant : « Maman ! » J'avais l'impression que mon cœur allait me lâcher, mais cela n'avait aucune importance : je devais mettre Alfie en sécurité.

Finalement, avec l'aide de Joy, je le sortis de l'eau. Elle portait toujours Freddie et avait ordonné à Violet d'aller chercher des serviettes dans la maison.

Je serrai Alfie dans mes bras, au bord des larmes tant j'étais soulagée, mais je devais m'assurer qu'il ne recommencerait pas. Je maîtrisai donc mon émotion.

— Alfie, tu as été très vilain.

Je pris la serviette que me tendait Joy et ôtai mes vêtements trempés.

— Tu aurais pu te faire très mal et maman est très fâchée.

Je fronçai les sourcils pour souligner mes propos.

— Je t'avais bien dit qu'on aurait dû rentrer boire un gin, maugréa Joy, pâle comme un linge, aussi choquée que moi.

— Oui, vous aviez raison, Joy, concédai-je.

— Alors, Alfie, est-ce que tu as compris la leçon ? demanda Joy gentiment.

— Je dois pas me mouiller ? balbutia-t-il, les lèvres tremblantes, terrorisé.

— Mamie voulait dire qu'il ne faut jamais sauter à l'eau sans la présence d'un adulte ou sans ses brassards. C'est trop profond. Tu ne recommenceras pas, n'est-ce pas, Alfie ?

Il secoua vigoureusement la tête. J'espérais que cette frayeur le marquerait assez pour qu'il ne recommence pas, sans toutefois le traumatiser.

— Et si on rentrait pour que vous choisissiez vos lits ? suggéra Joy aux enfants.

En cet instant, je me réjouis de la présence de ma belle-mère, même si elle avait tendance à s'imposer un peu. Quelques minutes plus tard, les enfants couraient dans l'escalier. Si Alfie avait tout oublié de sa mésaventure potentiellement mortelle, je ne pouvais en dire autant.

— Violet, donne la main à Freddie dans les escaliers ! lança Bob depuis le palier où il était en train de s'occuper des bagages avec Dan.

— L'escalier, chéri, pas *les* escaliers, corrigea Joy tandis que Violet prenait Freddie en charge.

Alfie les suivit, talonné par Joy. Je les observai d'en bas.

— Alfie et toi vous êtes déjà baignés ? me demanda Bob en levant les yeux au ciel.

Joy et moi échangeâmes un regard affligé.

— C'est une longue histoire, Bob, fis-je avec un sourire.

— Allez ! C'est l'heure du gin pour Clare et moi et celle de passer du temps avec papa pour Dan ! décréta Joy en m'entraînant au salon.

Pourvu que Dan gère les chamailleries inévitables quand ils

choisiraient tous le même lit... Bob n'avait pas l'énergie nécessaire. Joy ne semblait nullement tourmentée. Elle avait transmis la responsabilité aux hommes et pouvait s'installer dans un fauteuil avec un verre. Elle avait posé le mien sur une petite table, près du fauteuil voisin du sien. Toujours drapée dans ma serviette, je savourai le gin glacé.

— Alors ? Comment ça va ? s'enquit Joy avec un air de conspiratrice.

— Bien.

Je voulais me mettre dans l'ambiance des vacances et oublier nos difficultés récentes. Si Joy aimait fourrer son nez partout, c'était surtout parce qu'elle s'inquiétait.

— N'hésitez pas à nous laisser les enfants si vous voulez sortir tous les deux boire un verre, proposa-t-elle. Jamie arrive demain. J'ai hâte de le voir. On ne s'est pas parlé depuis des semaines.

— Mais vous le suivez toujours sur Instagram, non ? m'étonnai-je.

Il était en Inde, dernièrement. Il m'arrivait de lui envoyer un message, mais je ne l'avais pas fait depuis un moment — j'étais trop occupée par mon quotidien.

— Oui, il a l'air de s'éclater, dit-elle avec un sourire attendri. Vous ne l'avez pas vu depuis Noël, non ? Vous en aurez, des choses à vous raconter, tous les trois ! Bob et moi garderons les enfants si vous voulez sortir.

— Oui, ce serait bien.

Sans Bob et Joy, nous pourrions discuter de tout et de rien et passer un bon moment à trois.

Une année, en Espagne, je venais d'avoir Violet et nous étions allés en boîte en laissant le bébé avec Joy et Bob. Cette bonne soirée nous avait incités à renouveler l'expérience. En dépit d'une certaine rivalité fraternelle, de leur façon de se vanner, comme ils disaient, Dan et son frère s'entendaient bien et j'aimais leur compagnie. Jamie était un peu paresseux. Il se levait à midi, n'aidait jamais à préparer les repas ou à remplir le lave-vaisselle, mais il était gentil avec les enfants. Une fois levé, il débordait d'énergie pour jouer avec eux. Le pauvre Bob ne pouvait pas en dire autant.

Je redoutais souvent que les enfants n'épuisent leur grand-père. L'été précédent, nous étions allés dans le Sud de la France. Violet avait voulu regarder des tournesols dans un champ et Bob avait proposé de l'emmener avec Alfie. Je craignais qu'Alfie ne s'enfuie sans que Bob s'en rende compte, trop distrait par les fleurs. Mon seul espoir était que Violet, du haut de ses huit ans, garde un œil sur son frère de trois ans. Je n'avais pas réussi à me détendre avant leur retour. J'avais eu la surprise de les voir gravir la colline jusqu'à la villa, tout sourire, Alfie sur les épaules de Bob tandis que Violet babillait gaiement.

J'étais assise dans le jardin, avec Joy, et je me souviens qu'elle avait regardé dans ma direction. « Bob va bien, m'avait-elle dit. Je sais qu'il donne l'impression d'être un enfant de plus. Parfois, je me demande comment il survit jusqu'au lendemain, mais il adore ses petits-enfants. Il ne les mettrait pas en danger, tu sais. »

J'avais été gênée que Joy se rende compte de mes réticences. Elle était perspicace au point de sembler lire dans mes pensées.

Cette année, j'espérais que Dan s'impliquerait davantage, ce qui me permettrait de me détendre et de redevenir la femme décontractée qu'il avait épousée. C'étaient aussi ses vacances mais il comptait trop sur ses parents, concernant les enfants. Je lui avais signalé qu'il ne fallait pas exagérer car ils vieillissaient et les garçons étaient épuisants.

— J'ai déniché un livre de recettes génial, me dit Joy.

J'entendais quelques éclats de voix provenant de l'étage qui semblaient plus enthousiastes que fâchés, ce qui semblait indiquer que la répartition des lits se faisait sans heurts. Je me concentrai donc sur le tintement des glaçons dans le verre de Joy tandis qu'elle faisait tournoyer l'alcool.

— De nouvelles recettes ? Je suis partante, chef !

Pendant les vacances, nous aimions cuisiner ensemble, Joy et moi. Excellente cuisinière, elle m'avait beaucoup appris. C'était surtout un rituel. L'alliance des femmes de la maison. C'était pendant que nous émincions de la viande, taillions des légumes, discutions des recettes et de nos plats que nous étions le plus proches. Nous avions un passé culinaire commun que je n'avais pas eu avec ma propre mère. Et ces moments m'étaient précieux. À Noël, dans la chaleur de la cuisine de Joy, nous avions réfléchi à la cuisson de la dinde, débattu de la quantité d'herbes dans la farce. À présent, en plein été, au bord de la Méditerranée, nous allions remplir la cuisine de nos conversations, de vapeur et délicieux fumets. Plus tard, quand les plats seraient au four, les enfants, avec les hommes, Joy sortirait des glaçons du congélateur et nous trouverions un coin tranquille où siroter notre gin. Tout était réglé comme du papier à musique. « Viens, on va se prendre un petit remontant avant le retour des autres », me proposerait-elle. Nous trinquerions en échangeant des confidences. Dans ces moments magiques, elle était formidable. C'était une femme qui aimait mon mari et mes enfants autant que moi. Nous menions la même bataille, affrontions les mêmes problèmes. Nous étions unies.

La nourriture occupait une place centrale lors des vacances et de nos réunions de famille, l'occasion de s'asseoir autour d'une table présidée par Joy.

Le 24 décembre, nous arrivions chez Joy et Bob pour un Noël dans la plus pure tradition. Une année, Violet avait pris froid mais Joy avait refusé que nous restions à la maison. « Tu n'as qu'à l'emmitoufler et lui donner du paracétamol, Clare. Pas question que vous ratiez un Noël en famille ! » avait-elle dit. Je ne voulais pas la sortir par ce froid et perturber Alfie, ce dont j'avais fait part à Dan. « Ce ne sera pas un vrai Noël sans mes parents, m'avait-il répondu. Si nous ne le passons pas avec eux, maman aura beaucoup de peine. » J'avais cédé et, en quelques heures, Violet avait retrouvé des couleurs, comme si Joy avait un pouvoir magique. Rien ne l'arrêtait et elle avait toujours raison.

Nos vacances d'été familiales étaient organisées, financées et réservées avec enthousiasme par Joy. Ainsi nous retrouvions-nous en Italie, sur la côte amalfitaine, où je rêvais de me rendre depuis longtemps. Pour l'heure, c'était aussi beau que je me l'étais imaginé.

Savourer un gin avec ma belle-mère était un plaisir, notamment parce qu'elle buvait plus que moi et était de compagnie agréable. Il était rare d'être en bons termes avec la mère de son mari. À part son côté un peu autoritaire, Joy était gentille. Lors de cette première soirée, il faisait chaud et j'étais épuisée, aussi bien physiquement que mentalement. En écoutant Joy, j'appuyai la tête sur le dossier de mon fauteuil en cuir. J'étais heureuse d'être là, dans cette superbe villa. Le salon présentait une importante hauteur sous plafond, avec des murs blancs, de grands canapés en velours, des rangements intégrés en bois foncé, d'immenses lampes et des tableaux un peu partout. Il y avait aussi quelques touches plus glauques, telle une cage contenant un oiseau empaillé dont les yeux noirs et globuleux semblaient me fusiller du regard. Cela me mettait légèrement mal à l'aise, mais c'était un détail que les plafonds voûtés, les volets en bois et la fraîcheur des sols en marbre compensaient largement.

— Margaret m'a parlé d'un magasin très sympa, non loin d'ici...

— Génial, fis-je.

Je n'étais pas convaincue que les enfants apprécieraient une virée shopping, mais je n'osais jamais lui dire non. J'avais peur de la décevoir. Pareil pour Dan et Bob, et même Jamie. Nous avions tous envie de lui faire plaisir !

Je me rappelle encore le jour où Dan m'a présentée à sa mère. J'avais eu l'impression de lire de la déception dans son regard. J'avais rencontré Dan un samedi après-midi, au service des urgences où je travaillais en tant qu'infirmière. Il accompagnait un ami blessé lors d'un match de rugby particulièrement viril et nos regards s'étaient croisés au-dessus d'un plâtre. J'étais jeune, célibataire, je venais de terminer mes études et Dan était séduisant. Il était brun, avec de grands yeux sombres et son inquiétude pour son coéquipier était touchante. Après avoir passé plusieurs heures assis sur une chaise en plastique dans la salle d'attente, il m'avait demandé mon numéro de téléphone et je le lui avais donné. Le lendemain, il m'avait appelée pour m'inviter à sortir. J'avais aimé son humour, sa façon d'être et, lors de notre premier rendez-vous, sa façon de me tenir dans ses bras. J'avais rencontré Joy et Bob chez eux, pour boire un verre. C'était l'été, nous étions dans leur immense jardin. J'avais découvert Joy, une blonde menue aux lèvres rose nacré. Elle m'avait serré la main, un pashmina gris sur les épaules, comme pour se protéger d'un froid imaginaire.

D'après Dan, sa mère espérait le caser avec la fille d'une de ses amies qui possédait un cheval et avait fréquenté une école privée. J'avais senti que je devrais fournir de gros efforts pour obtenir sa validation. Je l'avais fait parce que je voulais Dan. J'avais compris dès le départ que Joy avait une forme de mainmise subtile sur ses deux fils. Le défi n'était pas facile à relever. Au début, je ne devais pas lui plaire, avec mes cheveux châtain clair, mon côté ordinaire. J'étais presque au même niveau que ce pauvre vieux Bob à qui, lors du premier dîner, elle avait ordonné de ne pas lécher son couteau. Au bout de plusieurs rencontres, elle était devenue plus chaleureuse, sans doute parce qu'elle se rendait compte que je faisais du bien à Dan. Et surtout, je n'avais aucune intention de quitter la région et d'emmener son fils. Pourquoi l'aurais-je fait ? J'avais envie de stabilité, de fonder une famille. En l'absence de ma mère, j'étais ravie d'écouter ses conseils sur tout et n'importe quoi, y compris sur ma robe de mariée.

Ce que j'ignorais, à l'époque, alors que nous hésitions entre le blanc et l'ivoire par rapport à ma carnation, et entre plusieurs pièces montées, c'était que mon parcours serait semé d'embûches. Si quelqu'un m'avait prévenue, je ne l'aurais pas écouté. En me dirigeant vers l'autel, je croyais sincèrement être la plus heureuse du monde, que j'intégrais la famille aimante de mon mari. Je sais à présent que mon bonheur était aussi fragile que la dentelle de mon voile de mariée et que mon avenir me promettait plus de larmes que de rires.

4

La première nuit à la villa fut magique. À 19 heures, il faisait encore assez bon pour rester bras nus. Nous étions réunis autour de la grande table en chêne, sur la terrasse, pour déguster le risotto aux champignons de Joy et une salade que j'avais agrémentée de grenade et de quartiers d'orange pour faire manger un peu de verdure aux enfants. Il y avait aussi un plateau de charcuterie et de fromages italiens. Violet avait allumé les photophores que j'avais apportés de la maison. La table semblait parsemée d'étoiles.

— Clare, on devrait monter une entreprise de traiteur, déclara Joy en admirant notre œuvre.

Je souris, ravie qu'elle m'implique. Le côté tyrannique de Joy était amusant pendant les vacances, mais je n'aurais pas supporté très longtemps de travailler sous ses ordres.

Tout le monde mangea de bon appétit, puis les adultes prirent le café en bavardant. Freddie s'était endormi sur une chaise longue pendant que Violet et Alfie jouaient à cache-cache sous la table. Joy me demanda s'il n'était pas temps de coucher les enfants.

— Encore cinq minutes, répondis-je. Ils s'amusent bien.

Parfois, je devais ronger mon frein face aux ingérences de ma belle-mère, que j'avais néanmoins appris à gérer.

— Les enfants doivent être fatigués, soupira-t-elle.

Je consultai ma montre. Il était plus de 20 heures. Au moment où j'allais céder et annoncer qu'il était l'heure de se coucher, Joy poussa un cri. Puis elle se mit à rire en regardant sous la table où Alfie lui chatouillait apparemment les mollets.

— L'espace d'un instant, j'ai cru que c'était toi qui me faisais du pied, Bob !

L'intéressé faillit s'étouffer avec sa bière, ce qui nous fit rire, Dan et moi, bientôt imités par les enfants. En voyant les Taylor hilares, je me rendis compte que c'était l'un des rares moments où j'avais l'impression de faire partie de la famille. Les épreuves, les peines de cœur, la routine du quotidien, les petites querelles furent soudain transformées en or par l'alchimie de cette atmosphère. Et je me dis : *C'est ça, la vie. La famille !* Plus de soucis, rien que des rires, des conversations tranquilles avec des êtres chers, les enfants à côté, tout le monde en sécurité, rassasié et heureux.

Encouragé par la réaction des adultes, Alfie se remit à chatouiller les mollets de sa grand-mère sous la table. Je me tournai vers Dan, qui lui ordonna d'arrêter avant de le prendre sur ses genoux.

— Il est vraiment fatigué, commenta Joy, revenant à la charge.

Pour ne pas la froisser, j'abondai dans son sens.

— C'est l'heure d'aller se coucher, annonçai-je.

Ses lèvres nacrées esquissèrent un sourire de triomphe. À mes yeux, rien ne pouvait toutefois gâcher la douceur prometteuse de cette soirée. En croisant le regard de Dan, qui câlinait Alfie sur ses genoux, je me sentis bénie des dieux.

Plus tard, après avoir couché les enfants, je m'écroulai sur le lit qui trônait au milieu de notre chambre spacieuse. Il était immense, avec des draps de coton blanc et frais. Les voilages diaphanes de la baie vitrée donnaient sur le jardin et, au-delà, la mer.

Dan éteignit la lampe et ouvrit les voilages avant de me rejoindre. Nous étions allongés en silence dans la pénombre, à contempler les étoiles.

— Je sais que les choses n'ont pas été faciles pour toi, ces derniers temps, dit-il enfin. Je suis désolé.

Il me prit dans ses bras pour me faire l'amour comme si nous étions deux inconnus, comme si nous repartions de zéro. D'une certaine façon, c'était le cas.

Ces vacances s'annonçaient merveilleuses. La chaleur ferait du bien à mon corps et à mon âme. Plus tard, lovée dans ses bras, j'eus la délicieuse sensation que tout allait bien se passer, ce que je n'avais pas ressenti depuis très longtemps.

Jamie ne nous rejoignit pas le lendemain ni le jour suivant. Il débarqua le mercredi, bien plus tard que prévu. Nul ne s'en étonna. Même Joy dut admettre avec un sourire indulgent que « son » Jamie était toujours en retard. Apparemment, il avait envoyé un texto à sa mère pour annoncer son arrivée dans la matinée et Joy ne tenait plus en place. Elle ne cessait de sortir de la villa pour guetter son arrivée. Il ne fit son apparition qu'après le déjeuner.

Joy et moi étions en train de ranger la cuisine. Petite, chaleureuse, elle était dotée d'une porte donnant sur une terrasse très pratique pour manger dehors. Ce n'était que notre troisième jour en Italie mais je devinais comment se dérouleraient nos journées.

« Il est bientôt midi », me dirait Joy quel que soit l'endroit où nous nous trouvions. Elle n'aurait pas à prononcer un mot de plus. Ce serait un réflexe pavlovien. Je serais prête pour le délicieux rituel de la préparation du déjeuner. Nous sortirions la charcuterie, le fromage, les crudités pour disposer le tout sur des plats trouvés dans les placards. Une vraie chasse au trésor. « Le déjeuner consiste moins à cuisiner qu'à compiler des ingrédients », aimait à répéter Joy.

Ensuite, nous appellerions nos « commis », les enfants, afin qu'ils portent les plats sur la terrasse. Nous mangerions sur la table en bois, à l'ombre de la vigne vierge. C'était la même chose à chaque séjour et je me rends à présent compte combien ce rituel rassurant me semblait immuable. Quand on a neuf ans et que la police frappe à la porte pour vous annoncer que votre père ne reviendra pas, vous comprenez pourtant que rien n'est éternel. En une fraction de seconde, la vie est bouleversée, la famille vole en éclats. Étant fille unique, j'avais dû absorber le chagrin de ma mère. Elle n'arrivait pas à faire son deuil et j'avais dû passer dix ans à m'occuper d'elle, jusqu'à ce qu'elle meure d'un « cancer »... Moi, je savais qu'un cœur brisé ne se réparait jamais.

Je rangeais quelques restes dans le réfrigérateur quand une voiture s'arrêta dans un crissement de pneus sur le gravier, devant la villa. Je savais que c'était lui. Jamie.

Je refermai la porte du réfrigérateur pour aller jeter un coup d'œil par la fenêtre.

— Un taxi... soufflai-je. C'est un taxi, Joy.

Elle faillit lâcher son saladier en se hâtant d'aller voir à son tour. Folle de joie, elle scruta l'allée pour apercevoir son fils.

La portière côté passager s'ouvrit et il émergea, grand et mince, comme Dan, mais pas comme Dan. Il avait les cheveux plus clairs, le sourire plus facile, plus séducteur à sa manière. Le fils cadet, celui qui n'avait pas à porter le fardeau de la famille sur ses épaules, qui prenait des risques, faisait du stop et n'avait jamais réglé une facture d'électricité de sa vie.

— Jamie ! soupira Joy.

Elle enleva son tablier barré de l'inscription « Reine des

fourneaux », un cadeau d'anniversaire des enfants, et le jeta sur le plan de travail avant de se précipiter à sa rencontre.

Par la fenêtre, je le vis payer le chauffeur de taxi et récupérer ses bagages dans le coffre.

Joy héla Bob, qui ne tarda pas à surgir du jardin. Elle le doubla sur le fil, au risque de le bousculer tant elle avait envie d'être la première à se jeter au cou de Jamie, ce qu'elle fit avec un tel enthousiasme qu'il tomba presque à la renverse.

Il se ressaisit vite et la souleva de terre. Telle une adolescente, elle lui cria de la reposer. Cette scène m'amusa. J'étais contente de le revoir. Ces premières journées s'étaient déroulées à merveille, à rire, à manger, à jouer avec les enfants. Nous commencions à être vraiment détendus. Jamie apportait toujours quelque chose de spécial. Alors qu'il embrassait Bob, mon regard se porta vers le siège arrière droit du taxi. La portière s'ouvrit lentement et une, puis deux longues jambes hâlées apparurent, chaussées de sandales de créateur à hauts talons. Le corps d'une jeune beauté n'ayant pas plus de la vingtaine émergea, de celles que Jamie collectionnait lors de ses voyages : élancée, sublime, blonde, bronzée. Il émanait d'elle ce charme détaché qui ne s'achetait pas au rayon cosmétique d'un magasin. Très décontractée, elle demeura en retrait de Jamie et de sa mère. Joy, qui n'avait toujours pas remarqué cette invitée surprise, ne cessait d'embrasser son fils en riant.

Encore une conquête ? Il en amenait une de temps en temps à nos réunions de famille. Elles étaient plutôt sympas, en général, mais, comme le soulignait Joy, ce n'était pas aussi bien que quand nous avions Jamie pour nous tout seuls pendant les vacances.

Il fit signe à la jeune femme de s'approcher et les présentations commencèrent. Comme toujours, Joy se montra chaleureuse, exubérante, alors qu'elle aurait sans doute préféré que son fils ne soit pas accompagné.

« Je n'ai apprécié aucune des petites amies de Jamie,

m'avait-elle confié un jour. Mais elles ne l'ont jamais deviné. Je suis toujours gentille avec elles, dans l'intérêt de Jamie. Après tout, ces filles ne sont que de passage... »

Celle-ci portait une longue robe blanche qui rehaussait son bronzage. En voyant mes bras blancs parsemés de taches de rousseur, je regrettai un instant de ne pas m'être offert un bronzage artificiel. J'avais du mal à ne pas regarder par la fenêtre. Elle affichait un sourire serein. Elle avait des traits parfaits, un corps parfait. Je décelai des reflets dans ses longs cheveux dorés. L'œuvre du soleil... ou d'un bon coloriste. Elle devait avoir environ vingt-cinq ans et, même si je ne la voyais pas clairement, il était évident que, contrairement à moi, cette jeune femme était parfaitement épilée.

Dan et les enfants s'étaient joints au comité d'accueil. Soudain, je me rendis compte que j'étais la seule absente. Il fallait que j'aille dire bonjour avec les autres. Je lissai mes cheveux et m'épongeai le visage à l'aide d'un torchon. Si seulement Jamie avait prévenu qu'il ne venait pas seul ! J'aurais pu me préparer et avoir l'air moins sauvage.

En sortant de la villa, je fus frappée de plein fouet par la chaleur accablante. Le ciel bas était de plus en plus sombre, comme si une ombre avait croisé le soleil. L'air était lourd, et je me fis la réflexion qu'il allait sûrement y avoir de l'orage alors que j'allais à la rencontre de la nouvelle venue.

Très enthousiaste, Violet sautillait de joie, comme toujours en présence de tonton Jamie. Outre cet accueil chaleureux, les autres étaient concentrés sur la main de la nouvelle venue. Violet me prit par le bras.

— Viens voir tonton Jamie !

J'affichai un sourire, un peu intimidée, et me laissai entraîner dans le cercle de curieux, entre Dan et Bob. J'avais un peu l'impression d'être une intruse, étant la seule à ne pas connaître le nom de cette femme et la raison de sa présence.

Jamie affichait un air niais, visiblement fier d'avoir séduit une créature encore plus jeune et belle que la précédente. Si fier qu'il la tenait par les épaules, un geste possessif qui ne lui était pas coutumier. Il devait être mordu. Cela dit, il était toujours très amoureux, au début.

— Salut ! lui dis-je, souriante.

Elle m'adressa un signe de la main.

— Je te présente Clare, la femme de Dan, déclara Jamie.

Ils étaient si grands, tous les deux. On aurait dit des mannequins. Je me sentais minuscule.

— Clare, dit-elle, avec un sourire étincelant.

De près, elle était sublime et, à moins que sa robe longue ne dissimule des jambes velues, je ne lui trouvai aucun défaut physique.

— Voici Ella, fit une voix, celle de Jamie, je crois, ou de Dan.

— Enchantée, Ella.

Avant même que je puisse ajouter un mot, elle vint vers moi, les bras ouverts, pour m'embrasser. Elle me prit au dépourvu. Elle ne manquait pas d'assurance, pour quelqu'un d'aussi jeune, surtout en présence de parfaits inconnus.

J'étais tellement mal à l'aise que notre accolade fut maladroite.

— Bienvenue dans la famille, Ella, déclara Dan.

Il m'agaçait quand il jouait les héritiers de notables – nous n'étions pas les Windsor, quand même ! Il avait une façon exaspérante de faire écho aux délires de grandeur de sa mère.

Ella esquissa un sourire irrésistible.

— Tu aurais quand même dû nous le dire, objecta Joy, incapable de masquer sa contrariété.

Sa chaleur initiale s'était atténuée. Les lèvres pincées, elle semblait sur la défensive.

— Nous aurions adoré assister au mariage de notre fils. N'est-ce pas, Bob ? insista-t-elle.

Il hocha la tête, l'air troublé, mais sans doute pas autant que moi. J'assimilai enfin ce que Joy venait de dire et posai les yeux sur la main gauche d'Ella.

Une bague en platine ! Voilà donc ce qu'ils admiraient, tandis que je les observais depuis la fenêtre de la cuisine.

— Un mariage ? balbutiai-je.

Elle n'était donc pas la dernière conquête en date de Jamie, mais son épouse.

— Ces deux-là se sont mariés hier ! Ils étaient déjà en Italie et ne nous l'ont même pas dit ! expliqua Joy d'un ton accusateur.

Elle eut beau faire mine de plaisanter, sa colère était authentique. Je ne pouvais qu'imaginer ce qu'elle ressentait d'avoir été privée du mariage d'un de ses fils. Non seulement elle n'avait pas été présente pour le grand jour, mais elle n'avait pas eu la possibilité d'organiser et de diriger l'événement. Pire encore, elle n'avait pas pu jauger sa nouvelle belle-fille.

— Désolé, maman. Tu sais, quand on est sûr... Je ne devais pas la laisser filer. Sinon, quelqu'un d'autre me l'aurait prise !

Il se tourna vers Ella qui roucoula de bonheur.

— C'est vrai, quoi... Regardez-la, poursuivit Jamie.

Seuls au monde, ils se dévorèrent des yeux dans un silence gêné.

— Où vous êtes-vous rencontrés ? On veut tout savoir, reprit Joy.

Elle attrapa Jamie par le bras et l'entraîna loin d'Ella. Elle voulait se le réapproprier. Le passé ressurgit. Joy avait fait la même chose pour Dan et moi.

— On s'est rencontrés il y a un moment, en fait. À Manchester, raconta Jamie. Dans un bar. Je suis tombé amoureux dès les premières secondes. Pour elle, il a fallu un peu plus de temps.

— Une heure ! s'exclama Ella dans leur dos, lui rappelant qu'elle était encore là.

Jamie s'écarta doucement de Joy et revint vers son épouse.

— De toute façon, nous avions tous les deux l'intention de partir en Inde. Je lui ai proposé que l'on parte ensemble.

— Cela ne te ressemble pas, intervint Joy, furieuse d'avoir été abandonnée. Jamie aime voyager seul, en général. N'est-ce pas, chéri ?

— Plus maintenant, répondit Ella, tout sourire.

Je commençais à me demander si Joy n'avait pas trouvé une adversaire à sa taille.

— Oui. Je ne pouvais pas vivre sans elle alors je l'ai demandée en mariage. Elle a accepté et on a mis le cap sur l'Italie pour nous marier... et pour vous voir tous, bien sûr, ajouta-t-il comme s'il venait d'y penser.

— J'ai toujours rêvé de me marier à Positano, avoua Ella avec un regard enamouré pour son mari.

— Ah... J'aurais préféré que vous attendiez pour que nous puissions être présents, Jamie, soupira Joy, les yeux tristes et pleins d'amour maternel.

— Désolé, maman. On voulait juste le faire au plus vite.

Ella acquiesça avec enthousiasme.

— Comment avez-vous fait pour vous organiser si vite ? s'enquit Dan.

Il souleva Alfie qui, soudain intimidé, s'accrochait aux jambes de son père.

— Les formalités ont dû être un peu précipitées, non ? reprit-il, toujours pragmatique.

Dan ne voyait pas l'impatience de l'amour fou, uniquement les aléas administratifs d'un mariage à l'étranger un peu précipité.

— C'est moins compliqué qu'on ne le croit, assura Jamie. Il suffit d'obtenir les documents et de savoir quoi faire. Il se trouve que ma femme ne se contente pas d'être belle à regarder. En l'espace de quelques jours, nous avions rempli le dossier et fixé la date.

— Nous voulions un mariage intime, rien que nous... ajouta Ella en se tournant vers Joy.

Celle-ci haussa un sourcil avant d'adoucir son expression avec un sourire plutôt forcé.

— Je ne voulais pas perdre de temps et risquer qu'elle me file entre les doigts, réitéra Jamie, sans voir la réprobation de sa mère.

Il n'avait d'yeux que pour Ella et semblait se noyer dans son regard.

— Bien sûr, bien sûr, fit Joy qui parut se reprendre. On pourra toujours célébrer l'événement avec les amis et la famille en rentrant à la maison. Au golf club, peut-être ?

Elle se tourna vers Bob, qui haussa les épaules.

Selon moi, si Jamie et Ella s'étaient mariés en secret, c'était justement pour éviter les lieux tels que le golf club. Ses tables en bois et ses buffets impersonnels n'étaient pas assez glamours pour leurs comptes Instagram. Ces deux-là étaient faits pour convoler dans le cadre somptueux de la côte amalfitaine.

— Jamie... soupira encore Joy, tiraillée entre le bonheur de voir son fils et sa panique face à cette parfaite inconnue qui était son épouse. Tu aurais pu nous en parler... Je ne savais même pas que tu amènerais... quelqu'un.

— Ce n'est pas grave. On est réunis, maintenant. Vous allez avoir dix jours pour faire plus ample connaissance.

Avec Jamie, tout était simple. Il ne voyait que ce qu'il voulait voir et agissait sans jamais prendre les autres en compte.

— J'ai hâte, répondit Joy d'un ton suggérant fortement le contraire.

Je lisais sur son visage que son fils l'avait prise de court, comme nous tous.

— C'est embêtant parce que je t'avais attribué la petite chambre simple, Jamie.

— Ne t'en fais pas, dit-il en ramassant son sac à dos et le

fourre-tout de marque d'Ella. On peut dormir n'importe où. On a dormi dehors... à la belle étoile. Pas vrai, bébé ?

— Oui, bébé, confirma Ella en souriant à ce souvenir.

Elle le saisit par le bras pour le reprendre à sa mère. J'enlaçai Violet. Elle semblait fascinée par Ella, comme si elle était en présence d'une princesse Disney.

— Non, non, vous ne pouvez pas dormir dehors. Après tout, vous êtes en pleine lune de miel, en théorie, déclara Joy.

Elle m'adressa un regard de biais, sachant que je partageais sa gêne. Je voulus jauger la réaction de Bob, mais il était en pilote automatique. Il prit les bagages du jeune couple.

— Il y en a encore dans le coffre, précisa Jamie.

Les enfants ne se le firent pas dire deux fois et se précipitèrent vers l'arrière de la voiture. Je me dis qu'ils s'attendaient aux traditionnels cadeaux de tonton Jamie. Il ne les voyait que quelques fois par an et, quand il rentrait de voyage, il leur rapportait des souvenirs. Peut-être Ella était-elle le seul, cette fois.

5

— Oh là là ! C'est trop lourd ! s'exclama Violet en traînant un immense sac Versace sur le gravier.

— C'est un cadeau pour moi ? s'enquit Alfie.

Il leva un regard interrogateur vers son oncle qui, soudain, parut prendre conscience de quelque chose. Tout à son bonheur conjugal, il avait oublié d'apporter des cadeaux pour les enfants.

— Désolé, mon grand, dit-il avec un sourire. Je voulais t'acheter quelque chose ce matin, mais tata Ella a passé trop de temps dans les boutiques de vêtements.

Il se pencha pour ébouriffer les cheveux d'Alfie et prendre Freddie sur ses épaules, pour son plus grand plaisir.

— Fais le cheval ! s'exclama-t-il en lui tirant les oreilles.

Pour les enfants, tonton Jamie n'avait pas besoin d'apporter des cadeaux. Son attention leur suffisait largement.

Joy suivit des yeux Dan, Bob et Violet, chargés de sacs de grands couturiers italiens.

— Je vois que vous n'avez pas chômé, déclara-t-elle à Ella d'un ton où perçait un soupçon de réprobation.

— Oui, nous sommes passés en ville, avant de venir, répondit-elle. J'avais besoin de quelques bricoles.

— Quelques bricoles ? releva Bob en riant. Ça a dû coûter un bras !

— Allons, Bob, ne mets pas Ella dans l'embarras ! lança Joy, faisant marche arrière.

Elle préférait une approche plus subtile pour exprimer son mécontentement.

— Si une jeune mariée ne peut pas faire quelques emplettes pendant son voyage de noces, c'est triste, n'est-ce pas, ma belle ? dit-elle à Ella pour racheter le commentaire un peu fruste de Bob sur le prix des produits.

Ella adressa un sourire complaisant à Bob.

— Les hommes ne comprennent rien au shopping, soupira-t-elle en se tournant vers Joy.

Celle-ci leva les yeux au ciel. Venais-je d'assister à un moment de complicité ? Les choses allaient-elles bien se passer, finalement ? Ella allait peut-être s'intégrer à merveille. Étant fille unique, j'avais toujours rêvé d'avoir une sœur. Ella serait peut-être la cadette que je n'avais jamais eue.

Les hommes et les enfants portèrent les bagages et les emplettes dans la maison pendant qu'Ella regardait le taxi s'éloigner. Joy indiqua à Bob dans quelle chambre déposer le tout. Il se contenta de lever une main pour acquiescer, sans se retourner.

— Bob ! Bob ! cria Joy, qui voulait avoir la confirmation qu'il avait bien compris.

Elle bougonna et se tourna vers le taxi qui disparaissait dans un nuage de poussière blanche.

— Il ne m'écoute pas, maugréa-t-elle. Il n'en fait qu'à sa tête. À tous les coups, il va porter les valises dans la mauvaise chambre et on devra ensuite les déplacer.

Nous nous retrouvâmes toutes les trois sur le gravier. Joy et Ella ne bougeaient pas. Que faire ? Devais-je aller aider les autres à porter les bagages et laisser Joy en tête à tête avec sa nouvelle belle-fille ou bien avait-elle besoin de moi en renfort ?

C'était plutôt Ella qui avait besoin de soutien, non ? La rencontre de sa belle-famille avait de quoi intimider n'importe qui.

La jeune femme soupira et souleva son opulente crinière, dévoilant sa nuque.

— Quelle chaleur, murmura-t-elle.

Sa robe à fines bretelles révélait ses omoplates sculpturales. Les miennes n'étaient certainement pas aussi harmonieuses, même si je n'y avais jamais songé. Comment en arrivait-on à envier les omoplates de quelqu'un ? Ce genre d'envie existait-il ?

Ella garda les mains derrière sa tête pour libérer sa nuque moite de ses cheveux dorés. Elle ressemblait à un mannequin de magazine de mode illustrant un article sur les soins de la peau en été ou sur la manière d'obtenir un bronzage optimal. Le dos cambré, les seins dressés, ces omoplates parfaites... J'observai ses mains et ce diamant étincelant qui faisait d'elle un membre de la famille.

— Viens, je vais te faire visiter, proposa Joy en prenant Ella par le bras.

Tandis qu'elle l'entraînait dans le jardin, je l'entendis lui promettre :

— Gin tonic sur la terrasse, tout à l'heure.

Elle avait fait la même chose avec moi.

Je les suivis à distance, portant le dernier sac d'Ella, qu'elle avait abandonné dans la poussière. Elle ne semblait pas s'en rendre compte. Alors que je les rattrapais, je l'entendis s'extasier sur la piscine et le paysage en contrebas.

— On va passer de bons moments, murmura-t-elle presque pour elle-même.

Joy acquiesça en la conduisant vers la porte de la maison. Elle m'adressa un sourire plein de pitié en me voyant aux prises avec le sac, en nage.

— Tu t'en sors ? me demanda-t-elle.

Aussitôt, Ella s'éloigna de Joy pour venir vers moi.

— Oh, Clare, je vais m'en occuper, assura-t-elle.

Chargée de son seul sac à main Prada, elle esquissa un geste peu convaincant pour me débarrasser. Un regard sur son poignet gracile m'indiqua qu'elle risquait de se le fracturer.

— Ce n'est pas un problème, répondis-je avec un sourire.

— Tu es sûre ? fit-elle avant d'ajouter, en baissant d'un ton : je veux dire, à ton âge, ce doit être un peu lourd, non ?

Je me figeai. Avais-je bien entendu ?

— Hein... ? bredouillai-je, croyant à une plaisanterie.

— Rien. Fais attention dans l'escalier, reprit-elle plus fort, en se penchant vers moi. Je m'en voudrais terriblement s'il t'arrivait quelque chose.

Sur ces mots, elle retourna auprès de Joy qui n'avait pas entendu ce qu'Ella venait de me dire.

— Entre donc, Ella ! La climatisation n'est pas terrible mais il fait un peu moins chaud que dehors. On est en pleine canicule.

Je ne les suivis pas à l'intérieur, encore sous le choc. M'étais-je méprise sur ses propos ? Avait-elle bien dit « à ton âge » ? Et ce conseil de prudence, dans l'escalier... Il avait tout d'une menace à peine voilée et non d'une marque de sollicitude.

Je finis par rentrer, portant toujours le sac d'Ella. J'espérais que Dan me soulagerait de mon fardeau, ce qui m'épargnerait la montée des marches. Ella se trouvait déjà sur le palier, à l'étage. Je montai à mon tour, me disant que j'avais mal entendu. J'étais déterminée à lui démontrer que j'étais capable de porter un sac, aussi lourd soit-il !

Dans la petite chambre attribuée à un Jamie supposément célibataire, je m'assis sur le lit. Ce commentaire sur mon âge devait être une boutade. Certaines personnes avaient ce genre d'humour, comme Dan et Jamie. Ce ne pouvait être qu'une plaisanterie d'Ella.

Je la regardai évoluer avec grâce dans la pièce pendant que Joy déplaçait les sacs.

— En fait, je suis italienne, expliqua-t-elle. Mon père était un Italien pur jus, originaire de Sorrente.

— Ah oui ? Sorrente est à deux pas d'ici, répondit Joy.

C'était plutôt à une bonne quinzaine de kilomètres.

— Donc tu parles un peu italien ? s'enquit Joy, pleine d'espoir.

— Un peu...

Ella sortit des dessous en dentelle de l'un des sacs et les posa sur le lit. Je détournai les yeux. C'était un geste un peu trop intime, en présence d'une belle-famille inconnue, non ?

— J'aimerais bien que tu m'apprennes quelques mots, reprit Joy.

Une phrase entière en italien enseignée par sa nouvelle belle-fille ne manquerait pas d'impressionner « les filles », ses copines septuagénaires, au retour.

Je souriais intérieurement quand Dan apparut sur le seuil et remarqua aussitôt la lingerie posée sur le lit. Aimerait-il que j'en porte pour lui ? Je chassai cette pensée irrationnelle et incongrue de mon esprit. Il me fit signe de le rejoindre dans le couloir, comme s'il risquait une malédiction en franchissant le pas de la porte.

Je me levai à regret et lui emboîtai le pas.

— Qu'est-ce qu'il y a, Dan ?

J'étais un peu irritée, comme Violet quand on lui disait de poser sa tablette.

— Je ne trouve pas super qu'ils soient obligés de partager un lit simple pendant leur lune de miel, me souffla-t-il.

— Jamie a dit que ce n'était pas un problème.

— Je doute qu'elle soit du même avis. Tu imagines, si on avait dû se serrer dans un lit à une place pendant notre voyage de noces ?

— Ce n'est pas la même chose. Cela ne risquait pas de se

produire parce qu'on avait planifié nos vacances, comme le font les gens normaux.

Je ne pus m'empêcher de faire cette petite réflexion. J'étais également un peu déçue car j'espérais que Jamie passerait du temps avec Dan et moi, pendant ce séjour. Maintenant que Jamie allait travailler avec Dan, j'avais envie que nous reformions notre trio pour des parties de cartes un peu trop arrosées. Joy s'était proposée pour garder les enfants et j'avais hâte de sortir, un soir. Jamie étant marié, les choses avaient déjà changé.

— Je pensais qu'on pourrait leur proposer notre chambre.

— C'est gentil, Dan, mais... et nous ?

— Je pensais qu'on pourrait aller dans la petite chambre, peut-être. À moins que l'un d'entre nous ne dorme avec les enfants et l'autre dans la petite chambre ?

Je n'en croyais pas mes oreilles.

— On n'a déjà pas l'occasion de se détendre à la maison, tous les deux ! Il s'agit de nos vacances, de notre couple, Dan ! Que fais-tu de notre couple ?

— On pourra quand même passer du temps ensemble, profiter de nos vacances. Conduisons-nous en adultes et proposons-leur la chambre double.

Joy passa soudain la tête dans l'entrebâillement de la porte.

— ça va, vous deux ? s'enquit-elle.

— Oui, oui, ça va, répondit Dan d'un ton hésitant qui n'échappa sans doute pas à sa mère.

Je commençais à me sentir mal et pas seulement à cause de la chambre. Dan faisait toujours passer les autres avant moi, avant nous. Jamie venait à peine d'arriver en annonçant qu'il était marié et Dan était déjà prêt à sacrifier notre chambre de rêve à son profit, comme si, pour nous, il était trop tard, comme si notre cause était perdue. Ce rejet me faisait mal. Renoncer à cette chambre équivalait à renoncer à notre seule chance de nous retrouver.

Je tournai les talons et me précipitai vers notre chambre,

laissant Dan et Joy dans le couloir. Je ne voulais pas que ma belle-mère me voie contrariée. Elle aurait voulu savoir pourquoi et aurait essayé de tout arranger. Pour une fois, je voulais que Dan comprenne combien c'était important à mes yeux et qu'il ne laisse pas Joy régler nos problèmes.

Je m'allongeai sur le lit, espérant qu'il viendrait me rejoindre pour que nous puissions au moins en parler tous les deux. J'entendis la voix de Dan qui descendait. Il riait et n'avait manifestement aucune intention de venir me voir. S'en moquait-il vraiment ? Ce n'était pas la première fois que je me posais la question. Quelques minutes plus tard, j'entendis Violet demander où j'étais. Elle semblait être juste devant la porte. Au moment où je me levai pour ouvrir, la voix rassurante de Joy l'entraîna au loin en lui promettant une baignade suivie d'une histoire.

— Ta maman est fatiguée, chérie.

J'avais envie d'aller voir Violet. Hélas, j'avais tant pleuré que mon visage était bouffi. Je restai allongée sur ce lit *king size* aux draps si frais, là où Dan et moi avions commencé, avec précaution, à reconstruire un couple dont le pronostic vital était engagé. Comment pouvait-il ne serait-ce que suggérer que nous renoncions à ce grand lit blanc pour dormir sur un matelas à une place voire faire chambre à part ?

Jamie et Ella étaient en lune de miel et c'était généreux de la part de Dan de penser à eux. Si seulement il pensait à moi de temps en temps... Comme Ella, j'avais toujours rêvé d'une lune de miel en Italie. Je me souvenais d'en avoir longuement discuté avec Dan et d'avoir pris un tas de brochures dans les agences de voyages. Nous avions trouvé un hôtel merveilleux niché parmi les maisons jaunes et ocre surplombant Positano, à flanc de colline, un amas de bâtisses colorées couvertes de bougainvillées. Je nous imaginais sur un balcon, à boire du vin en envisageant notre avenir. Nous avions emporté nos brochures chez les parents de Dan. Je m'attendais à voir Joy sauter de joie, mais elle était restée sur la réserve, disant que ce serait sans doute cher et que nous devrions peut-être rester en Angleterre. Plus tard, j'avais taquiné Dan en affirmant que sa maman ne voulait pas que son petit garçon parte en voyage de noces.

Avec le recul, je pense que je n'étais pas loin de la vérité. Au cours des premières années, Joy avait eu du mal à accepter que Dan ait une autre femme qu'elle dans sa vie. C'était à prévoir. Avant mon apparition, elle avait ses deux fils pour elle seule.

Quoi qu'il en soit, notre voyage de noces en Italie n'avait pas eu lieu car, juste avant que nous ne réservions l'hôtel, une amie de Joy nous avait proposé de passer une semaine dans son cottage du Devon, en guise de cadeau de mariage. Joy nous avait signalé qu'il serait impoli de refuser. De plus, l'argent que nous aurait coûté un séjour en Italie financerait l'achat d'un canapé et de fauteuils. Dan avait accepté en me promettant que nous irions en Italie une autre année. J'avais donc accepté l'offre généreuse de l'amie de Joy en masquant ma déception. Les parents de Dan avaient payé notre fête de mariage au golf club et je ne voulais pas que Joy me trouve ingrate ou capricieuse.

Le mariage avait été merveilleux, avec deux cents invités, un repas délicieux, des fleurs du sol au plafond et une robe à tomber par terre. J'aurais voulu quelque chose de plus intime, de moins opulent mais, selon Joy : « On ne se marie qu'une fois, Clare. Nous avons une grande famille et de nombreux amis. Nous tenons à faire cela pour vous. »

Ils avaient même contribué à notre apport pour l'achat de notre première maison, pas trop loin de la leur. Joy aimait avoir ses garçons près de chez elle. Je pense que la proximité de Dan compensait un peu les absences de Jamie. Le prix à payer avait été des visites régulières et impromptues le week-end ou le soir, qui entravaient nos moments d'intimité, dans les premières années de notre mariage. Joy regardait par les carreaux de verre de la porte d'entrée en disant à son mari : « Je sais qu'ils sont là. » Cela suffisait à calmer nos ardeurs sur le canapé.

— On ne fait que passer ! On allait au supermarché. Vous avez besoin de quelque chose ? demandait-elle quand nous lui ouvrions la porte.

Joy avait besoin de compagnie, selon moi. Bob ne lui suffisait pas. Nous les invitions donc à boire une tasse de thé. Je le faisais autant par politesse que pour faire plaisir à Joy. Tout le monde voulait faire plaisir à Joy.

Et elle était heureuse, à présent. Jamie l'avait surprise, certes, mais le globe-trotteur était de retour au bercail. Ses deux fils gravitaient de nouveau autour d'elle et la famille était enfin réunie.

Allongée seule sur ce grand lit, je les entendais, à présent, les Taylor, leurs rires étouffés dans l'escalier. Un peu plus tard, les rires furent ponctués de bruits de verres qui s'entrechoquaient, le signal du départ de la soirée. Joy devait se préparer à se mettre aux fourneaux et attendre que je la rejoigne. Je me brossai donc les cheveux et m'aspergeai le visage d'eau fraîche. Je revis la belle robe d'Ella, ses jambes bronzées, sa façon de soulever ses cheveux pour se rafraîchir la nuque, et j'ouvris l'armoire. Mes affaires, qui me semblaient tout à fait convenir quand je les avais sorties de ma valise en arrivant, me paraissaient maintenant toutes fripées. Je sortis néanmoins une robe en coton rose que j'avais achetée spécialement pour ces vacances. Dans le rayon du magasin, je l'avais adorée. Je me voyais dedans, la peau hâlée, ce qui n'était pas le cas car j'étais trop accaparée par les enfants pour lézarder au soleil. Je l'enfilai en me rappelant qu'elle semblait m'affiner quand je l'avais essayée. Hélas, dans le miroir, au lieu d'une version élancée et dorée de moi-même, je ne vis qu'une femme entre deux âges en nage et en surpoids. La veille, cela n'avait guère d'importance mais, depuis l'arrivée d'Ella, je redoutais la comparaison. Me disant que j'étais stupide, je pris un foulard en soie que je nouai autour de ma tête. J'étais capable de faire front, j'en étais certaine. J'avais vu une de mes jeunes collègues porter un foulard ainsi. Il était peut-être temps que je change quelque chose dans mon apparence.

Même si j'essayais de me rassurer, la présence de cette femme sublime me déstabilisait. J'étais sous pression. Elle se présenterait certainement à table avec une tenue magnifique et un maquillage impeccable. Mon foulard noué avait beau être tendance, il ne serait pas suffisant, associé à mon visage rougi par une matinée passée au bord de la piscine. Je n'étais pas à mon avantage.

J'entendis soudain quelqu'un dans l'escalier. Ce n'étaient pas des petits pas d'enfant ni les sandales d'un homme, mais des talons délicats. Dans le silence de ma chambre, je devinai que ces pas se dirigeaient vers la chambre de Joy et Bob. Joy montait sans doute se rafraîchir avant de préparer le repas.

Aurait-elle un fond de teint miracle à me prêter ? Elle adorait résoudre les problèmes des autres. Elle avait toujours des mouchoirs dans son sac pour débarbouiller ses petits-enfants ou sécher les larmes de sa belle-fille. Elle avait des remèdes pour tous les maux : une pommade pour une éruption cutanée, un pansement pour un couple en perdition... une ordonnance pour savoir exactement quoi dire au téléphone à la maîtresse de son mari.

Je décidai d'aller lui demander si elle avait une crème apaisante et si elle allait bien. Je me devais de lui offrir mon soutien après le choc qu'avait provoqué le mariage de Jamie.

La porte de sa chambre était entrouverte. De peur de la surprendre pendant qu'elle s'habillait, je me contentai de jeter un coup d'œil. À ma grande surprise, je vis Ella devant la coiffeuse de Joy. En m'approchant encore, je vis ce qu'elle était en train de faire. Était-elle seule dans la pièce ? Comme en réponse à ma question non formulée, j'entendis Joy réprimander Bob parce qu'il avait osé se servir dans le réfrigérateur.

— C'est pour le dîner ! s'emporta-t-elle dans la cuisine.

En me penchant encore, je vis Ella ramasser la pochette à

bijoux de Joy et en sortir une paire de boucles d'oreilles en diamants. Je les reconnus et, même de loin, je les voyais étinceler à la lumière du soleil qui entrait par la fenêtre. Fascinée, je regardai Ella les essayer. Étonnant... Qui se permettrait d'entrer dans la chambre de quelqu'un en son absence pour fouiller dans ses bijoux ? Joy lui avait peut-être demandé de monter les chercher. Dans ce cas, pourquoi les essayer ? C'était vraiment bizarre, et cela le devint encore plus quand je la vis scruter les alentours avant de glisser les boucles d'oreilles dans la poche de sa robe bain de soleil. J'en demeurai bouche bée. Cette fille venait-elle de voler les boucles d'oreilles de ma belle-mère ?

Ne sachant comment réagir, je m'efforçai de réfléchir sans cesser d'observer la scène. Elle parut vérifier que personne ne l'avait vue. En reculant, je fis craquer une latte du parquet. Le miroir me permit de la voir faire volte-face et foudroyer la porte du regard. Je me figeai et retins mon souffle, le cœur battant à tout rompre. Son regard s'attarda sur la porte puis, apparemment rassurée, elle replia la pochette à bijoux et la remit à sa place. Dès qu'elle tourna les talons pour sortir, je filai sans demander mon reste. Je regagnai ma chambre le plus discrètement possible en maudissant le parquet ancien. Je m'enfermai à clé pour réfléchir. Je me devais de dire quelque chose, non ? Ella avait beau être la femme de Jamie, leur histoire d'amour ne remontait apparemment qu'à quelques semaines. Jamie la connaissait-il vraiment ?

6

Je pensais sans cesse à ce que j'avais vu en essayant de me l'expliquer quand je dus rejoindre les autres en bas. J'eus l'impression étrange de regarder ma famille à travers une vitre. Je n'étais plus des leurs, telle une observatrice qui examinait à la loupe les moindres faits et gestes d'Ella.

— Et les fleurs... Tu avais un bouquet, Ella ?

Joy l'interrogeait sur la cérémonie, toujours ulcérée d'en avoir été privée.

— Voilà qui explique pourquoi tu voulais intégrer l'entreprise familiale, dit Bob en levant son verre comme pour porter un toast. Enfin, notre Jamie a décidé de se poser.

— Oui... Je suppose que vous voudrez acheter une maison, reprit Joy d'un ton enjoué.

Pour elle, le plus important était le retour de l'enfant prodigue. Finis, les voyages !

— Et vous voudrez sans doute avoir quelques charmantes têtes blondes, suggéra Dan en désignant Freddie et Alfie qui se roulaient sur le tapis en hurlant.

Jamie se mit à rire et posa une main sur le genou d'Ella, un geste discret mais qui m'incita à me demander si Ella n'était pas déjà enceinte.

Je me perchai sur l'accoudoir du fauteuil de Dan telle une spectatrice face à une histoire d'amour naissante. Ella ne lâchait pas le bras de Jamie et lui, son genou. Si l'un d'eux esquissait le moindre mouvement, l'autre se rapprochait. C'était comme une sorte de jeu consistant à rester en contact physique. Leurs regards se croisaient sans cesse et se parlaient. J'avais connu cette fusion, à une époque.

Je cherchai à capter le regard de Dan, qui ne me vit pas. Il observait le jeune couple et hochait la tête à leurs propos, souriait de leurs anecdotes. Dan et moi n'avions aucun contact physique.

— Cet endroit est vraiment... mignon, commenta Ella avec une inflexion interrogative. Joy, la bâtisse date du XIXᵉ siècle, non ?

— Eh bien... Tu sais, je n'en suis pas certaine.

Joy était mortifiée d'être prise en défaut, elle qui aimait tout savoir.

— Elle est d'origine mais a subi certaines transformations, reprit-elle pour sauver la face.

Soudain, son visage s'illumina car un détail lui revenait.

— Et c'est du marbre de Carrare !

— Superbe, commenta Ella. Vraiment magnifique, avec ces veines si subtiles, c'est tellement plus raffiné que le Calacatta.

— Tu as l'air de t'y connaître, en marbre, déclara Dan, impressionné.

Quant à moi, je ne cessais de me demander pourquoi elle avait pris les boucles d'oreilles de Joy.

Joy sourit et valida l'analyse d'Ella d'un hochement de tête.

— Ella est incollable sur l'architecture, également, ajouta Jamie avec fierté. Elle a séjourné dans des palaces du monde entier.

— Des palaces ? Je suis jalouse, avouai-je.

Elle me sourit.

— Elle adore la photo. N'est-ce pas, chérie ? reprit Jamie en la dévorant des yeux.

J'en fus un peu vexée car j'aurais voulu avoir un tel amour, moi aussi.

Ella opina et croisa les jambes. Elle avait de jolis orteils, les ongles vernis tels de petits bijoux. Étais-je jalouse d'elle ou bien voulais-je *être* elle ? Difficile à dire. En ce qui concernait Violet, à en juger par son expression, elle avait envie d'être Ella, plus tard.

— Donc vous êtes allés en Inde ensemble ? fis-je. C'est très romantique... Vous vous connaissiez depuis longtemps ?

— Assez longtemps, répondit-elle en regardant Jamie et non moi.

— Ah... et qu'est-ce que tu fais, dans la vie ? m'enquis-je, déterminée.

— Elle est mannequin, se rengorgea Jamie.

Violet écarquilla les yeux.

— J'ai porté des maillots de bain pour des amis créateurs, ce genre de choses, mais je ne suis pas modèle sérieusement. Je voudrais me focaliser sur ce qui compte vraiment, la photo, le vlog, le blog, sauver la planète, tout ça.

— Ouah ! Tu devrais être youtubeuse, suggéra Violet, des étoiles dans le regard.

— Peut-être... lâcha-t-elle comme si elle pouvait faire tout ce qu'elle voulait.

Je lui enviais son assurance... à moins que ce ne soit de l'arrogance.

— Ella est trop modeste, renchérit Jamie. Elle a été modèle dans le monde entier, elle a défilé sur les podiums des *fashion weeks*, elle a posé pour des photos de mode, a été mannequin lingerie. Les créateurs et les photographes ne cessent de l'appeler en lui demandant de prendre l'avion...

— Eh bien ! m'exclamai-je.

Je pensais que les défilés sur les podiums, les photos de mode et la lingerie étaient des spécialités distinctes. J'avais des doutes, surtout après ce que j'avais vu un peu plus tôt. Je me méfierais de tout ce qu'elle raconterait. Elle avait le physique d'un mannequin, c'était indéniable. Elle aurait été belle même vêtue d'un sac-poubelle. Cependant, Jamie exagérait sans doute pour impressionner la famille. Cela lui ressemblait. Les Taylor avaient une tendance agaçante à enjoliver la vérité et Jamie était le pire de tous.

— Ella gâche son talent en tant que modèle. Elle n'est pas un simple portemanteau. Elle est trop créative, reprit-il.

— Tu es trop mignon, dit-elle en l'embrassant sur la joue.

— Elle a vingt-cinq mille *followers* sur Instagram, ajouta-t-il avec un sourire radieux.

— Je suis mon instinct en espérant que cela plaira aux gens, expliqua-t-elle.

Elle était indéchiffrable. Son compte Instagram m'en dirait peut-être davantage. Cela dit, les réseaux sociaux pouvaient être trompeurs et montraient généralement la personne telle qu'elle voulait être. J'avais créé le profil Instagram de l'agence Taylor, puis le mien, et j'étais capable de faire passer un dîner en famille à la pizzeria du coin pour une soirée gastronomique à Milan.

— Alors tu es une de ces influenceuses sur Instagram ? demandai-je. On t'envoie de belles choses pour ta page ?

— Pas ma page... On appelle ça un profil, Clare ! s'esclaffa-t-elle en se tournant vers Jamie, qui baissa la tête.

Comment le prendre ? Était-elle en train de se moquer de moi ?

— C'est trop technique pour moi, avoua Joy, venant à ma rescousse.

— Bien sûr, je voulais parler de ton profil, repris-je en lui accordant le bénéfice du doute. Alors comment ça se passe ? Tu es modèle pour les produits que tu reçois ?

Je ne lâchais rien.

— Oui, oui... fit-elle avec dédain, sans me regarder.

Il était clair qu'elle n'avait pas envie d'en parler. Moi si.

— C'est génial comme travail, commentai-je.

Elle ne réagit pas. J'espérais ne pas avoir été trop curieuse. Elle semblait sûre d'elle et, en même temps, peu encline à évoquer sa carrière. Peut-être n'était-elle pas aussi brillante que le suggérait Jamie. Il devait être important pour lui qu'elle soit acceptée dans la famille, mais il n'avait pas besoin de nous la vendre de la sorte. Une fois de plus, il s'agissait de faire plaisir à Joy. Si maman était contente, tout le monde était content. Pour l'heure, elle avait les doigts crispés sur son verre de gin, un sourire figé sur les lèvres. Que ressentait-elle vraiment ?

— Ella a tant de choses à offrir. Je dis souvent qu'elle devrait faire de la télé, une émission de téléréalité, par exemple, dit Jamie.

— Oh ! J'adorerais ça, soupira Ella. C'est mon rêve...

— Oh non, pas une de ces émissions immondes, intervint Joy. De toute façon, la plupart des candidats sont célibataires. Tu es une femme mariée, à présent, Ella.

— Ce n'est qu'un boulot, objecta-t-elle, légèrement irritée. Et c'est très bien payé... Je veux dire... certains sont millionnaires.

— Maman a raison, ils te demanderaient peut-être d'avoir des relations à l'écran, déclara Jamie. Je veux bien que tu gagnes un million, sauf si tu dois t'afficher avec un autre pour ça.

Il eut un rire nerveux.

— Mon Dieu, non ! renchérit Joy, horrifiée à la perspective de voir sa belle-fille en pleine intrigue sexuelle sur le petit écran.

Que diraient les voisins ?

Ella ne répondit pas vraiment. Jusqu'où irait-elle pour empocher un million ? En tout cas, elle semblait bien partie avec la paire de boucles d'oreilles qu'elle avait subtilisée.

— J'ai hâte de prendre des photos de la maison, proclama-t-elle, détournant habilement la conversation.

D'une main, elle caressa le dossier du canapé et de l'autre, le bras de Jamie.

— La piscine est superbe, indiqua Joy, avec sa mosaïque dans tous les tons de bleu.

— Oui, je l'ai remarquée. La piscine me servira d'arrière-plan.

Elle sourit et se pencha en avant.

— Si ça ne pose pas de problème... enfin, si vous êtes tous d'accord... est-ce que je peux prendre des photos de la villa ?

Elle observa tour à tour Joy et Bob, puis de nouveau Joy. Elle avait manifestement compris dès les premières heures qui portait la culotte.

— Bien sûr, ma belle, prends des photos.

Je crus néanmoins déceler une lueur d'incertitude dans les yeux de ma belle-mère. Elle ne savait que penser de cette jeune femme qui venait de débarquer pendant nos vacances sans que quiconque lui demande la permission. Jusqu'à cet après-midi, elle ignorait que son fils avait une petite amie, alors une épouse...

— Vous avez des photos de mariage ? m'enquis-je, surtout par politesse.

J'étais également désireuse de voir la robe d'Ella, le costume de Jamie, le cadre idyllique.

— Une ou deux, répondit-elle en les cherchant dans son téléphone qu'elle me tendit.

Je me levai de l'accoudoir pour prendre l'appareil, mais elle refusa de le lâcher et me fit signe de m'asseoir sur son accoudoir. Cherchait-elle à prendre le dessus sur moi ou préférait-elle que je ne touche pas son téléphone pour une raison ou pour une autre ?

Je m'approchai d'elle et sentis son parfum de citron et de sel, de contrées inconnues et lointaines, une note florale, un soupçon de jasmin. Son parfum était à la hauteur de son apparence : unique et exotique.

Tandis qu'elle faisait défiler les photos, je remarquai sa montre de luxe et l'éclat du diamant qui scintillait à son doigt. Comment avait-elle « acquis » tout ça ? Jamie n'avait pas assez d'argent. Peut-être avait-il contracté un emprunt ? Peut-être qu'Ella était riche ? Dans ce cas, pourquoi aurait-elle volé les boucles d'oreilles ? Je m'efforçai de me concentrer sur les photos de leur mariage à couper le souffle, au sommet d'une falaise italienne. J'avoue que je dus ravaler un soupçon d'envie.

— Là, c'est la cérémonie, m'expliqua-t-elle en effleurant l'écran de ses longs ongles roses.

La mariée portait une robe sirène en soie rose poudré qui soulignait sa taille et sa poitrine. Jamie arborait un costume de créateur et une chemise à col ouvert. Plusieurs personnes les entouraient, probablement les témoins, mais elles étaient insignifiantes. Les mariés avaient l'allure de stars hollywoodiennes au sourire éclatant et au teint hâlé, avec la côte amalfitaine en toile de fond. Ils étaient jeunes et heureux, sexy et riches. Je ne pouvais qu'imaginer la vie qui les attendait, si différente de la nôtre.

Jamie avait beau affirmer qu'il voulait travailler dans l'entreprise familiale, je ne les imaginais pas à Manchester, sous la pluie, avec des horaires de bureau. Jamie n'avait pas réussi à garder un seul emploi ni un logement. Ella ne me donnait pas l'impression d'être destinée à vivre dans un lotissement de banlieue, à travailler et à élever ses enfants. Non, ils n'étaient pas comme nous. J'imaginais leur profil Instagram, avec des photos en noir et blanc d'une grande maison avec des volets aux fenêtres, à Paris ou Milan. Dans ce nid d'amour européen en diable, ils auraient de magnifiques enfants bilingues. Elle ne prendrait pas de poids et il ne se désintéresserait jamais d'elle.

— Superbe, murmurai-je en essayant d'intégrer l'idée que cette mariée sublime et la femme que j'avais vue voler les boucles d'oreilles de sa belle-mère dans sa propre chambre étaient la même personne.

— Je vais en commander des impressions, dit Ella. Pour que la famille puisse en encadrer.

— Génial, répondis-je.

Je repris ma place sur l'accoudoir de l'autre fauteuil en espérant que Dan me cède sa place et montre à tout le monde qu'il m'aimait autant que Jamie aimait Ella. Il n'en fit rien.

— Tu es prêt à avoir un vrai travail ? demanda-t-il à Jamie.

— J'ai toujours été prêt, répondit ce dernier en se redressant fièrement, d'un air de défi.

— Tant mieux. J'espère que tu sais ce qui t'attend, ajouta Dan, sans doute ravi que son cadet affronte enfin la vraie vie.

Il aurait pu masquer légèrement sa jubilation.

— Si tu veux savoir si je suis au courant que je vais devoir te montrer comment le boulot doit être fait, la réponse est oui, railla Jamie avec un sourire taquin.

— On verra, répliqua Dan, la mine grave.

Je ne les avais jamais vus ainsi. Leur rivalité fraternelle avait toujours été espiègle et teintée d'affection. Cette fois, je décelais une certaine tension. Jamie avait une épouse à impressionner, désormais, et il ne semblait plus disposé à jouer le rôle du petit frère.

— En fait, Ella et moi avons beaucoup discuté de l'entreprise, reprit-il.

Il était donc vraiment décidé à travailler. Je croyais que ce n'étaient que des mots. Je ne voyais vraiment pas comment cela pourrait fonctionner et Dan serait contraint de le gérer, ce qui ne manquerait pas de le stresser.

— Ella a de grandes idées pour l'agence Taylor, ajouta Jamie.

Je me tournai vivement vers elle. Elle ne pouvait pas réellement s'intéresser à notre modeste agence immobilière. Ella avait certainement d'autres chats à fouetter, non ? Et les photos, les défilés, les émissions de télé ?

— Formidable, dit Joy.

Je devinais à son rictus qu'elle était loin de le penser. Joy et Bob ne passeraient pas complètement la main. Ils ne pensaient sans doute pas leurs fils capables de s'occuper seuls de l'agence quand ils seraient à la retraite. Alors se fier à une belle-fille tombée du ciel...

— Des idées ? répéta Dan sans même chercher à dissimuler son scepticisme. Très bien, on t'écoute, Ella.

Son ton était badin et son regard, pétillant. La trouvait-il simplement amusante ou fascinante ? Difficile à dire. Quoi qu'il en soit, il était curieux d'entendre ce qu'elle avait à dire.

Ella, qui caressait l'oreille de Jamie, leva les yeux vers lui.

— Eh bien, Jamie m'a tout raconté sur l'agence Taylor et il semblerait qu'elle ait besoin d'un coup de pouce sur le plan du marketing et de la com.

Elle se redressa légèrement, comme si elle passait un entretien avec Dan et voulait l'impressionner, lui démontrer son sérieux.

— En fait, il vous faut un nouveau site Internet, un compte Instagram, une présence sur tous les réseaux sociaux... De nos jours, il faut absolument être interactif, poser des questions, par exemple : « Voici le penthouse que nous venons de mettre en vente. Saurez-vous deviner le nom de l'architecte ? »

— Un penthouse ? répétai-je avec un sourire.

Je scrutai l'assemblée en quête d'autres mines incrédules, mais tout le monde avait les yeux rivés sur Ella.

— Clare, tu viens d'interrompre le fil de mes pensées, protesta-t-elle en se prenant la tête entre les mains de façon théâtrale.

— Pardon, marmonnai-je.

Je me tus car les autres attendaient visiblement la suite. Même les garçons ne faisaient plus de bruit – ce qui était surtout lié au fait qu'ils étaient captivés par un jeu sur leur tablette.

Violet buvait les paroles de son héroïne.

— Tu parlais d'un architecte... dans un penthouse, dit-elle pour l'inciter à poursuivre.

— Ah oui... C'est ça, merci Vee !

Ce diminutif me crispa soudain. Ma fille s'appelait Violet. Était-ce un peu mesquin de ma part ?

— Donc... reprit-elle, le penthouse. Je contacterais une entreprise de peinture, j'organiserais un concours, en demandant par exemple : « Quelle gamme de coloris utiliseriez-vous s'il s'agissait de votre nouveau logement ? Dites-le-nous et gagnez un an de peinture gratuite. » Vous voyez le genre ?

Elle guetta la réaction de son auditoire.

— Donc vous posez des questions à vos *followers* et, pour gagner, ils doivent répondre. Pas con, non ?

Violet se tourna vers moi avec un sourire malicieux en entendant ce gros mot mais je ne cillai pas. Contrairement à Joy.

— L'agence Taylor repose sur des valeurs traditionnelles, Ella, dit-elle. Instagram et Twitter, ce n'était pas pour nous.

— Il faut vraiment qu'on se tourne vers les réseaux sociaux, déclara Dan.

J'étais d'accord avec lui. Dan et Jamie devaient moderniser l'entreprise afin de pouvoir concurrencer les meilleurs. Les réseaux sociaux étaient des outils très efficaces.

Ella sourit à Dan.

— Tu as tellement raison !

Ils échangèrent un regard qui me noua les entrailles.

— Oui, il faut vraiment qu'on s'y mette, renchéris-je, désireuse de m'interposer entre eux. Je m'intéresserai à la question quand...

Elle me coupa la parole.

— Je fais la même chose avec mes *followers*. Je les fais interagir avec moi en leur demandant quel bikini je devrais choisir, quel soutien-gorge me va le mieux...

Elle passa les mains sur ses seins sous le regard attentif de Dan.

— Je leur demande ce que je devrais porter pour une fête ou un rendez-vous. C'était avant Jamie, bien sûr !

Ella sembla se souvenir de lui et crispa les doigts sur son genou, ce qui lui suffit visiblement car il lui adressa un sourire plein d'adoration.

— Ouah, ça semble vraiment génial, commenta Dan.

Il la regarda comme si la moindre de ses paroles était essentielle à son existence. Je le savais parce qu'il me regardait ainsi, à une époque. Avec la vie de couple, les enfants, je l'avais oublié. Les femmes trouvaient mon mari irrésistible.

— À l'agence, on n'aura peut-être pas les moyens de vous rémunérer tous les deux, Ella et Jamie, s'esclaffa-t-il. Prenons uniquement Ella.

La jeune femme se rengorgea.

— On a déjà un compte Instagram, dis-je, sur la défensive. Avec moins de *followers* que toi, c'est sûr, mais on ne se débrouille pas mal. Et je pose des questions... J'interagis, ajoutai-je, me sentant un peu seule. Je n'ai pas le temps de m'en occuper tous les jours. Je gère les réseaux sociaux pendant mes jours de repos.

— Ouais... J'ai vu vos réseaux sociaux. Euh... ne le prends pas mal, Clare, mais... si tu t'en occupes pendant tes jours de repos... Ce n'est pas quelque chose qu'une entreprise doit gérer à temps partiel, entre la lessive et la cuisine.

Je m'empourprai légèrement.

— En fait, je travaille. Je suis infirmière, précisai-je, offusquée. Je fais de longues gardes. Je n'ai pas plus de temps à y consacrer malheureusement.

Vexée, je m'efforçai de rester calme et de ne rien trahir de mon irritation.

— Justement, tu as autre chose à faire et j'ai l'impression que tu en fais suffisamment comme ça, reprit-elle d'un ton un peu condescendant. Non, Clare, tu fournis de gros efforts, tout en étant infirmière ! Tous ces lits à faire... Tu dois être crevée. En tout cas, le site Web et les réseaux doivent être gérés de façon professionnelle. Ce n'est pas un loisir. Ne le prends pas mal, Clare.

Si, je le prenais mal ! Très mal, même. Je me retins toutefois de lui répondre.

— ... plus actuel, plus interactif. L'agence Taylor a besoin d'attirer de plus gros clients, disait-elle. Ceux qui recherchent des biens plus grands, des biens prestigieux.

— Je suis d'accord sur le principe, Ella, répondis-je, toujours perchée sur l'accoudoir de Dan. Cependant, nous sommes une petite entreprise. Il nous faut quelqu'un, mais nous n'avons pas le budget pour embaucher.

J'attendais que Dan confirme mes propos car je ne faisais que répéter ce qu'il disait lui-même.

— Si vous n'avez pas de quoi payer quelqu'un, c'est parce que vos réseaux sociaux sont tellement inefficaces que vous n'attirez pas assez de clients, soupira-t-elle, comme si elle était lasse de m'expliquer sans cesse la même chose.

— La plupart de nos clients ne vont pas sur Instagram. Ils ne savent sans doute même pas ce que c'est, ajoutai-je.

J'étais consciente qu'il valait mieux que je me taise mais ses critiques m'avaient piquée au vif. J'attendis que quelqu'un confirme ce que j'avançais mais, une fois encore, personne ne dit rien. Dan regardait Ella si fixement qu'il ne m'avait sans doute pas entendue.

— Oh, Clare, se lamenta-t-elle comme si je venais de sortir une énormité, si la plupart de nos clients ignorent ce qu'est Instagram, il serait temps que nous en cherchions de nouveaux, non ?

— Désolée, mais...

— Laisse Ella finir, me coupa Jamie.

Les autres restèrent silencieux. Je scrutai les membres de ma famille pour jauger leur réaction. Dan était fasciné, Joy affichait une mine impassible et Bob semblait désorienté.

Ella adressa un sourire de gratitude à Jamie et se tourna vers moi.

— Écoute, Clare... Je ne te reproche pas l'inefficacité de vos réseaux sociaux, mais une société telle que l'agence Taylor a besoin d'une approche plus... jeune, plus fraîche. Il faut de nouvelles pistes, une réflexion plus vive.

Elle s'exprimait comme si elle expliquait quelque chose de compliqué à une enfant.

— Tu ne voudrais pas te retrouver hors jeu, tout de même ?

Le ton de sa voix suggérait qu'elle ne parlait pas uniquement des réseaux sociaux et de l'avenir de l'agence.

Jamie hocha la tête tandis qu'Ella repoussait ses cheveux en arrière. J'avais fait de mon mieux pour contribuer à l'entreprise familiale. Cela ne suffisait peut-être pas... Ni Dan, ni Joy, ni Bob ne vinrent à ma rescousse. Ils pensaient sans doute qu'Ella avait vu juste. Ils voulaient quelqu'un de plus jeune, avec des idées nouvelles, quelqu'un comme Ella. Et si je prenais tout cela un peu trop à cœur ? Ella voulait se rendre utile et qui étais-je pour savoir ce qui fonctionnerait ou non ? C'était elle, l'experte.

— Bon, dis-je avec un sourire, en me levant de l'accoudoir. Je pense que nous avons tous envie de passer des vacances tranquilles, sans parler boulot ! Et si on discutait plutôt crème solaire et gin ? D'ailleurs, qui veut un autre verre ?

— Excellente idée ! répondit Joy, visiblement soulagée.

Ella se tourna vers Jamie qui posa une main rassurante sur son bras.

Tout le monde avait envie d'un autre verre. En les servant, je m'efforçai de ne pas trahir combien je m'étais sentie humiliée. J'espérais que les choses finiraient par se tasser, que nous avions simplement besoin d'apprendre à nous comprendre. J'espérais aussi qu'il existait une explication logique au fait qu'Ella ait pris les boucles d'oreilles de Joy. Quand je connaîtrais mieux ma belle-sœur, nous pourrions peut-être rire de ce premier jour... Ce serait si bien si nous devenions amies, voire sœurs. Je n'avais pas de famille et c'était pourquoi les Taylor m'étaient si précieux.

La mort de mon père avait anéanti tout semblant de famille. J'étais assez grande au moment de l'accident pour me souvenir de lui et je savais que ma vie aurait été plus riche s'il avait vécu plus longtemps. Quand j'étais toute petite, il me racontait des histoires et me faisait part d'idées que j'étais peut-être trop jeune pour comprendre vraiment. Plus tard, ces leçons de vie m'avaient été utiles. L'une de mes histoires préférées était celle du battement d'ailes du papillon.

« Papa, parle-moi de l'effet papillon ! »

Il souriait et m'expliquait que le battement d'ailes d'un papillon au Nouveau-Mexique pouvait provoquer un typhon en Chine. Cette idée me fascinait et nous jouions à ajouter nos propres théories sur ce qui se passerait dans le monde entier. Je sais désormais que c'était plus qu'un jeu. Mon père m'apprenait à être responsable de mes actes et à être consciente de leur impact.

« La vie n'est que conséquences, Clare. Tout ce que tu fais produit un effet sur quelqu'un, quelque part. C'est l'effet papillon. »

Je ne comprenais pas très bien, à l'époque, mais, en grandissant, j'ai compris le sens de ces phrases. Et aujourd'hui, depuis les événements de l'été dernier, j'ai encore plus conscience des conséquences de mes actes. Le plus léger battement d'ailes d'un papillon peut mener à des choses inimaginables.

7

Au cours des quelques jours précédant l'arrivée d'Ella et Jamie, j'avais pris l'habitude de sortir sur la terrasse vers 6 h 30, avant que la maisonnée ne soit réveillée. Tout était si paisible, la piscine, les arbres immobiles, les oiseaux qui s'éveillaient peu à peu, tout était propre et frais, intact. Je me préparais du café à l'italienne, sur le fourneau, et je m'installais avec mon livre pour savourer cette tranquillité. J'adorais ce moment de la journée. Le lendemain de l'arrivée d'Ella et Jamie, je ne pus m'empêcher d'être un peu déçue en sortant sur la terrasse, mon café à la main, pour y trouver Ella. Elle était époustouflante avec sa tenue en Lycra corail, penchée en avant pour toucher ses orteils, ce dont j'étais incapable depuis 1998.

— Oh, je ne m'attendais pas à trouver quelqu'un, bredouillai-je.

Elle se redressa aussitôt.

— Tu m'as fait peur, Clare ! s'exclama-t-elle en riant.

— Désolée.

Je m'attablai et posai ma tasse. Mon livre m'attendait.

Elle avait une mine superbe, sans poches sous les yeux, et un teint de pêche, même sans maquillage. Et pas une ride... Ses ongles étaient maintenant vernis dans un ton cappuccino. Je les comparai aux miens, peints en rouge orangé, une couleur que j'avais trouvée estivale au supermarché, mais qui semblait bien ordinaire à présent.

— C'est un superbe endroit, non ? dit-elle en se postant devant moi, les mains sur ses hanches minces, laissant voir son ventre plat.

— Oui, on a de la chance. Joy et Bob nous invitent tous les ans en vacances.

— C'est sympa, ça.

Elle se pencha alors vers moi et reprit à voix basse :

— Ils sont comment, Joy et Bob ? Ils ont l'air bien, mais...

— Oui, ils sont adorables, vraiment gentils.

— Joy peut être un peu pesante, non ?

— Oui, mais quand on la connaît bien...

— Un peu autoritaire ? insista-t-elle avec un sourire.

Je laissai échapper un rire : elle avait compris tout de suite.

— Oui, je suppose qu'elle est un peu autoritaire. Elle a tendance à prendre le dessus si on la laisse faire. Il n'empêche qu'elle est gentille et d'un grand soutien. Elle est de bonne compagnie, aussi. Il y a des belles-mères bien pires que Joy. Celle d'une de mes copines...

Avant que je puisse terminer ma phrase, Ella s'éloigna vers l'autre extrémité de la terrasse, puis elle ferma les yeux et écarta les bras. Quitte à se montrer un peu impolie, elle n'avait visiblement pas envie d'entendre mes anecdotes sur la belle-mère de ma copine. Au moins, je pourrais lire tranquillement.

— Tu fais du yoga ? m'enquis-je en tournant une page de mon livre.

— Non. Je prépare un gâteau.

Surprise, je levai les yeux.

— Oui, je fais du yoga, Clare, soupira-t-elle en me souriant tout en levant les yeux au ciel.

Je lui rendis son sourire. Encore ce sens de l'humour...

— Qu'est-ce que tu lis ?

Elle s'étira vers l'avant.

— C'est un bouquin que j'ai trouvé dans la maison sur l'histoire des lieux.

— Il est beau. Je me demande si je pourrais le piquer pour le mettre dans ma bibliothèque, chez moi. Joy ne dirait rien, n'est-ce pas ?

Elle avait les bras en arrière, maintenant, et son ventre plat et bronzé en avant.

— Tu n'as pas besoin de l'emporter, répondis-je. Tu n'as qu'à le lire ici. Je l'ai presque terminé.

— Oh, je ne compte pas le lire ! s'esclaffa-t-elle. Non, c'est juste que j'adore la couverture. Il ira très bien sur mes étagères, j'ai classé mes livres par couleur, pour faire comme un arc-en-ciel. L'effet est top sur les réseaux.

— Ah, je vois...

Elle fit se mouvoir ses membres sculpturaux pour se livrer à diverses contorsions. Je l'imaginai en train de faire l'amour avec Jamie dans le lit simple. Et Dan qui voulait leur céder notre *king size* ! J'espérais que cette idée lui était sortie de la tête. Ella avait la souplesse d'une liane. Il était clair qu'avec des articulations aussi flexibles que les siennes, elle n'aurait pas de mal à être créative même sur un petit matelas.

— Je pense que les propriétaires ont dressé un inventaire, prévins-je au cas où elle aurait l'intention de chiper le livre.

Les boucles d'oreilles me revinrent à l'esprit, mais je chassai aussitôt cette pensée. J'étais de plus en plus persuadée de m'être méprise. Elle ne pouvait pas les avoir volées.

— Comment ça, les propriétaires ? Ce ne sont pas Joy et Bob ?

Elle s'interrompit dans ses mouvements pour se tourner vers moi.

— Non ! m'esclaffai-je. Ils ne sont pas propriétaires de la villa. Ils l'ont louée.

Elle fit volte-face pour étirer ses cuisses, de sorte que je ne pus jauger sa réaction.

— Où se trouvent tes fameuses étagères arc-en-ciel ? m'enquis-je pour changer de sujet.

— Quoi ?

— Tes étagères. Elles sont chez toi ou dans un garde-meuble ? Tu habites où ?

Elle leva une jambe plus haut que je ne l'aurais cru humainement possible.

— Dans un garde-meuble.

— Donc tu n'habites nulle part, en ce moment ?

Pas de réponse.

— Tu viens d'où ? insistai-je, adoptant une approche plus directe.

— Je vivais à Manchester. J'ai un appartement à Londres... un autre à New York...

— Ah bon ? Je l'ignorais.

— Pourquoi le saurais-tu ?

Sa brusquerie me déstabilisa. Sans doute essayait-elle de se concentrer. J'aurais dû me taire mais j'étais un peu intriguée.

— Je m'étonne simplement que tu aies deux propriétés. C'est beaucoup pour quelqu'un de ton âge.

— Tu trouves ? Je ne suis pas de ta génération, rétorqua-t-elle. On est des battants, Clare ! J'avais déjà gagné pas mal d'argent avant mes vingt-cinq ans. Je voulais un appartement à New York parce que mon père est avocat là-bas.

— Ah, il est new-yorkais ?

— Pure souche, oui.

— Donc Jamie et toi n'avez pas le projet de vous installer à Londres... dans ton appartement ?

— Pourquoi toutes ces questions ?

— Désolée, je ne voulais pas être indiscrète. Je me demande juste pourquoi tu ne vis pas dans un de tes appartements puisque tu en possèdes deux.

Elle faisait comme si j'étais trop curieuse, mais je voulais simplement la connaître un peu mieux. Je me demandais pourquoi Ella, avec sa vie de jet-setteuse, voudrait s'enterrer dans la banlieue de Manchester, au sein d'une petite entreprise familiale, alors qu'elle avait la possibilité d'habiter dans deux des villes les plus exaltantes de la planète.

Elle garda le silence. Après tout, si elle n'avait pas envie de tout me dire d'emblée, c'était son droit. Mieux valait m'en tenir à des sujets sans importance. Au fil du temps, elle finirait peut-être par m'accorder sa confiance, voire son amitié. La vie serait plus facile si nous nous entendions bien.

— J'imagine que c'est le yoga qui te permet de garder la ligne.

— Oui, le yoga et le sexe, répondit-elle en me regardant fixement et en écartant lentement les jambes.

— Je devrais peut-être me mettre au yoga, hasardai-je en m'efforçant d'ignorer cet entrejambe plein de défi. Cela pourrait me faire du bien.

— Sans doute, fit-elle en resserrant les jambes. Mais les personnes plus âgées doivent faire attention. Je te suggère de bien t'échauffer, d'autant que tu es en période de ménopause.

— Pas du tout !

— Désolée. Je croyais que tu l'étais.

Était-ce de la méchanceté ou un simple manque de tact ?

— Je n'ai que quarante et un ans, Ella.

Je m'épongeai discrètement la nuque de peur qu'elle ne pense que j'avais une bouffée de chaleur.

— Excuse-moi, Clare, tu veux bien qu'on profite du silence, un peu ?

— Je comprends.

Je lui accordai une fois de plus le bénéfice du doute.

— C'est pour ça que j'aime venir ici de bon matin, pour profiter du calme, sans les enfants, sans mes patients, expliquai-je avec un sourire.

— Justement. Je ressens ta présence, répliqua-t-elle sans cesser de se contorsionner. J'ai besoin de me concentrer. Si tu me racontes que tes gosses travaillent bien à l'école ou combien de draps tu as changés à l'hôpital la semaine dernière, tu me perturbes. Merci de respecter ça.

Je n'en croyais pas mes oreilles. Elle plaisantait, non ?

Je la dévisageai un instant. Elle était impassible. Donc elle parlait sérieusement. Pas question que je me laisse faire sans rien dire !

— Eh bien ! m'exclamai-je.

— Quoi ?

— Ce n'était pas très délicat...

Elle parut sur le point de dire quelque chose mais se ravisa et écarquilla les yeux.

— Enfin, Clare ! Je rigolais. Je ne t'ai pas blessée, j'espère.

Comme saisie d'effroi, elle porta une main à sa bouche.

Était-elle vraiment horrifiée à l'idée de m'avoir blessée ou bien se moquait-elle de moi ? Je décidai de réserver encore un peu mon opinion en me disant qu'elle n'avait pas cherché à être méchante.

— Je pense juste que, parfois, tu dis des choses et les gens ne comprennent pas ce que tu voulais dire, déclarai-je. Ce qui te semble drôle ne l'est pas pour tout le monde et passe pour de l'impolitesse.

— Pour toi, peut-être, rétorqua-t-elle sans me regarder.

L'avais-je embarrassée ? Telle n'était pas mon intention. Soudain, elle parut changer d'avis et releva la tête avec un sourire au coin des lèvres.

— Excuse-moi...

Elle s'approcha de moi et posa une main sur mon épaule.

J'ignorais encore si elle plaisantait, mais Dan me disait souvent que je prenais les choses trop à cœur. Il devait avoir raison. Il fallait que je grandisse.

— Je suppose que je n'ai pas le même humour que toi, concédai-je.

— Oui, il va falloir t'y habituer.

Elle reprit sa séance de yoga, debout, le dos tourné.

— Parce que je suis comme ça !

Avant que je puisse réagir, elle me lança :

— Je plaisante !

— Même pas drôle ! raillai-je sur le même ton badin avant de me replonger dans mon livre.

— Clare ! fit-elle au bout de quelques minutes. Tu peux te joindre à moi, si tu veux, à condition de t'échauffer avant et que tu ne parles pas. Je peux peut-être faire quelque chose pour ton ventre.

Je compris alors qu'Ella ne manquait pas de tact et qu'elle n'avait pas un humour particulier. Elle le faisait exprès.

— Merci, maugréai-je, ça va.

— J'aimerais bien le silence, maintenant, conclut-elle avant de se mettre à chantonner.

— Moi aussi, murmurai-je en reprenant ma lecture.

Elle ne dit rien, presque en transe lorsqu'elle se mit à agiter les bras puis à adopter diverses postures. Impossible de me concentrer sur mon texte ! J'observai donc Ella.

— Je n'ai jamais vu ce genre de yoga, commentai-je, incapable de m'en empêcher.

— Cela ne m'étonne pas. Il est réservé aux gens très souples. J'ai appris ça quand je vivais à L. A.

— Tu as vécu à Los Angeles ? m'étonnai-je, ignorant cette réflexion sur mon manque de souplesse, que je ne pouvais nier. Tu as fait un tas de choses dans ta courte vie.

Pas de réaction.

— Désolée, Ella... Je sais que je n'arrête pas de te poser des questions. C'est juste que... Eh bien, tu viens de dire que ton père était un pur New-Yorkais, mais il me semble bien t'avoir entendue dire qu'il était italien, qu'il venait de Sorrente, même.

— Pardon ?

Elle me foudroya d'un regard menaçant.

— Je me demandais comment il pouvait être un pur New-Yorkais et un Italien pur jus en même temps.

Je soutins son regard.

— Tu me traites de menteuse ?

Elle interrompit de nouveau sa séance et s'approcha de moi, les mains sur les hanches, prête à en découdre.

— Non, je ne dis pas ça.

Ce changement d'attitude soudain m'avait déstabilisée.

— Fais attention, Clare, gronda-t-elle en se rapprochant encore.

Elle me dominait de toute sa hauteur, me privant de soleil. La joute verbale venait de prendre une tournure bien plus sombre.

Je retins mon souffle. Son beau visage était si proche du mien que, malgré son front botoxé et ses sourcils parfaitement épilés, il y avait quelque chose de laid en elle. Entre ses yeux froids, sa peau était à présent plissée de rage.

Elle s'approcha encore et porta deux doigts à ses yeux, puis aux miens.

— Je te vois, dit-elle.

Au bout de ce qui me parut une éternité, elle se redressa.

— Je parie que tu as du mal à dormir la nuit, persifla-t-elle.

Je soutins son regard, le cœur battant à tout rompre, sans bouger. J'avais envie de la repousser et de prendre mes jambes à mon cou, mais j'en étais incapable. Je restai là, assise sur ma chaise, agrippant mon livre, dans son ombre.

— Tu crois que, Jamie et moi, on se cache des choses ? énonça-t-elle avec un sourire mauvais. On se raconte tout ! Je connais ton vilain petit secret. Quand j'y pense, je me dis que tu devrais être gentille avec moi...

8

Plus tard, Dan emmena les enfants prendre le petit déjeuner au village. Il y avait apparemment un café qui servait des pancakes et les enfants étaient impatients d'y goûter. D'ordinaire, je les aurais accompagnés. Cette fois, j'étais trop désemparée. J'avais besoin d'un peu de solitude pour réfléchir. J'avais passé deux heures à laver les vêtements des enfants dans la cuisine, à les frotter frénétiquement, terrifiée parce qu'Ella savait ce que je cachais depuis tout ce temps. Savait-elle *tout* ? Non, elle devait bluffer. Que diable lui avait raconté Jamie ? Même si elle n'était qu'en partie informée, j'étais dans une situation difficile. À la moindre contrariété, elle cracherait le morceau et ma vie serait anéantie, ainsi que ma famille. Elle était méchante et je ne pouvais lui faire confiance, mais je devais éviter tout conflit jusqu'à la fin de ces vacances, au moins. Si je fournissais de gros efforts pour devenir son amie, garderait-elle le silence ? Au souvenir de la haine qu'exprimait son visage, de ses doigts qui avaient failli m'éborgner, je me dis que c'était impossible car elle me haïssait sans vraiment me connaître.

Je décidai de ne parler à personne des boucles d'oreilles, dans l'immédiat. Je me servirais de cette information si cela s'avérait nécessaire. Pour l'heure, je me contenterais de surveiller Ella, d'essayer d'en savoir davantage sur son compte tout en nous protégeant, mon secret et moi.

Un peu plus tard, ma lessive terminée, je vis Joy au bord de la piscine, apparemment seule. Je la rejoignis, pensant que la voie était libre, mais Ella fit son apparition au bout de quelques minutes.

— Salut, minauda-t-elle.

— Salut. Il fait encore si chaud, déclarai-je en faisant mine de m'éponger le front.

Je voulais qu'elle comprenne que je ne lui en voulais pas.

— Oui, mais j'adore la chaleur, murmura-t-elle en s'arrêtant près de nous.

Elle se tourna vers la villa et, l'espace d'un instant, je redoutai qu'elle ne dise quelque chose devant Joy. Je m'empressai donc de parler de la pluie et du beau temps pour maintenir une atmosphère détendue.

— La villa est superbe, au soleil, non ? dis-je.

Pas de réponse.

— Tu as posté des photos de la maison ? insistai-je avec entrain.

Je me rendis alors compte qu'elle ne regardait pas la villa. Elle était en train de faire un selfie. Elle posa sur moi un regard irrité.

— Tu veux bien que je te suive sur Instagram pour voir les photos de la villa ?

En réalité, une partie de moi voulait en savoir davantage. Ne prétendait-elle pas connaître *mes* secrets ?

— Bien sûr, fit-elle en haussant les épaules. Je ne savais pas que tu avais un compte.

Elle s'assit à côté de Joy et afficha une mine boudeuse face à l'écran de son téléphone.

— Eh oui, même les mères de famille ennuyeuses sont sur Instagram, raillai-je.

— Oh, Clare, je suis désolée. Je t'ai contrariée, hier soir, n'est-ce pas ? Je manque parfois de tact. Oublie ce que j'ai dit sur les femmes au foyer à temps partiel ou je ne sais plus trop quoi.

— C'est déjà oublié, répondis-je.

Et elle, avait-elle oublié la façon dont elle m'avait parlé, quelques heures plus tôt ?

— Le problème, c'est que tu sembles prendre la mouche très facilement, ajouta-t-elle. Je ne te savais pas aussi susceptible. Je te promets de ne plus plaisanter sur le temps que tu passes à faire la lessive, la cuisine... ou à changer des draps pour gagner ta vie.

— Merci, dis-je, refusant de mordre à l'hameçon.

— Tiens, je viens d'avoir une idée, reprit-elle en s'installant sur sa chaise longue.

— Laquelle ? m'enquis-je par-dessus mes lunettes de soleil.

— Tu devrais prendre des photos de tes gosses et démarrer un compte Instagram du type « maman au foyer de banlieue qui cherche à perdre du poids avec ses chères têtes blondes »... Un truc dans ce genre-là.

Je remis mes lunettes en place.

— C'est ça, maman grosse et vieille qui gagne sa vie en changeant des draps, maugréai-je, sarcastique.

— Tu tiens peut-être un projet, Clare. Préviens-moi si tu as besoin d'aide, proposa-t-elle avec un sourire.

Je me gardai de répondre. Tout espoir d'amitié entre nous s'était envolé. Je ne comprenais pas cette hostilité envers moi. Je ne représentais pourtant aucun danger pour elle.

— Oh non ! Je t'ai encore vexée ? soupira-t-elle avec emphase. Franchement, tu es trop susceptible. N'est-ce pas, Joy ?

Plongée dans son livre, Joy leva brièvement la tête et sourit, ce qu'Ella prit pour un oui.

— Je ne suis pas susceptible du tout, déclarai-je en fermant les yeux pour lui signifier que cette conversation était terminée.

À quoi jouait-elle donc ?

Plus tard, au moment du dîner que Joy et moi avions mis l'après-midi à préparer, Ella demanda à Joy ce qu'il y avait dans la sauce et comment nous avions fait cuire les légumes.

— C'est Clare qui s'est occupée des légumes, répondit Joy.

— Je les ai faits à la vapeur au-dessus d'un peu d'eau salée. Ensuite, une noix de beurre, du sel, du poivre, et voilà. Rien de spécial.

— Tant de sel ? Et du beurre, en plus ! s'étonna Ella en se tournant vers Jamie.

— Il n'y en a pas tant que ça, assurai-je. Un peu de beurre et une pincée de sel ne font de mal à personne.

— Clare, les êtres humains ne sont pas faits pour consommer du sel. Et, en effet, un peu de beurre ne fait pas de mal, mais, ma belle, ces carottes baignent dans le beurre.

Elle m'adressa un sourire mielleux.

— Désolée, fis-je sans cesser de manger, déterminée à ne pas rentrer dans son jeu.

— Non, c'est à moi de m'excuser. C'était impoli. C'est vrai, je ne devrais pas m'attendre à ce que tout le monde comprenne le concept du *clean eating*.

— Tu veux dire que tu ne consommes aucun aliment transformé ? demandai-je, sceptique.

— Absolument. Des aliments complets dans la mesure du possible, crus de préférence. Je suis végane. Je ne mange rien qui ait un visage.

Elle posa sur le jarret d'agneau juteux que j'étais en train de déguster un regard si appuyé que je crus entendre un bêlement.

Elle me donna presque l'impression d'être une cannibale. L'espace d'un instant, je faillis poser ma fourchette et renoncer à cette bouchée de viande, mais de quel droit cette femme arrivée la veille me culpabilisait-elle ? J'avais participé à la préparation de ce repas dans une cuisine étouffante pendant qu'elle passait l'après-midi alanguie sur une chaise longue à se prendre en photo.

Je mastiquai donc tout en lui souriant. Je tenais à ce que ma famille mange bien, ce qui ne m'empêchait pas d'être sensible à la cause animale. Je lui en voulus de gâcher mon plaisir. Au moment où j'allais lui faire une réflexion, je me souvins de notre conversation et de sa menace voilée. Je poursuivis donc mon repas en faisant comme si elle n'était pas là. Je commençais à me sentir mal à l'aise en sa présence, sur la défensive. Hélas, il m'était impossible de riposter à cause de ce qu'elle risquait de dire devant tout le monde. S'il s'était agi d'une petite amie de passage, je l'aurais évitée poliment, mais Ella était mariée avec Jamie. Elle faisait partie de la famille. Non seulement elle était une Taylor, mais elle allait rentrer en Angleterre avec nous, tel un souvenir de voyage encombrant. On ne se dirait pas au revoir à l'aéroport. Elle serait là pour toujours.

Après le dîner, Dan et moi couchâmes les enfants, puis il me proposa une promenade tous les deux. Je sautai sur l'occasion, imaginant déjà une flânerie romantique. Mais, manifestement, s'il voulait m'emmener dans le jardin à 22 heures, ce n'était pas pour m'embrasser au clair de lune.

— Clare, je t'ai amenée ici parce que... j'ai un aveu à te faire et cela ne va pas te plaire.

— Ne me dis pas que tu *la* revois, soufflai-je.

— Non, non, rien à voir avec ça. Voilà... Je me sentais un peu gêné pour Jamie et maman m'a demandé si on voulait bien leur céder notre chambre parce qu'ils sont en lune de miel.

Je me contentai de le dévisager. Il savait aussi bien que moi combien il était important que nous soyons ensemble, durant ces vacances. Même si Joy savait se montrer persuasive, il ne pouvait renoncer à notre chambre, à notre chance de remettre notre couple sur les rails. J'en arrivais à me demander s'il était sincère quand il affirmait qu'il voulait sauver notre couple.

Certes, tout n'avait pas toujours été rose entre nous, mais c'était la découverte de sa liaison avec une femme deux fois plus jeune que lui, trois mois plus tôt, qui avait vraiment failli détruire notre relation.

9

— Désolé, mais que voulais-tu que je lui dise ? soupira Dan face à mon absence de réaction. Ce n'est qu'une chambre. Et ce n'est que pour neuf jours.

Mon désarroi et ma déception firent place à la colère et au ressentiment.

— Non, ce n'est pas qu'une chambre. C'est bien plus que ça, après ce qu'il s'est passé.

— Je sais, je sais... Tu connais ma mère. Quand elle veut quelque chose, elle insiste jusqu'à l'obtenir. Elle culpabilise parce qu'ils n'ont pas eu un beau mariage comme nous.

— C'était leur choix !

— Chut... Ils vont t'entendre.

Il se tourna vers la villa. Par la fenêtre, je les voyais tous attablés. J'entendais des rires, des tintements de verres. Et nous étions dehors, dans une chaleur accablante, à nous déchirer.

— Quel est le problème, en réalité, Dan ? Tu veux apaiser ta mère ou ton frère ? À moins que notre couple n'ait aucune importance à tes yeux ? Tu veux dormir seul pour pouvoir penser à *elle* ?

— Arrête, Clare ! J'ai admis mon erreur, répliqua-t-il, irrité.

— Une erreur qui a duré des mois.

— J'ai renoncé à elle, non ?

À l'entendre, il m'avait accordé une faveur, en grand seigneur qu'il était.

— Tu as renoncé à elle parce que c'était moins compliqué que de me quitter, que de bouleverser ta mère et les enfants.

— Je t'en prie, Clare, on ne va pas recommencer ! Il n'est pas question de nous et de ce qu'il s'est passé. Il s'agit pour nous d'être arrangeants avec mon frère et sa femme. Maman m'a mis la pression, c'est vrai, mais je suis d'accord avec elle. Ella et Jamie sont jeunes mariés et devraient avoir une chambre double pour leur lune de miel !

J'étais tiraillée entre mon envie de le repousser et de le serrer dans mes bras. Il m'avait tant fait souffrir que je ne parvenais plus à différencier l'amour de la douleur.

— Écoute, si on partageait le petit lit, ce serait aussi romantique que dans la chambre double, non ? plaida-t-il avec un sourire.

Dan possédait le même charme que son frère, même s'il en usait moins souvent. Sans doute réservait-il ses belles paroles pour les jeunettes de vingt ans. Cette fois, je n'en crus pas un mot. Je connaissais Dan depuis trop longtemps pour me faire avoir. Je voulais simplement un mari honnête et sur lequel je pouvais compter.

— Ils n'ont pas besoin de ce grand lit. Il suffisait de les voir se peloter sans cesse pendant le dîner. C'est à peine si elle ne l'a pas chevauché à table !

— Tu exagères ! Je sais que tu m'avais dit que tu ne voulais pas céder cette chambre, mais tu es toujours si gentille. Je pensais que tu dirais oui. Si tu refuses catégoriquement, on garde la grande chambre.

— Je refuse.

— D'accord, pas de problème, je leur expliquerai.

— *Leur* expliquer ?

— Maman... et Ella. Elle était présente quand maman a suggéré l'échange.

— Génial ! Quel tact, de la part de ta mère, de te poser la question en sa présence !

Je comprenais la démarche de Joy, qui pensait franchement leur devoir un beau mariage et une lune de miel. Néanmoins, elle n'aurait pas dû nous mettre devant le fait accompli. Elle ne semblait pas avoir conscience des frictions entre Ella et moi, mais peut-être faisait-elle preuve de malice... Avait-elle deviné que je m'opposerais à cet échange ? Peut-être voulait-elle qu'Ella le sache aussi ?

— On pourra quand même passer du temps ensemble, persista Dan, le front emperlé de sueur, visiblement exaspéré.

— Je sais, mais tu ne comprends pas que, en acceptant, tu suggères que leur couple est plus important que le nôtre ? De plus, en m'y opposant, je passe pour une personne méchante et égoïste.

— Pas du tout, soupira Dan. Je trouvais simplement que c'était gentil de la part de ma mère. Quelle importance si quelqu'un d'autre était présent ?

Les hommes ont tendance à considérer comme insignifiant un détail d'une importance essentielle. Il était bien tard pour que je lui explique les complexités de la psychologie féminine.

— Clare, que veux-tu que je fasse ? Maman me demande de céder ma chambre pour des raisons légitimes et toi, tu refuses. Comme d'habitude, je cherche à faire plaisir à tout le monde et personne n'est satisfait.

— *Ta* chambre ?

— Notre chambre... Tu vois ce que je veux dire. N'essaie pas de m'embrouiller.

Nous marchions lentement dans le jardin. Face à ce paysage de rêve, je me rappelai que nous étions là grâce à Joy et Bob et je m'en voulus. Je devrais peut-être leur proposer la grande chambre. Ella serait-elle plus aimable envers moi ? Après tout, elle faisait partie de la famille, désormais.

Cela tombait mal, pour nous. Franchement, je n'avais aucune envie de me retrouver en présence d'un couple de jeunes mariés au moment où nous cherchions à recoller les morceaux de notre relation et à tourner la page. Jamie et Ella étaient promis à un avenir radieux. Ella était bien tombée, avec Jamie. Il était plus démonstratif et tendre que Dan et plaçait toujours ses petites amies sur un piédestal. Il les embrassait en public alors que Dan était plus réservé.

Jamie et Ella me rappelaient sans cesse ce que Dan et moi avions connu. Cet aspect fusionnel me manquait. Au cœur de ce jardin superbe, à la nuit tombée, je me rendis compte qu'il n'était pas question de chambres à coucher. J'essayais simplement de tout arranger, de revenir à la situation d'avant, avant que Dan ne lâche sa bombe.

« J'ai rencontré quelqu'un », m'avait-il annoncé un soir, trois mois plus tôt.

Je préparais le dîner des enfants. Depuis un moment, je sentais que quelque chose n'allait pas. Il était irritable, ne jouait pas avec les enfants, se montrait distant avec moi. Je me disais qu'il était fatigué, qu'il travaillait trop, qu'il s'inquiétait pour les affaires de l'agence. Mais au plus profond de mon cœur, je savais.

« Je ne l'ai pas cherché... C'est arrivé, c'est tout. »

Dans la poêle, mes bâtonnets de poisson étaient passés d'un ton doré à brun foncé, avant de noircir. J'avais cru mourir. Il m'avait raconté que tout avait commencé après la fête de Noël de l'agence, l'année précédente. C'était la comptable. Je l'avais vue une fois dans les bureaux, une jolie fille d'une vingtaine d'années, enthousiaste, en tailleur pantalon bleu marine, avec des cheveux auburn très soyeux. Elle portait des lunettes qui lui allaient bien. « C'est drôle comme certaines personnes portent un prénom qui ne leur va pas du tout. On ne peut pas dire qu'elle ressemble à Marilyn Monroe, sans vouloir être méchante », avais-je déclaré à Dan. Il avait ri et affirmé que les apparences étaient parfois trompeuses. J'aurais dû me douter de quelque chose. Mais non. J'étais trop occupée avec mes gardes, avec le dîner et la toilette des patients, avant de retrouver trois enfants ayant à peu près les mêmes besoins.

Il n'avait jamais vraiment menacé de me quitter, mais c'était le principe des liaisons, non ? C'est comme un essai gratuit. La menace était omniprésente, elle était avec nous entre les draps, au restaurant, lors d'un dîner en tête à tête – organisé d'après une idée de Joy.

« Un dîner en amoureux, avait-elle déclaré. Dans un bon restaurant. Voilà ce dont vous avez besoin pour discuter tranquillement de tout ça. »

Comme s'il s'agissait d'une tache que l'on pouvait effacer d'un coup d'éponge.

Je n'avais pas eu l'intention de lui en parler. C'était arrivé un après-midi, alors que je me préparais pour une garde de nuit. Elle devait garder les enfants jusqu'au retour de Dan. Me voyant bouleversée, elle m'avait demandé si tout allait bien. Sans le vouloir, je lui avais fait part de la liaison de Dan. J'avais besoin d'une alliée et elle m'avait aidée par le passé. J'avais confiance en elle. Naturellement, elle avait été horrifiée et d'autant plus furieuse qu'il s'agissait d'une de leurs employées.

« Je m'en suis toujours méfiée, de celle-là, avait-elle maugréé.

— Ce n'est pas seulement elle. Je n'ai pas confiance en lui, non plus.

— Écoute, elle n'est rien du tout, je te le garantis. Elle ne sera pas un problème, avait-elle déclaré en se ressaisissant. Va chez le coiffeur, achète une nouvelle robe et demain, vous sortez. Je garderai les enfants. »

C'était gentil de sa part. En revanche, son sous-entendu ne

m'avait pas échappé : si j'avais été mieux coiffée, mon mari ne se serait pas retrouvé le pantalon sur les chevilles.

Le lendemain soir, elle avait fait une entrée de star, pomponnée comme jamais.

« Allez, vous deux. Filez régler vos problèmes dans ce nouveau restaurant, au village. »

Elle semblait persuadée qu'un filet mignon était susceptible d'empêcher son fils d'aller voir ailleurs.

Au bout de trois soirées « romantiques », nous n'avions rien réglé. Il n'y avait eu que des prises de bec. Dan m'avait appris que l'un de « nos » problèmes était mon manque de spontanéité et qu'il attendait autre chose de la vie que travailler et dormir.

— Tout le monde en veut davantage, parfois, Dan. Même moi, avais-je répondu, épuisée par le travail, les enfants, le manque de sommeil.

Sa réponse ? « Pourquoi faut-il que tu sois aussi autocentrée, Clare ? »

Après avoir fait l'impasse sur le dessert et le café, nous étions rentrés de bonne heure en affirmant à Joy que nous étions fatigués et que nous voulions aller nous coucher. Sur le pas de la porte, elle m'avait adressé un clin d'œil, comme si elle était une bonne fée. Elle pensait sans doute que nous étions impatients de nous jeter l'un sur l'autre. Nous étions montés, mais Dan avait dormi dans la chambre d'amis, qu'il n'avait ensuite plus quittée.

Là dans le jardin, je me demandais encore s'il avait jamais été amoureux de moi. Étant la mère de ses enfants, j'avais un rôle à jouer dans sa vie. J'étais intégrée dans sa famille, dans ses engagements. J'étais son épouse, la belle-fille acceptée et officielle. Était-ce tout ce que je représentais pour lui ?

J'avais entendu Jamie déclarer que son cœur s'emballait chaque fois qu'il voyait Ella. Avais-je déjà produit le même effet sur Dan ?

Je l'aimais et c'était la raison pour laquelle je ne l'avais pas quitté quand il m'avait avoué être tombé amoureux d'une autre. Ce n'était pas une passade, comme auparavant. C'était plus profond, plus intense. Outre le choc, j'avais eu la preuve cruelle que Dan était capable d'aimer passionnément. Quand il parlait d'elle, je voyais bien qu'elle comptait plus que tout, plus que moi. Je ne lui disais jamais ce que je ressentais. Ç'avait été horrible de croiser son regard vide quand il m'avait annoncé qu'il avait rompu.

Je devais lui pardonner par amour. Ce soir-là, dans le jardin de la villa, je croyais encore que, avec mon pardon, il finirait par m'aimer. C'est pourquoi je pris le temps de comprendre son dilemme. Il était complètement tiraillé entre les souhaits de sa mère et mon bonheur. Dans la pénombre, je lisais la panique dans ses yeux et j'étais la seule à pouvoir le soulager de cette angoisse. Je tendis la main vers lui et murmurai :

— D'accord, ils peuvent prendre la grande chambre, mais tu me revaudras ça.

Il était tellement soulagé qu'il se mit à rire et, d'instinct, me prit dans ses bras.

— Merci. Je savais que tu accepterais. Je sais combien c'était important pour toi, pour nous, mais il était difficile de dire non devant Ella.

— Je comprends. Ta mère n'aurait pas dû te mettre dans une telle situation. Elle ne cherchait sans doute qu'à être gentille, soupirai-je.

Je lui pris la main pour poursuivre cette promenade dans le jardin. Nous étions attirés par le rectangle scintillant de la piscine sous la lune. Main dans la main, nous étions fascinés par ce spectacle. Lorsque je m'assis au sur la margelle, il en fit autant. Je trempai mes pieds pour savourer la fraîcheur de l'eau. J'eus même envie de m'immerger, tout habillée, et de me laisser sombrer.

— J'ai envie de plonger, dis-je à Dan.

— Tu ne peux pas, fit-il avec un sourire.

— Pourquoi ?

— Parce que... tes vêtements seront trempés.

— Je pourrais les enlever d'abord, suggérai-je en le regardant dans les yeux. Et si on se baignait tous les deux ?

Je vis qu'il y réfléchissait. Il affichait ce sourire prudent dont j'étais tombée amoureuse, autrefois. Était-il trop tard pour tout recommencer ? Sans se tromper, cette fois ?

— Allez, murmurai-je en agitant les orteils dans l'eau.

Je mourais d'envie de me glisser dans la piscine afin qu'elle absorbe notre chaleur.

Il ne me répondit pas, le regard distant, comme s'il réfléchissait. Le vin que j'avais bu lors du dîner m'avait désinhibée. J'ôtai lentement ma robe pour rester en sous-vêtements, me réjouissant de la pénombre. Joy disait souvent que le clair de lune flattait les femmes de plus de quarante ans, une théorie à laquelle j'adhérais volontiers.

« Tu devrais acheter des dessous seyants et tamiser la lumière », avait suggéré ma belle-mère après la liaison de Dan, persuadée qu'un soutien-gorge pigeonnant et une culotte en dentelle suffiraient.

Elle devait avoir une liste de choses à faire pour maintenir un mari sur le droit chemin. De toute évidence, je ne cochais pas toutes les cases. Autrement dit, tout était ma faute.

J'avais bien ri en disant à une de mes copines : « Il me faudra plus que des dessous affriolants et un mauvais éclairage pour ressembler à la jeunette de vingt-cinq ans avec qui il a couché. »

Et voilà que je me retrouvais au clair de lune, en sous-vêtements, conformément à la liste de conseils de Joy sur l'art de récupérer son homme.

— Alors, tu viens ? demandai-je d'un ton qui se voulait suggestif et mystérieux.

Ce n'était pas facile après quinze ans de mariage et trois

enfants. Son silence m'indiqua qu'il réfléchissait encore. Encouragée, je me levai et sautai à l'eau.

La fraîcheur fut un merveilleux antidote à la chaleur. En émergeant, toutefois, je ne vis que l'expression irritée de Dan.

— Oh non, Clare ! Sors ! La chambre des enfants est au-dessus. S'ils t'entendent...

— Mais non. Ils étaient crevés. Ils doivent dormir à poings fermés. S'ils appellent, Joy montera les voir. Je croyais que tu venais te baigner avec moi.

Je me sentais un peu ridicule d'avoir sauté.

— Chut ! Non. Il est tard et tu es saoule. C'est dangereux.

— Je n'ai bu que deux verres de vin ! protestai-je, trop fort.

— Sors, insista Dan en me tendant la main.

Pas question qu'il me gâche mon plaisir.

— Tu voulais que je sois spontanée.

— Oui, mais pas maintenant, pas ici...

— C'est ça, la spontanéité, Dan !

J'étais à la fois blessée et déçue.

— Ce n'est... C'est débile. Prends ma main et sors de là, s'emporta-t-il.

— Va te faire voir ! J'ai pas besoin de ton aide.

— Fais ce que tu veux, après tout !

Sur ces mots, il s'éloigna. J'avais beau essayer d'être comme il voulait que je sois, il me rejetait quand même.

— C'est toi qui manques de spontanéité ! m'écriai-je. Tu as tellement peur de ta mère que tu ne peux rien faire sans sa foutue permission !

J'étais au bord des larmes. Je voulais tellement qu'il se retourne et revienne près de moi que je le provoquais. Mais non, il disparut dans le noir.

D'accord, j'avais un peu bu et je n'aurais peut-être pas dû me baigner. Mais, même dans ma colère amplifiée par l'alcool, je ne pouvais m'empêcher de me demander : *S'il trouve cela si* dangereux, pourquoi me laisse-t-il seule, un peu pompette, dans la flotte ?

10

Je nageai jusqu'à l'extrémité du bassin où j'avais pied et sortis de l'eau. Seule dans la pénombre, je sentis s'envoler mon exaltation un peu frivole des minutes précédentes. Je me sentais ridicule. J'avais eu envie que Dan se laisse emporter par la passion au point de me faire l'amour dans la piscine ou ailleurs. J'avais tenté d'être conforme à ce qu'il voulait et je m'en voulais terriblement d'avoir essayé d'être ce que je n'étais pas.

Avant Marilyn, j'étais heureuse. J'avais même appris à m'aimer un peu. Depuis des mois, je me demandais si, en me regardant, Dan regrettait de ne pas être avec elle. Pensait-il à ses souvenirs avec Marilyn ? S'en servait-il pour stimuler son désir quand il était avec moi ? Avais-je échoué ?

Je n'aurais pas dû être aussi surprise qu'il tombe amoureux d'elle. Ils étaient ensemble en permanence. Elle s'occupait de l'aspect financier et lui, des transactions. Elle était essentielle au développement de l'entreprise et trouvait toujours des moyens de faire fructifier l'argent. Il se trouvait aussi qu'elle était jolie, qu'elle avait dix-sept ans de moins que Dan et qu'elle n'avait pas eu trois enfants. Tout le monde avait dû se rendre compte qu'ils étaient en train de tomber amoureux. Tout le monde sauf moi, apparemment. Je n'ai jamais été douée pour deviner les surprises, de la demande en mariage de Dan, quinze ans plus tôt, à la fête qu'il avait organisée pour mes quarante ans. Le feu d'artifice et le bracelet Tiffany faisaient pâle figure face à la révélation de sa liaison de six mois avec la comptable. Dan avait toujours su me couper le souffle.

Ce n'était pas la première fois, pourtant. Trois ans plus tôt, il avait eu une histoire avec une hôtesse de l'air rencontrée lors d'un vol vers Dublin, où il était allé visiter des biens. Une dénommée Carmel, apparemment. Je l'avais entendu lui parler au téléphone, lors de vacances en Grèce. Quelle souffrance, quelle désillusion, pour moi... Plus tard, bien plus tard, il m'avait parlé d'elle en affirmant qu'elle n'avait été qu'une passade. Il avait dû lui dire qu'il me quittait car elle menaçait de se suicider. Finalement, il avait rompu et c'était alors que les ennuis avaient commencé.

— Elle n'accepte pas le fait que c'était une histoire sans importance, m'avait-il raconté. Elle m'a appelé au bureau, ce qui n'arrange rien, et m'envoie des textos à n'importe quelle heure.

Dan m'avait expliqué qu'elle était bizarre, que c'était presque une harceleuse, qui ne le laissait pas tranquille et qu'il s'inquiétait pour moi et les enfants.

J'étais dévastée. J'avais hurlé, pleuré, j'avais martelé son torse de mes poings au point qu'il en avait gardé des hématomes. Je m'en voulais d'être devenue ce genre de femme. Joy, qui était au courant des appels au bureau, m'avait rappelé que nous avions deux jeunes enfants, que nous étions épuisés par le manque de sommeil. Pas étonnant, dans ces conditions, qu'il soit allé voir ailleurs. Nous n'étions plus connectés. Dan avait reconnu une terrible erreur, affirmant qu'il avait retenu la leçon et que cela ne se reproduirait pas.

Et je l'avais cru. Je me disais que cela ne valait pas la peine de briser un couple, une famille, pour une bêtise. De plus, j'avais mes propres problèmes à gérer, à l'époque. Je ne voulais pas que quelqu'un découvre ce que je cachais. J'avais donc accepté la situation en m'efforçant de faire fonctionner mon couple.

Ce ne fut pas un long fleuve tranquille. Il y avait eu des appels sur notre ligne fixe, à la maison. Quand je décrochais, il n'y avait que le silence. C'était un peu glauque, en réalité. Je ne pouvais en être certaine, mais je me disais que c'était Carmel qui cherchait à contacter Dan. Il avait beau m'avoir conseillé de ne pas y faire attention, j'étais angoissée. Un jour, alors que Joy était passée voir les enfants, le téléphone avait sonné. Silence. J'étais dans un tel état que j'avais envie de pleurer.

« C'est elle ? » avait demandé Joy, voyant ma détresse.

J'avais acquiescé.

« Dis-lui que tu es au courant, que Dan t'a confié qu'elle n'était rien pour lui et que tu es enceinte.

— Je sais tout, énonçai-je, au bord des larmes, le cœur battant. Dan m'a expliqué que vous n'étiez rien pour lui. »

Joy m'avait fait signe de continuer, une main sur mon bras.

« Je suis enceinte de notre troisième enfant », avais-je ajouté.

J'avais cru entendre un sanglot étouffé, à l'autre bout du fil. J'avais mis le haut-parleur pour que Joy puisse entendre.

« Il m'a dit qu'il était célibataire... J'ignorais qu'il était marié, hoqueta-t-elle.

— Dis-lui qu'elle n'est qu'une gamine idiote... Dis-lui de laisser tomber, qu'il s'en fout, qu'il ne l'a jamais aimée, murmurait Joy. Menace-la d'appeler la police.

— Laissez tomber, petite idiote ! Et si vous n'arrêtez pas d'appeler, on portera plainte pour harcèlement. »

Sur ces mots, je lui avais raccroché au nez.

Joy était à mes côtés et voulait autant que moi que mon couple survive. Et elle était prête à éliminer tous les dangers. Après cet incident avec la première maîtresse, Joy avait déclaré : « Ne laisse pas la crise de la quarantaine de Dan tout gâcher. »

Elle avait raison, bien sûr, et c'était dans cet esprit de vouloir regarder vers l'avenir que je me trouvais désormais, à essayer de reprendre le cours normal de ma vie après cette deuxième liaison. En vérité, cette histoire avait été une torture. Mon anxiété avait augmenté au cours des semaines qui avaient suivi sa révélation. Je les imaginais ensemble, au bureau, se fixant des rendez-vous secrets à l'heure du déjeuner. Quand il rentrait tard, j'étais plus paniquée que jamais.

Entre nos tentatives ratées de dîners romantiques, mon angoisse et la gestion de mes propres problèmes, j'avais l'impression qu'il ne me restait pas d'autre solution que de laisser tomber. Comment la vie pouvait-elle être aussi difficile ? J'avais dit à Dan que je voulais divorcer, que je n'en pouvais plus. Dan en avait fait part à ses parents. Parfois, j'avais l'impression de ne rien pouvoir faire sans le soutien ou l'approbation de Joy. Celle-ci avait débarqué dans les minutes qui avaient suivi.

« N'essaie pas de me faire changer d'avis, Joy, lui avais-je dit. J'emmène les enfants. J'en ai marre, je ne peux pas vivre ainsi. Il a peut-être rompu avec elle, mais sa présence plane toujours entre nous.

— Ma chérie, ne fais pas cette bêtise », avait-elle soupiré.

Elle avait tenu mes mains dans les siennes comme pour essayer de minimiser la tromperie de mon mari.

« Je sais que tu souffres, mais il ne s'agit pas uniquement de toi ou de ce que tu ressens. Pense aux enfants. Le plus important, c'est la famille, Clare. »

J'avais décelé des larmes dans ses yeux. Je la connaissais alors depuis dix ans et je ne l'avais jamais vue pleurer. Même le jour de notre mariage.

« Si tu quittais cette famille... eh bien... »

Elle avait ravalé un sanglot avant de se détourner.

« Pour Bob et moi... tu es la fille que nous n'avons pas eue. Ce serait terrible pour nous tous. Nous serions anéantis. Les enfants ont besoin de leur mère. »

Depuis la découverte de la liaison de Dan, je me sentais si perdue, si seule ! Mes copines me disaient que j'étais stupide de rester, que je devrais partir, et voilà que Joy venait de me dire que j'avais une famille. Je lui étais tellement reconnaissante. Était-ce en réalité une menace d'excommunication du cercle des Taylor ? Joy suggérait-elle que, en quittant Dan, je dirais aussi au revoir à tous les autres... même mes enfants ?

« Je suis incapable de lui pardonner tant que Marilyn est toujours dans les parages », avais-je répondu.

Joy avait hoché la tête en se servant un autre gin.

« Ne t'en fais pas pour Marilyn. »

Je ne sais pas ce qu'il s'est passé, au juste, mais, le lendemain, Marilyn avait quitté l'agence Taylor. Malgré ma colère, je me sentais coupable de lui avoir fait perdre son emploi. Je ne voulais pas de détails sur ce départ. Je me réjouissais simplement de sa rapidité. Joy était d'une loyauté à toute épreuve, surtout quand il s'agissait d'un membre de la famille. Je m'étais promis de ne pas me faire une ennemie de ma belle-mère.

À présent, quelques mois plus tard, sous le ciel étoilé italien, je commençais à accepter les événements. Marilyn ayant disparu, je commençais à croire que Dan et moi avions une chance. Je m'accrochais de toutes mes forces à cette lueur d'espoir, me rappelant sa promesse que cela ne se reproduirait pas. J'étais naïve, mais je l'aimais et je ne voulais pas renoncer à notre couple s'il existait la moindre possibilité de le sauver. Pas seulement pour moi, mais pour toute la famille. L'enjeu était trop important pour que je jette l'éponge. Et pourtant, je voyais les choses un peu différemment, ce qui me portait à m'interroger.

Assise seule au bord de la piscine, dans le noir, encore mouillée, je pensais à ce moment, en début de soirée, où il avait embrassé le dos de ma main après une réflexion amusante de ma part. Nous avions posé pour des photos, nous avions échangé des sourires, flirtant presque. Si je nous avais vus, j'aurais envié ce couple uni et impatient de se retrouver dans l'intimité. Hélas, la réalité était différente. N'était-ce que du cinéma ? Dan essayait-il de se convaincre, ainsi que sa famille, surtout Joy, que tout allait bien ?

Jamais il n'avait été aussi démonstratif ou passionné. Certes, il était doux et aimant, mais j'avais vu une lueur particulière dans son regard quand il évoquait Marilyn. J'avais entrevu ce qu'il pouvait être et je le voulais tout entier. Je voulais ce qu'il avait montré à l'hôtesse de l'air et à Marilyn et non le Dan qu'il avait choisi de montrer à sa famille et à moi. Je me rends compte que ce que je n'avais pas compris, l'été dernier, c'était que notre couple n'était en fait pas réparé. Ce n'était qu'une façade de sourires forcés sur les photos encadrées sur la cheminée de Joy.

11

Cette nuit-là, je me sentais abandonnée, au bord de la piscine, après le départ de Dan. Je pensais vraiment qu'il reviendrait, ne serait-ce que pour vérifier si j'allais bien. Il n'en fit rien, ce qui me mit en colère. Par défi, je plongeai de nouveau dans l'eau sombre et fraîche. J'avais envie de nager, de me cacher, de tout oublier, d'être seule, sans soucis. Rien que moi et l'eau.

La lune haute projetait un cercle de lumière sur le bassin, laissant le reste dans le noir. En nageant, j'attendis que vienne le doux sentiment de liberté que me procurait toujours la natation. En vain. Au bout de quelques minutes, je vis la rampe de l'échelle scintiller légèrement et voulus m'en saisir. Mes mains glissèrent et je retombai à l'eau. L'alcool m'avait détendue et je me laissai sombrer. C'était une sensation délicieuse, comme si l'eau me laissait dériver et me portait en même temps, me donnant une impression de liberté que je n'avais jamais connue auparavant.

Alors que je venais de remonter à la surface, un bruit rompit le silence, un bruissement dans les arbres. Sans doute la brise de fin de soirée. Néanmoins, je me sentis vulnérable. Ma robe gisait là où je l'avais laissée en essayant de persuader mon mari de se baigner. Elle formait comme une mare de soie. Il m'avait donné l'impression d'être ridicule. En tout cas, je ne pouvais passer la nuit dans la piscine, même si j'en avais envie. Il fallait que je rentre jouer mon rôle, faire comme si tout allait bien. Je saisis de nouveau l'échelle et me hissai hors du bassin.

Je ramassai ma robe et mes sandales et regagnai vivement la villa.

Je fus contrariée de constater que Dan n'avait même pas laissé la porte entrouverte à mon intention. J'étais vraiment seule, dans cette piscine. Même si j'avais crié, personne ne m'aurait entendue, avec la porte fermée. Les fenêtres étaient closes également dans l'espoir que le système de climatisation fonctionne ne serait-ce qu'un peu dans la chaleur écrasante de ce mois d'août. La famille était en sécurité et au frais à l'intérieur et je me retrouvais dehors.

J'actionnai la poignée de porte en cuivre. Le lourd battant se mit à grincer. Impossible de l'ouvrir en silence. Je dus pousser de toutes mes forces. Dans le noir, le silence était encore plus profond, sans les sons nocturnes du jardin. Sous la porte du salon, je vis un rai de lumière qui me permit de m'orienter dans ma quête de l'interrupteur de l'entrée. Je ne voulais déranger personne. Trempée jusqu'aux os, je n'étais pas d'humeur à m'expliquer. C'était sans doute Bob, qui veillait souvent tard. Je l'imaginais, savourant tranquillement son cigare dans un rare moment de paix pendant que, à l'étage, Joy portait son masque en soie rose sur les yeux et une couche de Crème de La Mer sur la peau.

Tel un mime, je glissais les mains sur le mur quand le silence fut soudain rompu par des voix de femmes provenant du salon. Joy et Ella, sans doute, qui devaient boire du gin tonic. Même trempée, je pouvais frapper et entrer. Au lieu d'être gênée par cette mésaventure, je pouvais la tourner à mon avantage et raconter que j'avais envie d'un bain de minuit mais que Dan était trop fatigué. Joy et moi ririons du manque de romantisme de nos hommes et Ella se dériderait peut-être. Elle verrait que je n'étais pas une mère de famille ennuyeuse, que je pouvais faire preuve de folie quand je le voulais. Cela permettrait peut-être de tisser des liens. Je pourrais aider Ella à mieux s'intégrer et, reconnaissante, elle m'épargnerait ses piques et ses menaces.

Je traversai l'entrée pieds nus et dégoulinante vers le panier à linge contenant des serviettes de bain, près de la porte du salon. Sans savoir pourquoi, j'hésitai au moment de frapper. Au moment où je levai la main, j'entendis mon prénom. Naturellement, mon instinct me dicta de dresser l'oreille. Avec le recul, je pense que je n'avais pas une totale confiance en Joy, et aucune en Ella.

— ... mais c'est une bonne mère, disait Joy.

C'était le « mais » qui me tourmentait. Qu'est-ce qui avait précédé ce commentaire ? Et de la part de qui ?

— Oh, j'en suis sûre. Ce doit être une maman formidable. Vos petits-enfants sont tellement adorables ! minauda Ella, flatteuse. Et Dan. Quel merveilleux papa. Alfie lui ressemble tellement.

— C'est son portrait craché, se rengorgea Joy. Dan était comme Alfie au même âge. Je suis la plus fière des mères et des grands-mères.

La conversation évolua vers les voyages d'Ella et sa rencontre avec Jamie.

— Dès que je l'ai vu, j'ai su que c'était le bon. Il a des yeux magnifiques. Deux lacs d'un bleu limpide.

Elle me rendait malade. Joy ne se sentait certainement plus de joie face à ces compliments. Lorsqu'elle proposa un autre gin à Ella, je compris que ma belle-sœur n'avait pas besoin d'aide pour être acceptée dans la famille. D'autant qu'elle ajouta :

— Joy, j'ai tellement de chance d'avoir rencontré Jamie et de faire partie de votre famille.

— Et nous sommes heureux de t'avoir, répondit Joy.

J'entendis un tintement de glaçons dans un verre, suivi d'un « merci » d'Ella.

Lassée d'entendre Ella ramper de la sorte, j'allais m'éloigner quand elle déclara :

— Et vous n'êtes pas du tout autoritaire.

— Comment ça ?

— Clare vous trouve très autoritaire. Elle m'a conseillé de ne pas vous laisser prendre le dessus. Je constate que ce n'est en rien le cas.

Je faillis tomber raide morte. J'avais tenu ces propos sur l'incitation d'Ella. Je voulais établir une complicité entre belles-sœurs. Quelle mesquinerie de le répéter à Joy !

— Oh, je regrette qu'elle me voie ainsi, répondit-elle, vexée.

Sans doute avait-elle les lèvres pincées.

— J'essaie de me rendre utile. En fait, je crois que je l'ai beaucoup aidée. Elle s'est méprise sur mon soutien en y voyant de l'ingérence. Je n'ai pas cherché à prendre le dessus...

— Bien sûr que non, Joy. Clare est adorable mais elle manque d'assurance. Vous devez sans doute marcher sur des œufs avec elle. Et Dan aussi.

Je n'en croyais pas mes oreilles. J'eus soudain envie de faire irruption dans la pièce pour m'expliquer. Je connaissais Joy et je savais ce qu'elle penserait de moi après ça. Pendant des années, je m'étais efforcée de ne pas la contrarier. En une phrase, Ella venait d'anéantir mes efforts.

— Je suis inquiète pour Clare et Dan, avoua Joy.

Je retins mon souffle, espérant qu'elle ne raconterait pas mes déboires conjugaux à cette fille.

— Surtout pour Clare. Elle est un peu fragile... sur la défensive, en ce moment, d'autant plus en présence d'une personne aussi séduisante que toi.

— Non... Je ne représente un danger pour personne.

— Je le sais bien.

Après un silence, Joy reprit :

— J'espère que tu ne me trouves pas autoritaire, toi, Ella.

De toute évidence, Ella avait touché un point sensible.

— Pas du tout. En fait, je pense que vous êtes sans doute la meilleure belle-mère que l'on puisse avoir... d'autant que ma mère n'est plus là.

— Oui, Jamie m'a dit que tu n'avais pas de famille. Tu es bien jeune pour ne plus avoir de mère. Quand l'as-tu perdue ?

Ella ne répondit pas immédiatement.

— Il y a des années, fit-elle enfin d'une voix brisée.

— Oh non... et ton père ?

— Pareil...

Encore un silence.

— Eh bien, je suis heureuse de pouvoir être là pour toi, ma chérie. Comme nous tous.

J'imaginais Joy posant son verre pour aller embrasser celle qui serait sa nouvelle fille. Encore une belle-fille sans mère qu'elle pourrait prendre sous son aile et façonner pour obtenir la fille qu'elle n'avait jamais eue.

Je m'éloignai à pas de loup et gravis les marches sur la pointe des pieds, laissant de l'eau dans mon sillage. Je ne pris pas la peine de l'essuyer. Je m'en voulais un peu parce que quelqu'un risquait de glisser dans l'escalier après quelques gins de trop. J'étais si bouleversée, si frustrée ! Comment avais-je pu laisser Ella me forcer à admettre que Joy était autoritaire ? Elle avait déformé mes propos.

Cette nuit-là, personne ne chuta dans l'escalier. Toutefois, mes idées sombres m'étonnaient, ainsi que mes sentiments à l'égard d'Ella et de Joy. J'étais comme une enfant jalouse dont la maman avait un nouveau chouchou. Je me sentais trahie, non seulement par Ella, qui avait donné une mauvaise image de moi, mais aussi par Joy, qui l'avait adoptée aussi facilement. Était-elle à ce point désireuse de m'échanger contre sa nouvelle ravissante belle-fille ? Si seulement cela n'avait pas eu une telle importance à mes yeux ! C'est ainsi quand on perd sa famille jeune. On passe son temps à s'en chercher une autre. Le problème, c'est qu'on ne s'intègre jamais totalement et que cette relation pseudo-familiale ne tient toujours qu'à un fil.

En ouvrant la porte de notre superbe chambre, je fus déçue mais pas surprise de constater que la lumière était éteinte. Dan allait souvent se coucher de bonne heure et seul. Dans la chaleur étouffante, j'ôtai mes vêtements mouillés et m'allongeai sur le lit. Il faisait trop chaud pour supporter les draps. Dan était entièrement couvert. Il ne voulait pas le moindre contact avec la chaleur ou avec moi. Ces vacances auraient pu nous faire tant de bien ! Elles auraient pu marquer le début de la fin de sa trahison, le point de départ de mon pardon. Or cette nuit serait la dernière que nous passerions ensemble dans cette chambre, dans ce grand lit, avec cette fenêtre donnant sur la piscine au clair de lune. Il n'avait même pas attendu que je monte me coucher et n'était pas venu me chercher dans cette pénombre dangereuse.

Son manque d'attention ou de désir, quel que soit le nom qu'on lui donne, m'avait déstabilisée. J'avais eu cette idée un peu naïve que, en arrivant en Italie, nous serions libérés des pressions quotidiennes. Hélas, nous les avions, semblait-il, emportées avec nous. L'idée qu'il aime une autre femme m'accablait depuis trop longtemps et ne me quitterait pas sous le soleil italien. Tandis qu'il dormait, je restai allongée sur ce lit, blessée, dans ce silence sombre et intense. Je voulais qu'il se réveille, qu'il bouge, qu'il se retourne pour me dire quelque chose, ou rien du tout, qu'il me regarde. Il ne me regardait plus.

Au bout d'environ une demi-heure, j'entendis Ella et Joy gravir les marches d'un pas traînant, entre murmures et rires étouffés. Ces deux-là s'étaient liées si vite que je n'en revenais pas. Ella possédait-elle quelque chose que je n'avais pas ? Ma belle-mère jouait-elle la comédie ? Ou bien Joy avait-elle cédé à cette jeune femme pleine d'assurance qui semblait savoir exactement ce qu'elle attendait de l'existence... et des Taylor, sans doute ?

La chaleur m'empêcha longtemps de dormir mais, au bout d'un moment, je finis enfin par m'assoupir. Je fus vite réveillée par des bruits sourds et légers. Dans un demi-sommeil, je crus que Joy frappait à notre porte, je me levai et, au milieu de la chambre, je me tournai vers Dan qui dormait profondément. Les sons provenaient de la chambre voisine. Très vite, je me rendis compte que c'étaient Jamie et Ella. Les cris, les gémissements, le désir...

Je me rappelai alors comment c'était. Des larmes coulèrent sur mes joues quand les gémissements d'Ella s'amplifièrent. Savaient-ils que je les entendais ? Les sons de son plaisir me provoquaient, se moquant de mon couple brisé par l'infidélité.

12

Le lendemain matin, Dan me réveilla et me rappela que nous devions déménager nos affaires de la chambre. Au souvenir de la conversation que j'avais surprise, je sentis mes entrailles se nouer. Il fallait que je fasse amende honorable auprès de Joy, mais j'étais toujours blessée et furieuse qu'Ella lui ait parlé de moi en ces termes. C'était méchant. Cela dit, je n'aurais sans doute pas dû tenir de tels propos. Et je savais qu'elle n'était pas digne de confiance. J'étais encore plus contrariée de devoir lui céder ma chambre. Je jetai mes vêtements dans ma valise en me plaignant sans cesse. Le lit était défait, les draps, froissés. À le regarder, on aurait pu croire que nous venions de passer une nuit torride. C'était faux. Ce lit attendait désormais Jamie et Ella qui viendraient s'y ébattre, drapés dans leur amour.

Je portai ma valise dans la chambre des enfants où j'avais décidé de m'installer.

— On peut rester ensemble, si tu veux, dit Dan en passant la tête dans l'entrebâillement de la porte. Le lit est trop petit pour nous deux et on ne dormirait pas. En revanche, je peux dormir par terre.

Je lisais une histoire à Freddie, qui avait déclaré avoir mal à la tête « comme maman ». J'étais perturbée que mes enfants m'imitent, sachant qu'un mal de crâne était pour moi une façon d'exprimer ce que je ne pouvais pas dire : « Je vais m'allonger parce que je suis désespérément malheureuse et inquiète pour l'avenir. » Bref, mes enfants avaient, semblait-il, adopté cette habitude d'invoquer un mal de tête quand ils avaient besoin de calme. Si seulement j'avais pu faire pareil à cet instant ! Je ne voulais pas avoir cette conversation avec Dan. Ce lit n'avait pas été trop petit pour Jamie et Ella la nuit dernière mais, apparemment, il était trop petit pour nous.

— C'est bon, Dan. Je dormirai ici avec les enfants.

Freddie fut agacé que je lève les yeux de son livre *Peppa Pig*.

— Personne n'aura à dormir par terre, ajoutai-je.

S'il acceptait de changer de chambre, il pouvait dormir seul, non ?

Je repris ma lecture d'un ton maussade tandis que Dan s'attardait un instant sur le seuil, jusqu'à ce que Joy l'appelle depuis le rez-de-chaussée. Toute sa vie, il avait eu l'habitude de faire ce qu'on lui disait. Entre nous deux, il devait choisir et il optait toujours pour la plus forte.

Freddie finit par me confirmer que sa tête ne lui faisait pas vraiment mal, comme je l'avais deviné.

— Ce n'est pas un mal de tête, alors, déclarai-je.

— Si, maman !

— Un mal de tête, ça fait mal, andouille !

Je lui ébouriffai les cheveux.

— Je ne suis pas andouille, je suis Freddie ! gloussa-t-il.

— Ah bon ? Il est où, Andouille, alors ?

Il s'esclaffa de plus belle, surtout en me voyant chercher sous l'oreiller. Non, il n'avait pas mal à la tête. Je lui proposai de rejoindre les autres au bord de la piscine. Ravi, il me laissa lui enfiler son maillot de bain, puis je mis mon maillot une pièce noir. Quelques semaines avant les vacances, j'avais réduit ma consommation de vin et de sucre dans l'espoir que mon vieux maillot aurait meilleure allure que les années précédentes. Je n'avais pas eu le temps d'en acheter un nouveau. Je l'avais porté les premiers jours mais, depuis l'arrivée d'Ella, je ne supportais plus la comparaison avec elle dans son string fluo. En me regardant dans la glace, je doutais déjà de moi en imaginant le maillot d'Ella.

J'avais besoin d'un paréo pour couvrir ma cellulite. Je n'y avais pas songé avant de voir les cuisses lisses et fuselées d'Ella. J'en sortis un noir que j'enroulai autour de ma taille et je descendis l'escalier en portant Freddie, brandissant mon flacon de crème solaire tel un bouclier.

En m'approchant de la piscine, je vis Ella au bord du bassin. Elle s'étirait, offrant sa crinière à la caresse du soleil. Son bikini était si minuscule qu'il ne couvrait pas ses fesses. N'était-ce pas un peu indécent – ou bien peut-être était-ce moi qui commençais à vieillir ?

Lorsqu'elle se cambra en arrière, ses seins se dressèrent vers le ciel, soit par magie, soit grâce à la chirurgie. Je remarquai son ventre plat, ses hanches fines. Elle avait une telle assurance ! Non seulement elle était d'une autre génération, mais elle venait aussi d'une autre planète. Moi, j'avais un enfant dans les bras, des vergetures et quelques kilos en trop datant de ma dernière grossesse. J'avais l'impression d'être la poule pondeuse de service. J'observai sa perfection derrière mes lunettes de soleil. Même quand elle se pliait en deux pour ramasser le ballon d'Alfie, elle n'avait pas un bourrelet.

— Ella ! Ella, par ici ! lança Alfie.

En se penchant, elle exposait aussi ses fesses à la vue de tous. Alfie était perché sur les épaules de Jamie. Violet dessinait avec ses grands-parents et son père, ce père merveilleux qu'Ella admirait tant, dormait sur une chaise longue.

Je resserrai mon paréo autour de mes hanches et, portant toujours Freddie, je m'assis en compagnie de Violet de Joy.

— Maman ! s'exclama Violet, saluant mon arrivée.

Jamie m'adressa un signe de la main. Ella afficha un sourire digne d'Instagram et Joy baissa ses lunettes comme si elle se demandait si c'était bien moi.

— Freddie va mieux ? s'enquit-elle.

— Pardon ?

— Il n'avait pas mal à la tête ?

— Non, non.

Je me souvins alors qu'elle savait que je la trouvais autoritaire.

— Merci de me le demander, Joy. Vous êtes très attentionnée.

Si on me posait la question, je pourrais admettre l'avoir qualifiée d'autoritaire. Cependant, je pouvais aussi le nier, accuser Ella de mensonge. Je serais disculpée et Joy se sentirait mieux. Je ne voulais pas lui faire de mal et je m'en voulais.

— D'après Violet, il a mal à la tête, dit-elle en remettant ses lunettes. Comme maman...

Elle me battait froid, ce qui était compréhensible.

— Non, Freddie n'a rien et moi non plus.

Ma voix s'éteignit. À quoi bon me défendre ?

— Ah, tu es en maillot de bain, reprit Joy comme si elle me disait : « Ah, tu sors d'une poubelle. »

— Oui... J'ai envie de me baigner, aujourd'hui, répondis-je, encore plus gênée.

— Tout va bien, entre toi et Dan ?

Elle m'observait avec attention mais je me contentai d'un hochement de tête, les joues empourprées.

Joy donnait l'impression de tout savoir sur tout le monde. Elle m'avait informée que j'étais enceinte d'Alfie, ce qui était une surprise. J'avais nié avec vigueur, allant jusqu'à dire à Dan que sa mère perdait la boule. Quelques jours plus tard, prise d'une nausée, j'avais repensé à Joy.

— Je me demande quoi préparer à manger pour ce soir, murmura-t-elle pour elle-même.

— Et si on faisait des boulettes ? suggérai-je, désireuse de retrouver nos bons rapports. La recette d'Elizabeth David ?

Au moment où elle allait me répondre, Ella, qui avait fini de poser au bord de la piscine, vint vers nous, svelte et bronzée.

— Coucou, les filles, minauda-t-elle avec un signe de la main.

— On se demandait quoi préparer pour le dîner, déclara Joy en ôtant ses lunettes de soleil pour lever les yeux vers Ella.

— Des boulettes, a priori, ajoutai-je comme si c'était réglé.

Joy, les boulettes et moi, c'était une vieille histoire. Nous en préparions tous les ans. C'était notre plat signature.

Ella s'agenouilla près de la chaise longue de Joy, à ses pieds. Étant la mère de ses seuls petits-enfants, un héritier et deux de rechange, j'étais installée à sa droite. J'avais le droit à un peu plus de confort, non ? Même le cafardage mesquin d'Ella sur mes propos n'avait pas rompu nos liens.

J'avais essayé d'être l'amie de cette femme qui avait critiqué le site Web de l'agence Taylor sur lequel je travaillais. Elle avait décrit ma carrière d'infirmière comme se limitant à changer des draps, elle m'avait discréditée aux yeux de ma belle-mère, puis elle avait menacé de révéler ce qu'elle appelait mon « vilain petit secret ». Pourvu qu'elle bluffe ! De toute évidence, elle savait quelque chose, sinon elle n'aurait pas dit cela. Je me méfiais d'elle. Comment aurions-nous pu être amies ? Depuis que ses Louboutin avaient foulé le gravier et qu'elle m'avait adressé ce petit signe de la main, je savais qu'elle mijotait quelque chose. Mais pourquoi ? Je ressassais ces idées pendant que son bikini révélait ses fesses et que son mari la dévorait des yeux.

— Des... boulettes ? répéta Ella comme si j'avais proposé de manger le chien des voisins.

Je hochai la tête et me tournai vers Joy.

— On pourrait préparer cette délicieuse sauce à l'ail que nous avions faite l'an dernier, en Provence.

J'excluais Ella pour lui montrer que nous procédions ainsi et qu'il ne suffisait pas qu'elle débarque pour tout changer. Elle interrompit Joy au moment où celle-ci allait me répondre :

— Le problème, c'est que, comme je l'ai signalé hier soir, je ne mange pas de viande.

— Ah mince, c'est vrai, admit Joy. Que veux-tu qu'on te prépare ?

— Eh bien, je me disais... que nous pourrions tous manger végane. C'est plus sain pour les enfants, aussi, ajouta-t-elle d'un ton accusateur, comme si je leur avais donné des barres chocolatées à chaque repas.

— Les enfants mangent beaucoup de légumes, répliquai-je. Je tiens à ce qu'ils aient un régime varié et le fer est essentiel pour leur croissance.

— Il y a beaucoup de fer dans les légumes verts. Inutile de leur servir de la vache morte, persista Ella.

Violet, penchée sur son dessin, annonça qu'elle n'avait aucune intention de manger de nouveau de la « vache morte » et qu'elle voulait devenir végane comme tante Ella.

— Très bien, commençons au retour des vacances, répondisje.

Joy devait trouver tout cela bien pénible. Elle voulait simplement préparer le dîner pour tout le monde. Si Ella voulait une assiette de brocolis, qu'il en soit ainsi, mais moi, je voulais des boulettes et elle aussi. Ma belle-mère n'avait confiance qu'en sa propre cuisine et se méfiait notamment du véganisme.

— Ella, je respecte tes choix, déclarai-je. J'aimerais quand même que tu ne parles pas trop de ton refus de manger de la viande devant les enfants.

— Pourquoi diable ? s'enquit-elle, feignant l'étonnement.

— Il est déjà assez difficile de faire manger de tout à Violet, alors si elle croit que c'est mauvais pour elle...

— Mais c'est le cas, Clare !

— C'est ton opinion. Pour ma part...

— Non, c'est prouvé !

— D'accord. Eh bien, si tu voulais bien...

— Et ce n'est pas seulement une question de régime alimentaire. Il faut penser à l'environnement. Supprimer la viande et les produits laitiers réduirait l'empreinte carbone de plus de soixante-dix pour cent...

— Je suis sûre que tu as raison, mais c'est une décision qui nous revient, à Dan et moi. Plus tard, les enfants choisiront eux-mêmes. Je ne veux pas effrayer mes enfants pendant ces vacances.

— Ouah ! fit-elle. Calme-toi, Clare.

— Je suis calme, répondis-je en m'efforçant de le sembler. J'entends ce que tu dis et je suis d'accord à bien des égards, Ella. Mais je ne veux pas que mes enfants arrêtent de boire du lait de vache ou de manger de la viande dans l'immédiat. Si, plus tard, Violet décide de ne plus consommer ces produits, ce sera son choix. À neuf ans, je considère qu'elle a besoin de nutriments et de protéines...

— Tu te trompes tellement, insista Ella en secouant la tête.

— Écoute, en tant que mère, je veux que tu respectes mes décisions ! rétorquai-je, trop fort et trop vivement.

Joy leva la tête et Jamie posa sur sa femme un regard protecteur et inquiet.

J'étais gênée. Je n'aurais pas dû rétorquer aussi vivement, mais je me sentais sous pression. Nous étions en vacances et il y avait trop de soucis à gérer, trop de personnes à qui faire plaisir, y compris mes enfants. L'un d'entre eux était d'ailleurs en train de donner des coups de seau en plastique à son frère. Mon mari ne semblait pas se rendre compte de cette agression car il était trop occupé à fixer Ella.

— Alfie ! Arrête immédiatement ! criai-je en me levant de ma chaise longue un peu inélégamment. Arrête !

Je savais que mon agressivité s'adressait de façon subconsciente à Ella et non aux enfants, qui ne faisaient que jouer – bien qu'un peu brutalement.

— Qu'est-ce qu'il se passe ? lança Jamie depuis l'autre côté de la piscine.

Il se leva, mince, bronzé, séduisant. Ella marcha à sa rencontre comme pour échapper à ma colère. J'avais laissé mon paréo par terre et mes bourrelets étaient exposés à la vue de tous tandis que je foulais le sol de mes pieds nus en aboyant tel un foutu sergent-major.

En arrivant près de mes fils qui se disputaient un seau, je ramassai l'objet du conflit. Alfie fondit en larmes.

— Maman m'a pris mon seau Spiderman ! sanglota-t-il tandis que je m'éloignais.

Dan et les autres me regardaient à présent comme si je venais de voler le jouet d'un enfant et de le faire pleurer par sadisme. Je n'aurais pas dû réagir de la sorte. Une maman calme aurait discuté avec l'enfant, aurait détourné son attention, aurait rendu la séquence amusante. Pas moi, la quadragénaire éreintée.

Je me sentais mal. En retournant vers ma chaise longue, je vis Ella et Jamie réunis qui m'observaient, me jugeaient. En cet instant où j'aurais dû penser à Alfie et au moyen d'apaiser le conflit, je ne me posais qu'une seule question : *Qu'est-ce qu'ils sont en train de dire de moi ?*

13

— Bon sang, ce n'était qu'un seau en plastique, Dan ! Il était en train de frapper son frère avec ! m'écriai-je, encore furieuse, deux heures plus tard, quand Dan me reprocha mon accès de colère, au bord de la piscine.

— Tu n'étais pas obligée de leur hurler dessus.

— Ils étaient déchaînés. Tu ne t'en rendais même pas compte.

— Si, et ce n'était pas grand-chose. Alfie et Freddie se chamaillent tous les jours. Cela ne te ressemble pas de craquer avec les enfants.

Dan était assis sur mon lit, dans la chambre des enfants, partis en promenade avec leur grand-père en quête d'« insectes italiens ».

— Je sais, mais je suis sous pression, après tout le reste.

C'était ainsi, désormais. J'avais beau essayer de l'éviter, tout me ramenait à sa liaison.

— Je suis désolé. Combien de fois dois-je m'excuser ?

— Cette... histoire a ébranlé mon assurance. J'ai l'impression d'être une mauvaise épouse, une mauvaise mère, une mauvaise belle-fille. J'ai peur de ne pas donner assez aux enfants. À l'hôpital, j'ai du mal à me concentrer alors que c'est une question de vie ou de mort... Je ne peux pas me permettre de ne pas maîtriser ça.

— Clare, arrête de t'autoflageller, me dit-il doucement. Si ça peut te consoler, je ressens parfois la même chose. J'ai l'impression de ne pas être un assez bon mari...

Je me retins de lui rétorquer : « À juste titre. »

— Et il y a les enfants, poursuivit-il. Je me dis parfois que je ne leur consacre pas assez de temps.

Là encore, j'eus envie de confirmer ses soupçons, mais je m'en gardai parce que nous étions au moins en train de nous parler. Dan et moi avions une véritable conversation au lieu de crier, de nous accuser, de nous faire des reproches. C'était bon de juste *parler*.

— J'ai parfois l'impression de ne pas mériter cette vie, soupirai-je. J'ai des enfants merveilleux, je vous ai, toi et ta famille, je passe des vacances de rêve...

Je désignai la fenêtre, même si elle donnait sur les voitures.

— Tes parents sont gentils avec moi... avec nous.

Il acquiesça.

— Je croyais être une bonne mère, poursuivis-je. Une bonne épouse. Mais tu as...

— Arrête, Clare.

— Je ne cherche pas à te culpabiliser. Je tiens simplement à être honnête sur mes sentiments. Je commence à refaire surface. Cela n'a pas été facile mais j'ai réfléchi. Qu'est-ce que j'ai fait de mal ? À quel moment ai-je échoué en tant qu'épouse, au point que tu as ressenti le besoin d'aller voir ailleurs ? Comment éviter que cela se reproduise ? Après tout, ce n'était pas la première fois. Il y a eu cette hôtesse de l'air. Elle m'a appelée à la maison, pour l'amour du ciel. Elle savait où nous vivions. Tu as compromis la sécurité de nos enfants...

— Clare, tu dramatises, là. Elle n'était pas dangereuse.

Il était irrité, voire un peu embarrassé.

— Je ne peux pas effacer le passé, c'est clair, mais je ne peux pas passer mon temps à m'excuser non plus ! J'espère simplement que, un jour, tu me pardonneras.

Je sentis le lit grincer lorsqu'il se leva et s'éloigna. Je l'avais perdu de nouveau. Je m'en mordis les doigts. Pourquoi n'avais-je pas laissé cette conversation se poursuivre tranquillement ? Pourquoi fallait-il que nous revenions sans cesse à son infidélité ? Mon amie Jackie m'aurait dit : « Parce que pour toi, ces deux femmes sont toujours là. Elles seront présentes entre Dan et toi en permanence, et tant que tu ne parviendras pas à les chasser de ton esprit, rien ne changera. »

J'avais chassé Carmel, j'avais tourné la page, mais cette Marilyn l'avait ramenée à la surface.

Joy avait géré la situation en cachant la poussière sous le tapis. Il suffisait de les exclure de notre vie et de faire comme si rien ne s'était produit. Pour moi, hélas, ces femmes étaient deux taches de sang sur une moquette blanche. J'avais beau frotter, pas moyen de les faire disparaître. Elles étaient toujours avec lui. Leur parfum persistait dans l'air.

Dan s'arrêta sur le pas de la porte.

— Je t'en prie, essaie de ne pas... ressasser les mauvaises choses.

Je hochai lentement la tête, peu convaincue. Je savais qu'il fallait être deux pour avoir une liaison, il était aussi fautif qu'elles, sinon plus. Je ne parvenais toutefois pas à le détester — ç'aurait été la fin de mon couple. Or je l'aimais encore.

— Je vais voir les enfants, annonça-t-il. Ils ont dû faire tourner mon père en bourrique à l'heure qu'il est.

Cette réflexion nous fit sourire. J'aimais voir Dan sourire.

— Pauvre Bob, il a l'air aussi crevé que moi.

Avec les enfants, mon beau-père n'avait pas l'énergie de Joy.

— Tu as raison et il est à la retraite après cinquante années de travail. *J'ai arrêté l'école à quatorze ans, tu sais*, fit-il en imitant la voix de son père.

Bob répétait souvent cette phrase et il en était fier. « J'ai pas été à la fac, moi. » J'entendais presque Joy corriger ses fautes. Bob était fier d'être un autodidacte. Il ne comprenait pas le monde moderne, Internet, les contrats... De son temps, il suffisait d'une poignée de main pour conclure une affaire. Dan en avait des sueurs froides. « Je m'étonne que mon père n'ait pas fait faillite ou été escroqué, quand je vois ses méthodes de gestion », m'avait-il avoué un jour. L'agence aurait prospéré s'il avait été plus ouvert au changement.

Bob ne cherchait pas à gagner des millions. Il voulait simplement que tout se passe bien. Quand il avait un problème, il le réglait. Même s'ils étaient désormais nombreux à travailler à l'agence, Bob continuait de suivre ses propres règles. Dan le laissait faire tout en s'efforçant de faire entrer l'entreprise dans le xxie siècle. La boîte avait du potentiel et Dan était parfois frustré de ne pouvoir l'exploiter. Hélas, Bob disait toujours : « J'ai toujours voulu subvenir aux besoins de ma famille, rien de plus. Le reste, c'est du bonus. »

Dan se tenait sur le pas de la porte de la chambre.

— Qu'est-ce qu'il s'est passé entre Ella et toi, tout à l'heure ?

— Quoi ? fis-je, sachant que mes plaques rouges dans le cou me trahiraient.

— Tu sais très bien de quoi je parle. Tu as haussé le ton, au bord de la piscine.

— Ah, ça ? Je voulais qu'elle arrête de dire du mal de la consommation de viande en présence des enfants. À l'entendre, c'est du poison.

— Tu ne l'aimes pas, n'est-ce pas ?

— J'ai essayé ! Quand ils sont arrivés, mercredi, j'ai pensé que ce serait bien d'avoir une autre femme dans la maison, pour faire du shopping et...

— Je doute que vous alliez dans les mêmes boutiques.

— Qu'est-ce que tu veux dire ?

— Eh bien, regarde-la.

— Autrement dit, elle est jeune, mince et…

J'étais piquée au vif.

— Tu recommences à te dévaloriser ! Je parlais des prix. Ella aime les produits de luxe. Jamie se plaignait hier soir des fortunes qu'elle dépense en vêtements. Il va avoir fort à faire avec elle.

— Il n'aura pas à lui payer une garde-robe de luxe. Avec le mannequinat et ses autres activités, elle peut sans doute se l'offrir elle-même.

— Je le suppose. Le mannequinat, ça rapporte, je crois.

J'acquiesçai.

— Gérer les réseaux sociaux de l'agence Taylor, non.

J'étais bien placée pour le savoir.

— Si elle travaille à l'agence, elle ne fera pas ça très longtemps. Une fille comme elle vise plus haut.

Je m'efforçai de ne pas trop analyser ces paroles qui sous-entendaient que quelqu'un comme moi ne méritait pas mieux que l'agence Taylor.

— Tu crois qu'elle vise plus haut que Jamie ? Ils sont tellement différents. Elle semble si matérialiste…

— Ils viennent de se marier, accorde-leur une chance ! Tu serais plus heureuse si Jamie n'avait pas amené sa jeune épouse à la villa ?

— Non.

— Je vois des plaques rouges dans ton cou.

Prise en flagrant délit de mensonge.

— Va au diable, Dan Taylor ! me lamentai-je théâtralement. Je la trouve simplement un peu excessive, avec ses grands discours sur les veaux morts et les bouteilles en plastique. Je l'ai entendue dire à Alfie qu'il sauverait la planète s'il ne tirait pas la chasse d'eau ! Il n'a rien compris à ce qu'elle racontait, il a juste retenu qu'il ne fallait pas tirer la chasse. J'ai mis un an à lui faire prendre l'habitude.

Dan se mit à rire.

— Eh bien, elle a raison. Il est temps que nos enfants comprennent le problème des bouteilles en plastique et du gaspillage de l'eau. C'est leur avenir que nous devons préserver.

— Je suis d'accord, mais je refuse qu'Ella me donne des leçons. Cette hypocrite utilise des lingettes pour se démaquiller et elle n'arrête pas de prendre l'avion. Elle a un appartement à New York où elle prétend se rendre régulièrement. Comment ose-t-elle nous dicter notre conduite comme si elle était une militante écolo, alors que ses lingettes étranglent les thons dans les océans ?

— Je croyais que c'étaient les filets de pêche qui étranglaient les thons.

— Oui, mais ce que je veux dire, c'est qu'elle est aussi responsable de la pollution des océans avec ses lingettes qu'Alfie quand il tire la chasse. Et à choisir, je préférerais qu'Alfie tire la chasse, dans l'intérêt général.

— En effet. J'ai vu dans quel état Alfie laisse la cuvette des toilettes... dit-il avec un sourire. Clare... Vas-y doucement. Ils viennent de se marier. Il ne faudrait pas la faire fuir au bout d'une semaine.

— La faire fuir ? Tu plaisantes. Ne t'en fais pas pour elle. Elle est parfaitement capable de se débrouiller toute seule.

— Je n'en suis pas si sûr. Elle me semble plutôt fragile.

— Tu es de ces hommes qui croient en la fausse fragilité d'une femme, fis-je en levant les yeux au ciel.

— Elle est plutôt sympa, non ? Jamie sera bien avec elle. Elle est parfaite pour lui.

— Peut-être...

Notre conversation fut alors interrompue par une voix d'enfant.

— Papa !

— C'est Alfie, dit Dan, un pied dans le couloir. Il veut sans doute se baigner. J'y vais, sinon il risque de se jeter à l'eau sans moi.

— Je le sais d'expérience. Vas-y ! m'esclaffai-je.

— Écoute, je te demande juste d'être gentille avec Ella.

Il m'adressa un clin d'œil pour mieux faire passer la pilule, puis il fila sans demander son reste. Cela lui ressemblait bien. Il m'avait raconté un jour que, quand il voulait contredire Joy, étant enfant, il s'exprimait et s'enfuyait en courant, comme il venait de le faire. Cependant, nous venions d'avoir une conversation, ce qui ne s'était pas produit depuis longtemps. C'était un progrès. Certes, il avait beaucoup été question d'Ella et des questions environnementales (un véritable concept d'émission télévisée), mais nous étions plus ouverts. La franchise était essentielle. S'il me cachait autre chose, je ne le supporterais pas. Puis je me ravisai. Quelle hypocrite j'étais ! Quoi qu'il me cache, ce ne pouvait être pire que mon propre secret.

14

Un peu plus tard, je descendis rejoindre les autres au bord de la piscine. Ella et Joy étaient installées côte à côte et riaient. C'était un peu déconcertant car Joy n'était pas rieuse de nature. Les paroles de Dan résonnaient encore dans mes oreilles et je décidai d'accorder le bénéfice du doute à ma belle-sœur. Je m'approchai donc, un grand sourire aux lèvres.

— Ella et Jamie viennent de rentrer de la boulangerie. Ils nous ont rapporté de délicieux gâteaux, annonça Joy. Nous t'en avons gardé un.

Elle sortit une boîte en carton blanc de sous sa chaise longue et Ella me tendit une assiette. En échangeant des sourires avec elle, je me dis qu'il ne devait pas être facile de débarquer dans une famille. En dépit des apparences, peut-être manquait-elle un peu d'assurance.

— *Dolce alla napoletana*, dit-elle en posant la pâtisserie sur mon assiette.

— Merci. Il a l'air délicieux.

Dès la première bouchée, j'eus peine à croire que c'était un gâteau végane. En d'autres circonstances, j'aurais émis des doutes, mais je ne voulais pas créer de problèmes.

— Il vient de cette adorable boulangerie du bout de la rue. Jamie et moi nous y sommes arrêtés en rentrant de notre jogging. C'est une spécialité qui célèbre l'Assomption de la Vierge Marie, le 15 août. Sa montée au ciel, expliqua Ella comme si elle était une spécialiste des fêtes religieuses.

— Ouah, dis-je simplement.

— Joy et moi sommes en mission, pendant ces vacances, Clare !

— Ah oui ? répondis-je.

— Oui. On va créer de nouvelles recettes véganes et lancer un compte Instagram commun.

— Tu as donc réussi à convertir Joy ?

Celle-ci ne fit aucun commentaire. Elle affichait un sourire serein, ce qui ne lui ressemblait guère.

— Oui. Joy et moi allons montrer aux viandards qu'il existe de meilleures options que la consommation de cadavres, poursuivit Ella.

Cela n'avait aucun sens car Joy aimait la viande rouge.

— Beurk ! Je ne veux pas manger des gens morts, gémit Violet.

Alfie et Freddie en firent autant pour imiter leur sœur car ils n'avaient aucune idée de ce dont elle parlait.

— Ce ne sont pas des gens morts, ce sont des aliments. Tatie Ella dit des bêtises, déclarai-je d'un ton qui se voulait enjoué.

— Je suis désolée, je rigolais, les enfants. Votre maman a raison.

Elle posa sur moi un regard peiné très convaincant. Elle jouait très bien la comédie. Tous les autres devaient avoir l'impression que j'étais une garce alors qu'Ella semblait raisonnable, voire contrite, même si je décelais son sarcasme.

Nous étions donc assis autour de la piscine, en silence. Dan me fusillait du regard. Le gâteau de « l'adorable boulangerie » passait mal. De toute évidence, il avait entendu mon commentaire sur les bêtises d'Ella, hors contexte, et il me jugeait. *Va te faire voir, Dan*, songeai-je. Depuis quand jouait-il les maris moralisateurs ?

— Il faudra me dire où trouver ce nouveau compte Instagram, déclarai-je. Je ne suis même pas ton compte principal. Quel est ton pseudo ?

— C'est @toutsurElla123, répondit-elle fièrement.

Je pris mon téléphone et cliquai sur son profil. Elle avait plus de vingt-cinq mille *followers*. Ça ne me semblait pas énorme, pour une influenceuse, mais qu'est-ce que j'en savais ?

— Superbes, tes photos, murmurai-je en faisant défiler les pages de selfies au soleil couchant, de selfies dans des hôtels de luxe à l'autre bout du monde, de selfies en maillot de bain, robe moulante, rien que des placements de produits.

Cinq minutes plus tôt, elle avait publié une photo d'elle vêtue d'une longue robe en soie grise, à l'intérieur de la villa, avec la légende : « Enfin à la maison ! #foyer #Italie #chezmoi. »

— Clare, ne le prends pas mal, mais je ne *follow* personne en retour.

— Pas de problème.

— Je n'ai pas envie de remplir mon fil avec ce que tu as mangé au dîner ou combien de kilos tu as perdu, tu vois le genre. Bien sûr, je ne dis pas ça pour toi.

— Bien sûr...

Je me redressai, parcourant toujours les photos, regardant défiler les beaux vêtements, les voitures toutes taguées. En arrivant au bout, je constatai que ce compte n'existait que depuis six mois. Pour une influenceuse sur Instagram, elle n'avait pas beaucoup de *followers*, mais pour un compte qui n'existait que depuis six mois...

— Dis-moi, comment as-tu obtenu autant de *followers* en si peu de temps ? Le compte de l'agence Taylor existe depuis des années et nous n'en avons qu'environ cinq cents.

— Je sais quoi faire, je sais ce que les gens apprécient...

— Que faisais-tu avant si ce compte n'a que six mois ?

— La même chose. J'ai simplement fermé mon ancien compte. Je voulais quelque chose de nouveau. Personne n'a envie d'informations périmées, Clare. Il faut rester au top.

Je poursuivis ma lecture en m'efforçant d'ignorer ces remarques personnelles.

— Comment peux-tu gagner ta vie avec ça ? Ne le prends pas mal. J'aimerais sincèrement savoir ce qu'est une influenceuse, comment fonctionne sa carrière.

— Les grandes compagnies m'impliquent dans les publicités.

— Ah oui ? Lesquelles, par exemple ?

— Eh bien... les marques de cosmétique et... tu ne dois pas en avoir entendu parler.

— Peut-être que si.

Elle cherchait à éluder la question. Que cachait-elle et pourquoi ?

— Il y en a trop.

Elle se leva et se dirigea vers Jamie, qui prenait un bain de soleil. Elle se lova contre lui sur sa serviette. Qui donc était Ella ? Pourquoi étais-je la seule à m'interroger sur elle ?

Après avoir dégusté mon gâteau, je me sentis obligée de réunir les assiettes sales de tout le monde, autour de la piscine, et d'aller laver la vaisselle. Joy me proposa son aide.

— Non, vous en faites suffisamment. Restez là. Dan va m'aider.

— Cela n'a aucun sens, intervint Ella, debout près de la chaise longue.

Elle attacha ses cheveux en un chignon lâche, faisant danser ses seins sous son t-shirt ajusté.

— Pourquoi ? demandai-je en m'efforçant de ne pas regarder ses fesses tandis qu'elle ramassait une assiette.

— Si Dan et toi êtes dans la cuisine, Joy devra surveiller les enfants... Elle ne pourra pas se détendre, ce qui est l'objectif, n'est-ce pas ?

En dépit de sa mine faussement perplexe, je voyais très bien où elle voulait en venir.

— D'accord, alors qu'est-ce que tu suggères ?

J'en avais assez de ses commentaires et de ses piques accompagnées de ce sourire doucereux.

— Restez au bord de la piscine, Joy et toi. Tu as l'air fatiguée, Clare.

Elle m'irrita de plus belle en sous-entendant que j'avais mauvaise mine. Elle cherchait toujours à me couper l'herbe sous le pied. Pourquoi voulait-elle à tout prix m'ébranler, me priver du peu d'assurance qu'il me restait ? Elle prit mon assiette.

— Je vais aider Dan, décréta-t-elle. Ce sera vite fait, n'est-ce pas, Dan the Man[1] ?

Il leva un pouce et se leva péniblement. Ella approcha bien trop ses fesses nues de mon mari et gloussa pendant au moins quarante-cinq secondes en le regardant empiler les assiettes sales et les fourchettes. Il ne pouvait refuser de l'aider mais il aurait au moins pu tempérer son enthousiasme.

En me détournant, je vis Bob assis dans l'eau jusqu'au cou. Il tenait Freddie pendant que les deux autres enfants pataugeaient autour de lui. Joy était plongée dans son roman et Dan et Ella disparaissaient à l'intérieur de la villa avec quelques assiettes. Je m'immergeai avec Bob et les enfants.

Je pouvais rester dans la partie peu profonde avec Freddie pendant que Bob s'aventurait un peu plus loin avec Alfie sur les épaules. Au bout de quelques minutes, Jamie se leva soudain et vint vers moi.

— Vous vous amusez bien ? me demanda-t-il en s'asseyant près de moi, les pieds dans l'eau.

— Oui, répondis-je avec un sourire, soudain gênée.

À trente-cinq ans, Jamie avait sept ans de moins que Dan et il faisait encore plus jeune, avec son ventre plat et bronzé et sa coupe courte juvénile. Ella avait de la chance.

— Et toi, tu apprécies la vie conjugale ? m'enquis-je.

Depuis son arrivée, nous n'avions guère parlé et je me trouvais soudain embarrassée. J'étais triste que nous ayons perdu notre belle complicité d'antan mais, au vu des circonstances, il fallait s'y attendre.

— C'est beau, la vie conjugale.

Nous surveillions les enfants, surtout Freddie qui s'accrochait à ma jambe d'une main et poussait un bateau en plastique de l'autre. Bob avait la responsabilité de piloter le flamant rose gonflable. En échangeant un regard, Jamie et moi faillîmes sourire. Avant, nous aurions ri de voir Bob aux prises avec l'énorme jouet tandis que Violet et Alfie lui hurlaient leurs ordres. C'était bizarre. Nous avions l'impression de ne pas nous connaître.

Le silence s'installa entre nous, puis il prit une profonde inspiration avant de déclarer :

— C'est quelqu'un de bien... Ella.

— Oui... Je n'en doute pas.

Encore un silence pesant.

— Elle croit que tu ne l'aimes pas.

Que répondre à cela ?

— Ah bon ?

Je quittai Freddie des yeux pour me tourner vers Jamie.

— Écoute, c'est une fille superbe et je sais qu'elle peut être un peu... impressionnante. Il faut la connaître. Elle est très terre à terre.

— Je n'en doute pas, répétai-je, un peu crispée.

Pensait-il vraiment que mon hostilité envers elle était liée à son physique ? J'avais envie de hurler. Étais-je vraiment la seule à la voir vraiment ?

— Je ne la connais pas encore, déclarai-je en rongeant mon

frein. Mais peu importe ce que je pense d'elle. Je n'ai pas à l'apprécier, Jamie. C'est toi qui es marié avec elle.

— Donc elle a raison : tu ne l'aimes pas ? répondit-il, visiblement déçu.

Je ne dis rien pendant un moment, puis je me tournai vers Joy, qui s'était assoupie. La voie était libre.

— Non, je ne l'aime pas, et pas pour les raisons que tu sembles croire.

Nous étions tellement à l'aise ensemble, autrefois. À présent, nous étions maladroits, laconiques.

— Jamie, j'ai essayé de l'aimer. Je voulais être son amie, mais ça n'a pas l'air d'être réciproque. Elle maintient une distance entre nous parce qu'elle ne veut pas que je sache qui elle est vraiment. Qui est-elle, Jamie ?

Il me regarda, semblant se demander où je voulais en venir.

— Je ne crois pas que tu le saches, toi non plus. À mon avis, elle n'est pas celle que tu crois... Elle affirme posséder des propriétés à l'étranger. Son père est parfois italien, parfois new-yorkais...

— Je n'arrive pas à croire que tu dises ça.

— Désolée, mais tu la connais depuis combien de temps ?

Il secoua la tête.

— Assez longtemps pour savoir ce que je ressens. C'est ma femme !

— Je comprends, Jamie. Je sais que tu es prêt à t'installer avec quelqu'un, mais est-elle celle que tu cherches ? Est-elle chaleureuse et aimante ? Ella choisit ses livres pour la couleur de leur couverture, afin de les photographier. Elle ne les lit même pas ! C'est parlant, non ?

Il ne dit rien mais sa peine m'indiquait combien il croyait l'aimer.

— Écoute, je m'inquiète un peu. Est-ce que tu ne t'es pas précipité ?

— Tu es injuste ! répliqua-t-il, crispé.

— Non. Sais-tu si elle est digne de confiance ?

Je pris mon courage à deux mains et, au risque de lui briser le cœur, je lui relatai que je l'avais vue fouiller dans les affaires de Joy.

— Elle a volé les boucles d'oreilles de ta mère... après que tout le monde l'a accueillie gentiment, surtout Joy.

Il parut troublé, sous le choc.

— Non ! protesta-t-il en secouant la tête. Elle ne ferait pas ça.

Jamie rejetait en bloc ces accusations. Comment faire autrement ? Ce serait admettre qu'il ne connaissait pas sa femme.

— Tonton Jamie ! appela Violet. Tu viens jouer ?

Incapable d'affronter mes révélations, il vit sans doute dans cette demande une échappatoire et se glissa dans l'eau bleue qui l'engloutit.

— Voyons si on peut aller vite ! dit-il en soulevant Freddie sur ses épaules.

Il poussa le flamant gonflable sur lequel étaient perchés les deux autres, sous le regard soulagé de Bob, enfin libéré de cette tâche.

Jamie n'était pas idiot. Ce que je lui avais dit au sujet des boucles d'oreilles avait dû soulever des doutes dans son esprit. Hélas, il n'était pas très doué pour affronter la vérité, surtout quand elle était déplaisante. S'il avait des ennuis ou n'aimait pas ce qu'il voyait, il fuyait. À l'image de sa mère qui, quand quelque chose lui déplaisait, feignait que cela n'avait pas existé, il évacuait le problème, comme elle l'avait fait avec Marilyn.

Je regardai les enfants s'amuser, pousser des cris de joie quand leur oncle les jetait à l'eau tour à tour, plus prudent avec les garçons, qui ne savaient pas encore nager sans aide. Dès que je voulus les rejoindre, Jamie sortit de l'eau et retourna sur sa chaise longue. Avais-je bien fait de lui parler ? Se posait-il des questions sur Ella ou me détestait-il, à présent ?

Je tenais Freddie qui faisait avancer son bateau en plastique autour du flamant que chevauchaient Violet et Alfie. J'avais un œil sur Freddie et l'autre sur le flamant, ce qui n'était pas très reposant. Toutefois, j'adorais jouer avec les enfants. Cela me changeait les idées et me faisait rire quand j'avais le moral en berne. Les enfants ont le don merveilleux d'apaiser le stress. Leur compagnie remet les choses en perspective et nous soulage de ce qui nous ronge. Les miens sont formidables. Ils me font sourire et me rendent fière. Je suis toujours sidérée de constater que l'amour qu'ils m'inspirent est non seulement infini, mais aussi de plus en plus fort. Mes interrogations sur ce que je venais de dire à Jamie furent vite oubliées lorsque Alfie se transforma en « grenouille d'eau » ou quand Freddie répétait nos propos en déformant les mots. Violet et moi nous moquions gentiment des garçons. Le soleil dardait ses rayons sur nous quatre et je sentis que, quoi qu'il se passe entre Dan et moi, je ne serais jamais vraiment seule car les enfants restent dans notre cœur et n'en sortent pas, même quand ils sont absents.

Ces moments partagés étaient précieux. En rentrant, je devrais retourner travailler, donc mieux valait en profiter pleinement. J'avais permis à Ella de s'insinuer dans mon esprit. Le vol des boucles d'oreilles, les mensonges, les remarques pernicieuses, sa simple présence avaient pompé bien trop de mon énergie et de mon attention. En cet instant, je sentais la chaleur du soleil sur mon dos et seuls les jeux des enfants venaient troubler l'eau turquoise. Rien d'autre n'avait d'importance.

Enfin, Dan et Ella revinrent. Elle apparut au bord du bassin, tout sourire, avec des gobelets en carton remplis de jus d'orange sur un plateau.

— Venez vite, les enfants ! lança-t-elle.

Ils sortirent de l'eau pour aller chercher à boire.

— Ton mari fait un tas de choses dans la maison, non ? me dit-elle en me tendant un gobelet.

— Il a sans doute fait un effort pour t'impressionner.

— Oh oui, c'était très impressionnant ! commenta-t-elle en adressant un clin d'œil à Dan.

Je bus quelques gorgées, un peu gênée. Cherchait-elle à me faire douter de ce qu'il s'était passé entre eux, dans la cuisine ? Ou bien s'agissait-il d'une simple plaisanterie entre belles-sœurs ? Je n'en avais aucune idée car je ne connaissais pas la véritable Ella. Pas plus qu'aucun d'entre nous, sans doute.

Je m'éloignai et, pendant qu'elle jouait les fées du logis avec son plateau, je pris mon téléphone pour regarder mes photos. J'en avais déjà pris de très belles des enfants. En faisant défiler les images, je tombai sur un cliché pris avant les vacances. J'étais avec une patiente que je connaissais depuis un moment, Mme Marsden. Elle avait un cancer en phase terminale et, au cours de ses mois de traitement, j'avais fait plus ample connaissance avec elle. Au moment où j'étais partie en vacances, elle était sur le point d'entrer en soins palliatifs.

« Passez de très bonnes vacances, m'avait-elle souhaité. Mon mari et moi allions souvent en Italie. Nous adorions le gianduja, un genre de pâte à tartiner au chocolat et aux noisettes bien meilleure que le Nutella. Voilà ce qui est triste quand on sait qu'on va mourir. Ce sont ces choses qu'on ne reverra ou ne mangera plus jamais. Je donnerais tout pour pouvoir en manger à la cuillère, à même le pot ! »

Elle avait ri. Au moment de lui faire mes adieux, j'avais déclaré : « Tenez bon et je vous en rapporterai un pot, avec une grande cuillère, même ! »

J'étais déterminée à trouver du gianduja pour lui en rapporter. Une rapide recherche sur Internet m'indiqua qu'il y en avait dans une boutique d'une bourgade des environs. Je pensai à Mme Marsden, à sa vie bien remplie, à son amour pour son mari. Elle était fière de ses enfants. Pourvu qu'elle soit encore de ce monde à mon retour. Hélas, je ne fus pas distraite très longtemps et revins sur la page Instagram d'Ella. C'était presque compulsif.

Que cherchais-je ? Ella ne publierait rien qui puisse la trahir. En fait, il était impossible de deviner qui elle était en observant les selfies améliorés à grand renfort de filtres, les couchers de soleil mis en scène et les gros plans en bikini. J'avais besoin de voir la vraie Ella quand elle ignorait qu'on l'observait. Je n'avais eu que quelques aperçus, rien de concret. Au bout d'un long moment passé à détailler ces clichés parfaits, je saturai.

Je dis à Dan de surveiller les petits pendant que j'allais prendre une douche. À l'étage, je vérifiai par la fenêtre du palier qu'ils étaient tous autour de la piscine, puis j'entrai dans la chambre de Jamie et Ella. Ils ne s'y étaient installés que dans la matinée mais je cherchais des indices sur elle et, surtout, les boucles d'oreilles de Joy.

En entrant de nouveau dans la vaste pièce, je fus submergée de tristesse. J'avais placé tant d'espoir dans ces vacances. Lors de cette première nuit, Dan et moi nous étions redécouverts. Pour la première fois depuis des semaines, j'avais senti que nous avions vraiment une chance de repartir sur de bonnes bases et que j'avais eu raison d'avoir foi en lui. Hélas, le lien était fragile et ce sanctuaire aurait pu faire la différence. Nous aurions pu y être seuls, dans un nouveau cadre.

Cette chambre que j'avais d'abord partagée avec Dan avait un tout autre aspect, maintenant qu'elle était occupée par Jamie et Ella. Le lit était défait, un pot de crème pour le visage était ouvert sur la coiffeuse, au milieu d'un nuage de poudre. Les vêtements d'Ella jonchaient le sol, y compris ses sous-vêtements qui traînaient partout. Il y avait un verre de vin à moitié plein sur une table de chevet, dont la surface était déjà tachée de traces de café. Le côté de Jamie, en revanche, était impeccable.

En traversant la pièce, je fus frappée par le contraste avec les photos de son compte Instagram, parfaitement mises en scène, avec des piles de serviettes assorties, des pièces de lingerie présentées sur les portes d'une armoire ancienne telles des œuvres d'art. Sans parler du livre dont la couverture allait si bien dans le décor. Il gisait sur le sol, ayant fait son office, déjà dépassé. Toutes ces choses ne collaient pas avec l'image qu'elle présentait à la famille et au monde entier. Si elle traitait les gens comme elle traitait ses affaires, il y avait de quoi s'inquiéter. Qui était la vraie Ella ? Voulais-je vraiment le savoir ? Je fus parcourue d'un frisson.

15

Je n'ai pas trouvé les boucles d'oreilles de Joy dans la chambre d'Ella. Cela dit, il y régnait un tel désordre que je ne savais où chercher. J'étais un peu mal à l'aise. Je n'aurais pas dû fouiller dans leurs affaires. Si Jamie me surprenait, il se dirait que c'était moi qui étais bizarre. Ou pire encore, jalouse au point d'être obsédée par Ella. Les enfants n'allaient pas tarder à venir me chercher. Je pris donc ma douche en profitant longuement de ce moment à moi.

Il était environ 16 heures, le moment où Joy et moi nous retrouvions pour démarrer la préparation du dîner. Je mis mes tongs et hésitai un instant à me maquiller. Mais j'étais en vacances. À quoi bon céder à des pressions supplémentaires ? De plus, il faisait si chaud que j'aurais vite des traces grises sous les yeux et mes cernes seraient accentués au lieu d'être atténués.

Je descendis à la cuisine où j'entendais déjà des bruits de casserole. Sans doute avait-elle lancé la cuisson des légumes. À l'entrée, je voulus décrocher mon tablier fétiche, celui que Joy m'avait acheté quelques années plus tôt et que j'apportais à chaque fois, comme un rituel. Or il ne se trouvait plus où je l'avais laissé la veille.

— Joy, lançai-je en entrant dans la pièce, vous avez vu... ?

Je vis Ella qui portait mon magnifique tablier orné de citrons.

Joy et elle étaient penchées sur mon livre de cuisine italienne. Ella posait un tas de questions et riait des commentaires de Joy.

Je feignis l'étonnement.

— Ah, j'allais te demander si tu avais vu mon tablier, mais je vois que tu le portes, Ella.

J'affichai un sourire mielleux.

— Oups, désolée...

Elle entreprit de le dénouer.

— Non, ce n'est pas grave. Garde-le. Il te va bien, assurai-je en me tournant vers Joy. Donc on a dit des boulettes, pour ce soir ?

J'ouvris la porte du placard à casseroles.

— En fait, Clare, on a discuté du nouveau compte Instagram, @Mèreetfillevertes.

— Ah, vous avez trouvé le nom ? m'étonnai-je.

Je ne pensais pas qu'elles iraient jusqu'au bout de cette idée, or Joy semblait aussi motivée qu'Ella.

— Oui, on est officiellement la mère et la fille vertes !

Ella tapa dans ses mains de façon un peu enfantine. Quant à Joy, elle se contenta d'un sourire.

— Donc pas question de faire des boulettes. Ce soir, le dîner sera entièrement végane et on le postera sur notre compte, expliqua Ella, pleine de défi, comme si elle voulait en découdre.

Je ne cédais pas facilement et elle éprouvait un malin plaisir à me provoquer. Elle fournissait même de gros efforts pour rejeter toutes mes propositions.

— Génial ! On aime tous les légumes et... tout ça, fis-je en souriant. Le problème, c'est que les autres s'attendent à manger des boulettes. Ils adorent ça et seront déçus. Qu'en pensez-vous, Joy ?

J'étais en train de l'appeler à l'aide, de l'implorer, même.

— Oh... C'est dommage, parce qu'on a déjà commencé les champignons en croûte, poursuivit Ella en saisissant le moulin à poivre.

Joy semblait jouer le jeu. De toute évidence, c'était sa façon de prouver à Ella qu'elle n'était pas autoritaire, qu'elle ne prenait pas le dessus sur les gens, comme je le lui reprochais. J'étais sous le choc. Je pensais vraiment que Joy rejetterait cette idée de dîner végane et enverrait promener Ella et ses lentilles. Aux débuts de notre mariage, avec Dan, nous avions invité Joy et Bob à dîner. J'avais ainsi un prétexte pour sortir la vaisselle qu'ils nous avaient offerte pour notre mariage et montrer à Joy quelle merveilleuse épouse j'étais. J'avais préparé des pommes boulangères au prix de gros efforts car je voulais vraiment l'impressionner. J'étais attablée sous mon propre toit, à guetter son approbation. Elle avait simplement déclaré :

— Il y a de la viande pour accompagner les légumes, mon petit ?

J'avais pris note de ne jamais lui servir un repas sans viande ni poisson. J'étais tellement déterminée à être la belle-fille idéale. De toute évidence, j'avais échoué car Joy accordait sa chance à Ella. Je n'avais pas le choix, je devais suivre.

Ella était en train de hacher finement des champignons avec, je dois l'avouer, une technique de chef qui me fascinait.

— Je peux faire quelque chose ? proposai-je en ayant l'impression d'être la cinquième roue du carrosse.

Aucune des deux ne me répondit tant elles étaient concentrées sur leurs découpes et leurs taillages, chacune dans son monde mais ensemble à la tâche.

— La sauce sent très bon, déclarai-je en m'approchant de la casserole pour humer le fumet d'ail. Les champignons aussi, d'ailleurs, mais je crains que les enfants n'en veuillent pas, dis-je à Ella en réprimant un sourire de triomphe.

— Je te garantis que les enfants vont les adorer tels que je les prépare, répliqua-t-elle avec un certain dédain, sans lever les yeux.

— Alfie trouve qu'ils ressemblent à des limaces et Freddie l'imite toujours. Je m'excuse d'avance pour leurs commentaires, ajoutai-je avec un petit rire.

— C'est inutile. Ne t'excuse jamais pour tes enfants, Clare. Sois fière d'eux, au contraire. Ta vie n'est peut-être pas exemplaire, mais je suis sûre que la leur le sera. Le secret est de ne pas abaisser les enfants au niveau de leurs parents.

Mon irritation monta d'un cran. Heureusement, je tins bon. Je ne lui accordai pas la querelle qu'elle cherchait manifestement. Je mourais d'envie de lui dire que je l'avais vue voler les boucles d'oreilles, de le dire tout de suite pour effacer son air satisfait, mais je résistai à la tentation.

— On pourrait peut-être préparer quelques boulettes, suggérai-je. Pour les enfants.

J'étais déterminée à ne pas céder, même s'il ne me restait pas grand-chose à défendre.

Sachant qu'il y avait du bœuf haché au réfrigérateur, j'ouvris la porte en attendant le soutien de Joy mais, sans lui laisser le temps de réagir, Ella s'esclaffa.

— Clare ! Tu me fais vraiment rire !

Je l'observai par-dessus la porte ouverte du réfrigérateur, affichant un rictus. Un coup d'œil en direction de Joy me fit comprendre qu'elle resterait en dehors de tout ça. Je me retrouvais seule, abandonnée.

— Et pourquoi ça ? m'enquis-je d'un ton où perçait une mise en garde.

— Des boulettes ! Tu insistes pour donner des boulettes à tes enfants, n'est-ce pas ? Sais-tu au moins ce qu'il y a, dans la viande hachée ? Beurk... Il y a un indice dans le mot « boulette ».

Ella ? Fragile ? Tu parles ! Je posai la viande hachée sur le comptoir.

— Je t'en prie, ne dis pas ça devant les enfants. Ils ne mangeraient plus jamais de viande, fis-je d'un ton las.

Dieu qu'elle était exaspérante !

— Ella, intervint enfin Joy. Je dois dire...

Je fus soudain submergée par une vague de soulagement. Ma belle-mère venait à ma rescousse ! Et elle confirmerait que les enfants devaient manger des boulettes.

— ... que tu as raison. Des boulettes de viande... Rien que le nom est dégoûtant !

Abasourdie, je les regardai s'esclaffer de plus belle, en répétant le mot « boulette » comme s'il était hilarant. Joy se tourna de nouveau vers ses champignons. En croisant son regard pendant une fraction de seconde, je compris que Joy ne trouvait pas cela si drôle. Me pardonnerait-elle un jour d'avoir dit qu'elle était autoritaire ?

— Je vais dresser la table, annonçai-je.

Je pris les couverts et sortis sur la terrasse. Dehors, le soleil m'apaisa un peu. Ella aurait beau rivaliser avec moi pour obtenir les faveurs de Joy, j'étais la plus âgée donc la plus mûre. Je dégusterais ce repas de bonne grâce. De plus, je savais que j'avais raison, à propos du menu. Je connaissais mes enfants. Quand les garçons refuseraient de manger en scandant que c'étaient des limaces, je me contenterais d'un sourire innocent.

Enfin, la famille s'attabla. Ella servit ses champignons en croûte, une version personnelle de la pâte feuilletée, « préparée avec du beurre végétal », annonça-t-elle fièrement. La pâte dorée était posée sur un lit de verdure et de fleurs comestibles. Je devais avouer que l'effet était saisissant. Avant que nous ne puissions commencer, Ella dut prendre des photos de la famille et du plat. Cela ne se passa pas très bien avec les garçons. Alfie se mit à faire des grimaces, aussitôt imité par son frère.

— Ça suffit, les garçons ! Souriez à tatie Ella !

Je voulais simplement dîner et me détendre, mais les petits

étaient fatigués et affamés. Ils n'avaient aucune envie de sourire pour les photos.

— Allez, les enfants... Faites-moi un sourire, maugréa Ella, les dents serrées. *Cheese !*

— *Cheese*, ce n'est pas très végane, raillai-je.

Ma plaisanterie ne fit rire personne, à part Alfie, qui n'avait pas compris. Il rit si fort qu'il faillit se rendre malade.

Ella découpa enfin sa tourte comme s'il s'agissait de la pièce montée de son mariage. J'attendais les plaintes des enfants quand ils verraient de quoi il s'agissait. Contre toute attente, le festin végane d'Ella fut un triomphe.

— Ella, tu es incroyable, flagorna Joy.

— C'est délicieux, renchérit Bob.

— Ella, c'est excellent, commenta Dan. Bravo, tu nous as convertis.

Ce furent mes enfants qui m'infligèrent la pire trahison. Ils dévorèrent leurs champignons en croûte comme s'il s'agissait d'un gâteau.

— Tatie Ella, j'adore ce plat, déclara Violet.

Les garçons firent de moi une menteuse.

Lorsque Ella , à côté de moi, leva son verre dans ma direction, j'affichai un sourire conciliant.

— Je te l'avais bien dit, Clare.

À la lueur des chandelles, je vis dans son regard sa jubilation... ainsi qu'un autre sentiment.

— Tu ne connais pas tes propres enfants. Ils adorent les champignons.

Elle se pencha alors si près de moi que je sentis son souffle sur mon visage et son parfum entêtant dans mes narines.

— Tu ne connais pas non plus ton propre mari, murmura-t-elle. Et il ne te connaît pas. Espérons que personne ne dira à Dan la vérité sur son épouse parfaite...

Incrédule, je plongeai dans son regard. Elle le soutint en buvant une gorgée de vin. Je me tournai vers les autres. Heureusement, ils étaient trop occupés pour avoir remarqué cet échange.

Ella se mit à rire et posa son front sur le mien. Les autres y virent sans doute un geste amical, ce qu'il n'était pas, car elle avait les doigts crispés sur mon bras et je sentais la pression de son front. Quelques secondes plus tard, elle s'amusait avec Dan d'une réflexion de l'un des enfants. Ce qu'il venait de se passer était-il réel ? J'en arrivais à me le demander.

Le repas se poursuivit dans la joie, au son des rires, des tintements de couverts, du chant des grillons, mais je n'entendais rien. Je ne voyais que des lèvres remuer.

« Espérons que personne ne dira à Dan la vérité sur son épouse parfaite », avait soufflé Ella.

Nous étions là, dans ce jardin superbe, autour d'une table pleine de vie, en famille. La nuit tombait et, malgré la chaleur insupportable, saisie d'une sourde angoisse, j'eus soudain très froid.

16

Ella faisait donc bel et bien partie de la famille, désormais. Mon univers s'écroulait car elle risquait de révéler mon secret sur un coup de tête. J'étais attablée près d'elle et je la voyais sourire, faire la moue, tripoter ses cheveux. Pendant toute la soirée, elle avait pris des photos, puis elle insista pour faire des selfies de groupe et nous ordonna de nous réunir autour d'elle. Tout le monde se leva, abandonnant son assiette pour l'entourer et sourire sur commande. À chaque cliché, elle semblait prendre de l'assurance, de la force. Elle se nourrissait de cette attention, de cette validation. Plus tard, quand la maisonnée se fut endormie, je consultai son compte Instagram. Elle avait publié une photo du dîner et de la famille attablée. L'image était parfaite : photophores, guirlandes lumineuses, abondance de plats, tribu heureuse et souriante, « #mafamille #Italie #dînervégane ». Il y avait plusieurs portraits de famille très élégants, Ella trônant au centre, les autres autour d'elle... à part moi. Elle avait réussi à m'effacer de tous les clichés.

— Elle est très... centrée sur elle-même, non ? murmurai-je le lendemain matin à Joy, tandis qu'Ella prenait encore des selfies autour de la piscine.

Le ciel était du bleu le plus intense que j'aie jamais vu, et le soleil baignait le paysage d'une lueur dorée. Hélas, l'ombre qui se profilait à l'horizon grossissait à vue d'œil. Comment parler à Joy des boucles d'oreilles ? Et quand ? Si je le faisais, Ella révélerait-elle mon secret ou serait-elle trop mortifiée et occupée à se justifier quant à ce vol de bijoux ? Je ne voulais pas perturber les autres. Les enfants l'adoraient et Dan semblait la trouver fragile. Quand j'avais dit à Bob que je la trouvais sûre d'elle pour quelqu'un de son âge, il m'avait répondu avec un sourire qu'elle était adorable.

Je jaugeais à présent l'opinion de Joy sur cette pièce rapportée. Je voulais aussi resserrer nos liens en espérant qu'elle oublie mon commentaire désobligeant sur sa nature autoritaire.

— Centrée sur elle-même ? répéta enfin Joy. Que veux-tu dire par là, au juste ?

Ma belle-mère serait difficile à convaincre. Aussi coriace que Violet qui avait déclaré le matin même qu'Ella était une princesse cool et belle.

— Elle s'entretient, elle joue de son charme.

— Mmh... Elle est adorable, dit-elle, reprenant les mots de Bob. Elle m'a donné le nom de son coiffeur, à Londres. Ces mèches... Cela me rajeunirait de dix ans.

— C'est un balayage, corrigeai-je.

— Comment ?

— Cette technique qui donne un résultat très naturel s'appelle un balayage.

— Ah oui ? J'adore. Et ses ongles... Tu as vu ses ongles ?

J'acquiesçai.

— Sublimes...

J'en eus le cœur serré. Peu importait qu'Ella soit égocentrique, tyrannique au point d'imposer ses opinions à tous, prompte à juger ceux qui n'étaient pas d'accord avec elle, Joy ne voyait qu'une jolie jeune femme, une belle-fille très présentable. Joy et les autres semblaient sous le charme de sa chevelure caramel et de son vernis à ongles cappuccino. J'étais la seule à voir au-delà de cette façade. Cela dit, Ella ne se montrait hostile qu'envers moi. Avec les autres, elle était effectivement adorable.

Quant à Jamie, je ne l'avais jamais vu aussi amoureux. Il suivait Ella comme un petit chien. Lui qui avait toujours été le premier à jouer avec les enfants, qui l'adoraient, semblait effacé, dans son ombre. En général, il mettait de l'ambiance dans les réunions de famille par son charme et son humour. En sa présence, Joy s'illuminait, comme nous tous, sans doute. Jamie avait changé. Je le lisais dans ses yeux. Quand Ella parlait, il semblait grandir, comme s'il se rengorgeait.

Plus tard dans la journée, je croisai mon beau-frère dans la maison. Je venais de laisser Dan avec les enfants au bord de la piscine tandis qu'Ella se badigeonnait d'huile solaire. Je ne pus m'empêcher de regarder par la fenêtre. Au bout de quelques secondes, elle parla à Dan, assis à un mètre d'elle. Il s'était redressé et avait mis ses lunettes de soleil pour discuter avec elle. Si je n'entendais pas leurs propos, leur conversation semblait plus animée que de coutume. C'était un peu perturbant, surtout après son commentaire de la soirée précédente à propos de mon secret.

J'essayai pendant un moment d'interpréter leurs postures. Ils souriaient, hochaient la tête, surtout Dan. Il rit même à quelque plaisanterie d'Ella. Je voyais bien qu'elle lui plaisait. Heureusement, elle semblait ne pas avoir révélé mon secret... pour l'instant. Elle ne parlerait pas tout de suite car elle aimait me torturer. C'était un petit jeu cruel. Il se leva et se rapprocha d'elle, l'air rieur. Mon cœur s'emballa. Était-ce ainsi que les choses avaient commencé entre lui et Carmel, puis Marilyn ? Un échange un peu séducteur, un rire innocent ? Dan et Ella allaient-ils mettre en péril leurs couples respectifs et leur famille pour aller au-delà de l'amitié ? Je n'avais pas confiance en elle... ni en Dan.

En le voyant se pencher vers elle et lui prendre le flacon d'huile solaire, je retins mon souffle. Puis il en versa dans sa paume et se frotta les mains. À ma grande stupeur, Ella roula sur le ventre et Dan entreprit de lui huiler le dos et les épaules. Il avait les deux mains sur sa peau dorée. Entre eux, l'électricité était palpable. Il prenait tant de soin à faire pénétrer l'huile...

Elle était appuyée sur ses avant-bras et je voyais maintenant son visage. Elle avait les yeux fermés, la tête rejetée en arrière, comme en extase. Dan versa encore un peu d'huile dans sa paume avant d'oindre le bas de son dos, descendant peu à peu vers ses hanches. Il savourait chaque seconde.

Soudain, Ella rouvrit les yeux et croisa mon regard. Elle savait que je les observais derrière la vitre. Sans doute le savait-elle depuis le départ. Lentement, elle ouvrit la bouche, comme si elle était en plein orgasme, et referma les yeux. Terrorisée, dégoûtée, j'étais incapable de me détourner de ce spectacle. Tout à coup, deux mains me chatouillèrent la taille et me firent sursauter.

— Jamie ! Tu m'as fait peur !

Il souriait. Il était même ravi de ma réaction. L'espace d'un instant, ce fut comme au bon vieux temps. Je m'efforçai d'oublier ce qu'il était en train de se passer au bord de la piscine. Je me tournai vers lui.

— Écoute... Je suis désolée de t'avoir contrarié, hier, à propos d'Ella.

Il haussa les épaules, un peu mal à l'aise.

— Encore une journée superbe, hasardai-je pour rompre le silence.

Il ne réagit pas. Il avait vu Dan et Ella et regardait fixement en direction de la piscine.

— Mon grand frère joue encore les don Juan ?

— Je... Oui, je crois qu'il aide Ella à...

— Oui, il met du cœur à l'ouvrage, on dirait... Ne t'en fais pas, Clare. Elle est heureuse en ménage.

— Dan aussi, répondis-je vivement avant d'ajouter : À moins que tu ne saches quelque chose que j'ignore.

Silence. Jamie était-il au courant de nos problèmes de couple ? Joy lui avait sans doute tout raconté sur Skype.

— Dan perd son temps, dit-il en désignant la piscine d'un signe de tête. Elle ne s'intéresse pas aux vieux.

Il m'adressa un clin d'œil.

— Aïe ! Tu sais bien qu'il a presque le même âge que moi, protestai-je en lui donnant une tape sur le bras.

— Pardon ! Bon, j'y vais avant de m'enfoncer davantage, s'esclaffa-t-il.

Sur ces mots, il s'éloigna en direction de la piscine. En dépit de son apparente humeur badine, il était évident que cette application d'huile solaire le perturbait autant que moi.

J'observai de nouveau la scène, un peu en retrait, cette fois, pour ne pas être visible. Je compris qu'il faisait mine de gronder Dan, sur le ton de la plaisanterie. J'avais vraiment l'impression d'être insignifiante en voyant mon beau-frère reprocher à mon mari de toucher sa superbe épouse.

Cet été-là, j'étais vulnérable pour bien des raisons. Si j'avais été plus forte, plus tolérante, je me serais comportée autrement. Nous aurions peut-être tous quitté la côte amalfitaine reposés, la valise pleine de souvenirs, prêts à poursuivre notre vie. Ce ne fut pas le cas et je dois endosser la responsabilité des événements.

17

Le lendemain, je ne me sentais pas d'humeur à rester au bord de la piscine, à regarder Ella se pavaner. Je proposai donc à Dan que nous emmenions les enfants à la plage tous les deux. Joy n'était guère enchantée, mais je voulais passer un peu de temps en famille, rien que nous cinq. Je préférais laisser Joy avec sa nouvelle belle-fille. Puisqu'elles s'entendaient si bien, autant qu'elles passent la journée ensemble. Ella pourrait lui enseigner le yoga, elles cuisineraient ensemble. Ma théorie était que, après une journée de haricots mungo et de postures diverses, Joy serait contente de nous revoir, les enfants et moi, pour avoir un peu de répit.

La plage de Positano était idyllique, bordée de rangées de parasols tels des soldats multicolores. Sur les falaises des alentours se dressaient maisons et hôtels aux tons pastel. Les enfants étaient concentrés sur la construction d'un château de sable, Violet jouait les chefs de chantier.

— C'est un palais pour une princesse, affirma-t-elle, ce qui n'était pas du goût d'Alfie.

Faisant fi des préférences de ses aînés, Freddie s'aventurait un peu trop près du fragile édifice.

— Non, Freddie !

— C'est sympa d'être entre nous, sans Ella qui se pavane en bikini, à prendre des selfies, dis-je à Dan tandis que nous les regardions jouer.

— Elle n'est pas si horrible. C'est sûr, elle se pavane, mais elle est intéressante.

— Tu trouves ?

— Selon moi, si tu ne l'aimes pas, c'est parce que tu te sens menacée, déclara-t-il en observant l'horizon.

— Ouah... Pourquoi dis-tu ça, Dan ?

Effectivement, je voyais en elle une menace, mais pas dans le sens où il l'entendait.

— Par où commencer ? Elle est jeune, riche, sans enfants et son seul souci est de choisir dans quelle station balnéaire et au bord de quelle piscine elle va peaufiner son bronzage en bikini de luxe.

— Ça, tu l'as bien remarqué, soupirai-je.

Je m'interrompis pour gronder légèrement Alfie en le voyant mettre du sable dans l'oreille de son frère.

— Très bien, tu as raison, j'envie le fait qu'elle ne fait rien, n'a aucune responsabilité, pas de travail mais beaucoup d'argent. Il faut voir au-delà des apparences.

— Que veux-tu dire ?

— J'ai l'impression qu'elle n'est pas celle qu'elle prétend être.

— Alors qui est-elle ? s'entêta Dan, obtus.

— Tu sais très bien ce que je veux dire. Elle a beau montrer une jolie façade, je n'ai pas confiance en elle. Dan, je crois qu'elle est malhonnête.

— Comment cela ?

Je m'assurai que les enfants ne nous écoutaient pas et me penchai vers lui.

— Je crois que c'est une voleuse, soufflai-je.

— Tu ne peux pas l'accuser comme ça, Clare ! C'est la femme de Jamie. Ella n'est pas une voleuse.

— Chut ! Les enfants...

Trop tard.

— Qui est une voleuse ? s'enquit Violet, soucieuse, le front plissé. C'est Ella ? On doit appeler la police ?

— Nom de Dieu...

— Ne jure pas, Clare. Les enfants...

Il s'en inquiétait alors qu'il venait pratiquement de leur annoncer qu'Ella était une voleuse. Violet était têtue et si elle décidait d'en savoir plus, elle et ses frères ne tarderaient pas à organiser un tribunal populaire, de préférence en début de soirée, quand Joy boirait son gin.

Je me tournai vers Dan pour poursuivre cette conversation à voix basse, mais il avait fermé les yeux pour m'indiquer que le débat était clos.

Plus tard, dans la voiture, j'attendis que les enfants soient endormis pour aborder à nouveau le sujet. Je gardais cette histoire pour moi depuis trop longtemps.

— Tu sais, quand je t'ai dit tout à l'heure qu'Ella était une voleuse... ce n'étaient pas des paroles en l'air. Je l'ai vue, Dan. Elle a pris les boucles d'oreilles de ta mère dans sa pochette à bijoux, sur la coiffeuse.

— Tu plaisantes ? fit-il en gardant les yeux rivés sur la route.

Je sentis qu'il n'en revenait pas.

— Non. Je l'ai vue, je te dis.

— Pourquoi n'as-tu rien dit ?

— Je ne savais pas quoi dire. Je voulais en parler à ta mère, mais je ne veux pas provoquer un scandale et gâcher les vacances de tout le monde. Si Joy les cherche, je lui dirai...

— Donc on n'est pas sûrs qu'elles aient disparu ?

— Je l'ai vue les prendre. J'en suis sûre et certaine.

— Quelles boucles d'oreilles ?

Il commençait à douter.

— Celles en diamants, que ton père lui a offerts pour leur anniversaire de mariage. Elle a dû se rendre compte de leur disparition. Ce sont ses préférées.

— Oui, probablement, admit-il. Mais même si elle s'en est rendu compte, je parie qu'elle ne voudra pas semer la pagaille, pas pendant les vacances.

Quel soulagement ! Dan me croyait. J'avais craint qu'il ne pense que je m'étais méprise ou que j'exagérais.

— Le problème, c'est que, depuis que je l'ai vue faire, je ne lui fais pas confiance avec les enfants, repris-je.

— Ne dis pas de bêtises ! Ils n'ont pas de bijoux, plaisanta-t-il. Et elle ne risque pas de voler le camion en plastique de Freddie.

— Tu vois ce que je veux dire ! Si elle est malhonnête, va savoir de quoi elle est capable. Et non, je ne dis pas de bêtises !

— Eh bien, si c'est la vérité, c'est un problème, mais je suis sûr que les enfants ne risquent rien. Il y a peut-être une explication logique. Tu devrais suggérer à ma mère de les porter, un soir. Si elle se rend compte qu'elles ont disparu, le moment sera venu de mettre les choses au point.

Même si j'étais d'accord, au vu des circonstances, je ne voulais pas être celle qui la dénoncerait, pas maintenant. Elle m'avait menacée. En guise de représailles, elle risquait de leur dire à tous ce que je cachais, mais je pourrais la traiter de menteuse, invoquer une vengeance. Je voyais enfin la lumière au bout du tunnel. Toutefois, je devais d'abord trouver une preuve. Qu'avait-elle fait de ces boucles d'oreilles ?

Sur le chemin du retour vers la villa, je n'étais pas pressée de rentrer. J'appréciais cette journée sans Ella. En voyant une camionnette blanche, sur le bord de la route, qui vendait des granités au citron, j'insistai pour que nous nous arrêtions. Il faisait tellement chaud ! Dan se gara. L'arrière de la camionnette était ouvert, révélant une masse de piments séchés dans tous les tons de rouge, un spectacle si merveilleux que j'eus envie de l'immortaliser pour le mettre sur mon compte Insta-gram. Contrairement à ce qu'Ella suggérait, mes photos montraient avant tout des moments familiaux, les enfants, les amis. On était loin des selfies commentant le menu du dîner ou les kilos perdus. Là, tout de suite, j'avais envie de me le rappe-ler. Je descendis de voiture et pris des photos. Soudain, je découvris la propriétaire de la camionnette. Elle était assise à l'ombre d'une toile cirée qui ressemblait à celles de ma grand-mère. Des souvenirs d'enfance ressurgirent, mes seuls moments heureux, dans sa maison.

Elle se leva et se posta près de la portière de la camionnette.

— *Madame ? Monsieur ?* fit-elle avec un sourire édenté.

Ses doigts noueux désignèrent les piments.

— Des granités, s'il vous plaît... euh... deux. *Grazie*, bredouilla Dan avec un signe de la main. Et trois bouteilles d'eau. *Acqua ?*

Elle hocha la tête et retourna vers l'avant du véhicule. Elle sortit deux gobelets en plastique avec deux pailles d'une glacière, ainsi que trois bouteilles d'eau.

Pendant que Dan payait, j'observai les piments en me demandant si j'avais pris la mer, en arrière-plan, sur ma photo.

— Je peux ? demandai-je en brandissant mon téléphone.

Elle hocha la tête. Je n'étais sans doute pas la première touriste à lui poser la question. Elle devait nous prendre tous pour des dingues, à photographier sa vieille camionnette. Pendant que Dan retournait vers notre voiture, je pris quelques clichés supplémentaires.

La femme m'observait, mais elle ne souriait plus du tout. En fait, elle affichait une expression étrange.

— *Pericolo, pericolo...*

— Désolée, je ne comprends pas...

— *Decesso, decesso !* s'exclama-t-elle.

— Pardon, je ne parle pas...

Elle m'agrippa soudain le poignet.

— *Pericolo ! Decesso !* répéta-t-elle en soutenant mon regard.

Sa bouche édentée n'était qu'un trou noir. Elle semblait si alarmée que j'eus un mouvement de recul. Hélas, elle m'enserrait toujours le poignet.

— Désolée... Il faut que j'y aille.

D'un mouvement brusque, je me libérai de son emprise et remontai en voiture, en verrouillant la portière.

— ça va ? me demanda Dan.

— Oui, répondis-je, sentant toujours le regard de cette femme rivé sur moi. Partons !

— Mais on n'a pas bu nos granités.

Il tenait toujours les deux gobelets, les bouteilles d'eau sur ses genoux, l'air étonné.

— On s'arrêtera plus loin. D'ici, on ne voit pas bien la mer.

Je lui pris les gobelets des mains.

— Si tu le dis...

Il me dévisagea, perplexe.

— Tu es sûre que ça va ? Tu as l'air bizarre.

Je hochai la tête, impatiente de m'éloigner. Voyant ma détresse et peu habitué à cette voiture de location, Dan appuya trop fort sur l'accélérateur. En surgissant sur la chaussée, il faillit percuter une Fiat arrivant en sens inverse. Pour l'éviter, il se retrouva au bord de la route. Les roues dérapèrent au bord du précipice.

— Dan ! hurlai-je.

J'étais paniquée. D'instinct, je me tournai vers les enfants. Dan retrouva le contrôle du véhicule et s'éloigna du vide. Heureusement, les enfants étaient si épuisés par leur journée à la plage que même mes cris et les crissements de pneus ne les avaient pas réveillés.

— J'ai bien cru que c'était fini, murmurai-je.

— Moi aussi, soupira-t-il. Maudits conducteurs italiens...

Je faillis m'esclaffer. Dan n'assumait jamais ses propres erreurs et préférait incriminer les autres.

Au bout de quelques centaines de mètres, il se gara au bord de la route surplombant la mer. Je regardai en arrière au cas où cette femme nous aurait suivis dans sa camionnette. Personne.

— Alors, Clare, qu'est-ce qu'il s'est passé ? s'enquit Dan en prenant un gobelet.

— J'ai eu peur... Cette femme m'a empoignée.

— À te voir, j'ai cru que quelqu'un essayait de te voler ton sac.

Je me sentis soudain ridicule.

— Non, pas du tout, mais tu as vu comment elle me tenait le poignet ?

— Pas vraiment. Je surveillais les enfants. Freddie avait une jambe coincée dans son siège auto. Je ne me suis retourné que quand tu es remontée en voiture. J'ai failli tous nous tuer en démarrant si vite. Tu parles d'un chauffeur ! ajouta-t-il pour dédramatiser.

Je ne souris pas. J'étais toujours sous le choc. Cet épisode était effrayant.

— Je crois qu'elle essayait de me dire quelque chose, déclarai-je. Elle n'arrêtait pas de répéter *pericolo* et *decesso*. Tu sais ce que ça veut dire ?

— Le premier signifie « dangereux », je crois, ou « danger ». L'autre, c'est « mort ».

— Oh non...

— Clare, tu dramatises. Elle te mettait sans doute en garde contre les dangers de la route. La camionnette était garée dans un angle mort. C'est vraiment stupide, de se garer là. On en a eu la preuve.

— Désolée, je sais que j'ai réagi de façon excessive, soupirai-je.

Toute cette histoire avec Jamie et Ella me perturbait.

— Je m'inquiète pour toi, reprit Dan, une main sur mon genou.

— Je vais bien. C'est bête.

Il fallait que je me ressaisisse. Je bus une gorgée de granité. L'acidité du citron me fit du bien. Ensuite, Dan redémarra la voiture et parcourut la route spectaculaire et sinueuse en négociant prudemment chaque virage.

— Les enfants se sont bien amusés, aujourd'hui, déclarai-je. Moi aussi.

Seuls sur cette plage, nous étions bien plus détendus, à l'abri des perturbations et des importuns.

— C'est vrai, on a passé une bonne journée. Je t'aime, tu sais, Clare.

— Moi aussi, je t'aime. Je suis désolée si, parfois, je te parais jalouse. Je ne le fais pas exprès. Je ne veux pas te perdre, c'est tout. Une fois de plus.

— Tu ne me perdras pas. Tu es coincée avec moi pour toujours, dit-il dans un sourire.

Je posai une main sur son genou. Des souvenirs ressurgirent pour apaiser les vieilles rancœurs. Ces moments d'intimité étaient précieux et nécessaires si nous voulions repartir sur de nouvelles bases. Les autres et le manque de temps étaient la cause de tous nos problèmes.

— L'an prochain, on pourrait peut-être partir en vacances rien que tous les cinq, suggérai-je.

Dan hocha lentement la tête. Nous savions tous les deux que ce ne serait pas facile à faire accepter à sa mère car c'était sa seule chance de nous réunir, de maintenir la cohésion. En tant que mère, je la comprenais. Depuis l'arrivée d'Ella, c'était différent. Tant qu'elle serait là, rien ne serait pareil.

Pendant le reste du trajet, je me perdis dans mes pensées. Mon esprit revint à la vendeuse de granités. Jamais je n'oublierais son expression. Si je n'avais pas compris ses paroles, le ton de sa voix m'avait terrorisée. J'étais sûre qu'elle parlait du danger de la corniche. Cependant, il y avait certainement autre chose, une mise en garde. Je ne suis pas superstitieuse mais, plus tard, mon appréhension s'est révélée fondée.

18

À la villa, Joy nous accueillit avec exubérance, un verre de gin à la main, devant la maison. Elle gesticulait, indiquant une montre imaginaire, mimant que nous étions en retard. C'était agaçant. Le plaisir de cette journée s'atténua un peu. Je serrai les dents et affichai un sourire forcé.

— Il est presque 18 heures ! s'exclama-t-elle pendant que nous descendions de voiture.

J'avais du mal à détacher les garçons, mais elle poursuivit sa diatribe sans esquisser un geste pour m'aider.

— Nous pensions sortir, ce soir. Il y a un petit restaurant, pas loin. On a commandé deux taxis pour 20 heures, alors ne traînez pas. Allez prendre une douche et vous préparer. J'ai essayé de vous contacter tout l'après-midi, déclara-t-elle à Dan.

La journée avait été longue et, toujours perturbée par l'attitude de cette vieille femme, je ne me sentais pas de force à supporter le cinéma d'Ella, ce soir-là.

— Désolée, Joy, on ne viendra pas. Les enfants sont crevés et...

— Oh, mais si ! Les enfants s'en remettront. Ils sont en vacances !

Elle se tourna vers Violet.

— Tu veux aller au restaurant, ce soir, chérie, n'est-ce pas ? Il y a de très bonnes glaces. Tu adores ça, non ?

Violet hocha la tête avec enthousiasme.

— Tatie Ella y va aussi ?

— Bien sûr. C'est elle qui en a eu l'idée.

Joy s'adressa alors à Dan et moi.

— Ella y a déjà mangé. Ils servent les meilleures pâtes d'Amalfi, selon elle. Et c'est elle qui invite ! s'exclama-t-elle.

Le savoir et le talent d'Ella n'avaient donc pas de limites ?

— Non, on ne peut pas la laisser payer, déclara Dan.

— On n'y va pas, insistai-je.

— Elle est catégorique, rétorqua ma belle-mère. Elle m'a dit : « Joy, il est temps que vous ayez une soirée de libre. Depuis notre arrivée, vous passez votre temps en cuisine ! »

Joy prit soin d'ajouter, avec un sourire radieux :

— Elle est tellement attentionnée.

Je dus me détourner pour ne pas hurler. J'étais fatiguée, j'avais trop chaud, j'avais besoin de prendre une douche, de faire manger les enfants, de leur faire prendre leur bain. Ensuite, j'avais envie d'une soirée tranquille dans le jardin. J'espérais même faire une petite promenade romantique avec Dan pour prolonger cette bonne journée. Hélas, elle commençait déjà à tourner court. Freddie était réveillé et pleurait. Alfie grommelait qu'il avait faim et Violet sautillait en demandant :

— Maman, maman ! Je peux aller voir tatie Ella pour lui montrer mes photos à la plage sur mon téléphone ?

Violet avait reçu un appareil basique pour son anniversaire, officiellement pour rester en contact avec Dan et moi mais, comme toutes ses copines, elle en abusait.

— Chérie, attends qu'on soit à l'intérieur et tu iras la voir.

— Mamaaan ! Elle m'a dit que si je me dépêchais de rentrer, elle mettrait mes plus belles photos sur son compte Instagram !

— Ah bon ? fis-je, sceptique.

Pendant que Joy continuait à babiller en fond sonore, j'avais du mal à détacher Freddie de son siège.

— C'est vrai, Dan, disait-elle. Ce n'est pas comme si j'étais autoritaire.

Elle n'avait visiblement pas digéré ma critique. Si elle m'en avait parlé franchement, si elle m'avait demandé de préciser ma pensée, j'aurais pu lui expliquer, mais elle n'y faisait que des allusions subtiles. Je devais donc me taire, puisque je n'étais même pas censée savoir qu'Ella lui avait répété mes propos. Je ne pouvais avouer que j'avais écouté leur conversation. De toute façon, quand j'aurais trouvé les boucles d'oreilles et révélé à tout le monde ce qu'Ella avait fait, Joy saurait laquelle de ses belles-filles était vraiment de son côté.

— Il faut absolument que je trouve tatie Ella, insista Violet. Elle veut que je lui montre mes photos tout de suite.

— Je ne crois pas, répondis-je avec un sourire crispé.

Violet se servait souvent des autres pour obtenir ce qu'elle voulait. « La maîtresse a dit qu'on n'avait pas de devoirs à faire, ce soir », « Papa m'a dit que la dernière barre chocolatée était pour moi et pas pour Alfie ».

— Mamaaan ! Elle m'a envoyé un texto pour me les deman-der, mais je n'avais pas assez de data alors je dois les lui envoyer depuis la villa.

— Elle t'a envoyé un texto à la plage ?

Sans savoir pourquoi, je n'appréciais pas qu'Ella envoie des messages à Violet à mon insu. Des conversations privées entre une enfant de neuf ans et une adulte que nous connaissions depuis moins d'une semaine ? Non, cela n'allait pas.

— Oui, elle m'a envoyé un texto à la plage, persista Violet d'un air de défi, les sourcils froncés, les mains sur les hanches. Mamaaan ! S'il te plaît ! Elle a vingt-cinq mille *followers* !

— Et je suis sûre qu'ils ont un tas de photos d'Ella en bikini à regarder, maugréai-je. Ils peuvent attendre un peu tes photos.

Je soulevai enfin Freddie de son siège auto et tendis le sac de plage, plutôt lourd, à ma fille.

— Donne-le à papa, lui ordonnai-je.

Dan et sa mère étaient en train d'entrer dans la villa, se tenant par le bras, en grands seigneurs, pendant que moi, la bonniche, je me chargeais de tout. Furieuse, je criai à Alfie de descendre de la voiture et je m'en voulus aussitôt. Pour couronner le tout, Freddie avait le visage plein de larmes et de morve.

— Génial...

J'avais envie de pleurer moi-même.

— Ne t'en fais pas, maman, je vais t'aider, déclara Violet, consciente de ma détresse.

En tant qu'aînée, elle était tellement à l'écoute des besoins des autres que les siens étaient souvent négligés. Je me sentis coupable car mon rôle de mère consistait à la prendre en compte, elle aussi, alors que j'étais accaparée par les deux plus petits.

— Non, ça va, chérie. Je prends le sac. Va donc voir tatie Ella.

— Mais tu m'as dit...

— Tout va bien, répétai-je.

Elle courut vers la maison en quête d'Ella et de son quart d'heure de célébrité sur Instagram. Dieu seul savait où elle allait la trouver. Pourvu qu'elle n'entre pas dans leur chambre sans frapper...

Chargée d'un sac et d'un enfant en pleurs, je rentrai à mon tour. Joy était dans le salon avec Dan et Bob, en train de servir du gin.

— Dépêchez-vous de vous préparer ! me lança-t-elle. N'oublie pas que les taxis arrivent à 20 heures !

De toute évidence, mes souhaits n'avaient pas été entendus. Au lieu d'une soirée tranquille à la villa avec Dan et les enfants, j'allais endurer un autre voyage culinaire d'Ella, soutenue par Joy.

Je fis monter les garçons sans me soucier des traînées de sable que nous laissions dans l'escalier. En les sortant de la douche, j'entendis mon téléphone tinter. Ella venait de poster une photo. J'avais activé les notifications pour son profil car je voulais voir si ses publications correspondaient à la réalité. Je me réjouis de voir un cliché flou de Freddie en train de lancer du sable en faisant une grimace. Ella avait tenu sa promesse de publier une photo de Violet. Peut-être n'était-elle pas la créature dure et brutale qu'elle semblait être. Elle avait tenu sa promesse faite à une enfant de neuf ans. Je préparai les garçons en les pressant un peu, tout en prenant une douche rapide. Quand ils furent vêtus d'un jean et d'un t-shirt propres, ils se mirent à jouer avec mon flacon de parfum tandis que j'enfilais une robe en lin, avec un pendentif, sans oublier une touche de rouge à lèvres.

Je récupérai mon flacon de parfum puis vérifiai mon apparence dans le miroir. J'étais loin d'être au niveau d'Ella, mais cela irait. Je pris une minaudière en empêchant les garçons de répandre du dentifrice sur le mur de la salle de bains – être mère signifiait bien souvent être sur tous les fronts. Ensuite, je dus faire descendre l'escalier à mes deux bambins de quatre et deux ans, ce qui n'alla pas sans mal. Depuis le seuil du salon, je vis Dan installé sur le canapé, à côté d'Ella. Très détendus, ils avaient un verre à la main.

— Voilà papa, les garçons. Allez le chercher !

En m'entendant, Dan feignit d'avoir peur pour amuser les enfants et se prépara à l'assaut de Freddie.

— Où sont les autres ? demandai-je.

— Papa a trouvé un oiseau blessé dans le jardin. Il a emmené maman et Jamie le voir, répondit Dan, qui croulait sous le poids des garçons. Violet est avec eux.

— Ah... Elle te cherchait, Ella.

— Oui, on s'est vues.

Elle n'en dit pas davantage, n'évoqua pas les photos de Violet qu'elle avait tant envie de voir. Elle se contenta d'adresser un sourire radieux à Dan et, ses yeux rivés aux siens, fit tomber ses sandales sur le sol pour replier ses jambes sur le canapé. À côté de mon mari.

Je me dirigeai vers le buffet où trônaient le gin de Joy et le porto de Bob, côte à côte. Je me servis un peu de gin et ajoutai un reste de tonic, puis un glaçon.

— Quelqu'un veut un verre ?

— Non merci. Dan vient de nous en préparer un.

Je me tournai pour voir le sourire d'Ella, qui disparut vite car Freddie heurta son verre et faillit le faire tomber de sa main.

— Attention, bonhomme, maugréa-t-elle.

Parfois, elle avait du mal à masquer ses véritables sentiments, comme en cet instant. Elle n'était pas de celles qui supportent qu'un enfant de deux ans leur renverse une boisson dessus.

Je m'excusai et lui tendis un mouchoir en papier afin qu'elle éponge sa robe. Très vite, elle redevint l'Ella que tout le monde connaissait... ou pensait connaître.

— Freddie sera un beau garçon, comme son père, n'est-ce pas, Clare ?

Dan se rengorgea.

— Hum... Il sera aussi contrariant que lui, aussi, plaisantai-je.

Je ris pour briser la tension sexuelle qu'elle s'efforçait d'instaurer entre elle et Dan, devant les enfants et moi.

Elle sourit à Freddie, mais ce sourire n'atteignit pas son regard, comme la première fois.

Les autres ne tardèrent pas à rentrer de leur expédition dans le jardin pour voir l'oiseau blessé. Si Bob aimait les oiseaux, ce n'était pas la passion de Joy. Elle ne les avait sans doute accompagnés que pour veiller à ce qu'ils soient à l'heure pour les taxis.

— Maman, il est tellement mignon ! Il a une aile blessée ! Papi l'a mis dans une boîte, me raconta Violet.

Jamie s'installa sur le canapé, entre Dan et Ella. Il prit aussitôt la main de sa femme et la regarda dans les yeux pour embrasser ses doigts d'un air possessif. Sans un regard pour lui, elle ôta sa main de la sienne. Aussitôt, je compris. Jamie était fou amoureux mais, pour Ella, cette relation était comme son compte Instagram : de jolies photos, de beaux endroits, des tenues sexy. Je ne voyais pas d'amour de son côté.

— J'espère le garder à l'abri des chats, confirma Bob. Avec un peu d'eau et de repos, il se remettra peut-être. Il est épuisé, le pauvre.

Bob s'écroula dans un fauteuil et Violet se percha sur un accoudoir.

— Violet et toi, vous devez vous préparer à ce qu'il meure, déclara Joy avec sa brusquerie habituelle.

En voulant les protéger, elle avait sapé leur espoir.

Bob hocha la tête à contrecœur tandis que Violet semblait affligée.

— Ce serait peut-être mieux pour lui, Violet, reprit Joy en constatant sa peine. Parfois, Dame Nature prend le dessus et les plus faibles ne survivent pas. Que fait ce taxi ?

Elle alla regarder par la fenêtre. *Maudit oiseau*, songeait-elle manifestement. Sans doute aurait-elle préféré qu'il meure car sa vie avait moins d'importance que son projet de dîner en famille.

Je me tournai vers Dan, qui tentait toujours de maîtriser les garçons. Ils s'en prenaient à présent à Jamie. Me faisais-je des idées ou cherchait-il à se dresser entre Dan et Ella ?

Jamie riait fort et chatouillait ses neveux. Joy se détourna de la fenêtre avec une expression contrariée suggérant qu'ils étaient trop bruyants. Jamie annonça aussitôt une partie de jeu du silence. Les enfants devaient se taire et ne pas bouger. Celui qui tenait le plus longtemps avait gagné. Un grand classique de la famille, pour des raisons évidentes. Joy l'avait institué pour gérer ses propres garnements. « Rien de tel pour obtenir le calme », disait-elle. C'était efficace mais cela en disait long sur le genre de mère qu'elle était.

Hélas, Freddie était trop petit pour comprendre les subtilités du jeu. Au bout de dix secondes, il se mit à hurler en faisant des bonds sur le canapé. Alfie l'imita et bouscula Joy, qui tenait un verre de gin. Elle poussa un cri d'effroi et écarta les bras, bouche bée, comme si on venait de lui tirer dessus. Bob se leva d'un bond pour aller chercher une serviette en disant que ce n'était rien.

— Ce n'est pas un problème, affirma-t-elle en essayant de masquer sa contrariété.

— Pardon, maman, dit Dan après qu'Alfie eut refusé plusieurs fois de s'excuser.

— Ne l'oblige pas à s'excuser, Dan. Il faut que ce soit sincère, sinon ça n'a pas de sens.

Sur ces mots, elle alla se changer. Son commentaire n'eut aucun effet sur Alfie, qui boudait, les bras croisés.

— Il est fatigué, Dan, dis-je.

— Arrête de lui trouver des excuses. Il a été vilain et je suis très fâché ! gronda-t-il.

Alfie fondit en larmes et courut vers moi pour pleurer sur mes genoux. Dan avait exagéré et je le lui fis savoir sans détour, plus tard. Il m'avait reproché d'être trop sévère quand les garçons s'étaient disputés pour un seau mais réprimandait Alfie qui avait bousculé Joy accidentellement ?

Cette crise incita Freddie à adopter un comportement de recherche d'attention. Il renversa son verre de jus d'orange sur le sol, ce à quoi Dan réagit en hurlant de plus belle. Ella profita de l'occasion pour consoler Freddie. Elle le prit sur ses genoux et lui caressa les cheveux. C'était étrange car tatie Ella l'avait à peine regardé jusqu'à présent.

— Viens, on va faire un petit tour, lui proposa-t-elle.

Je me crispai aussitôt.

— On n'a pas le temps, Ella. Le taxi ne va pas tarder, dis-je en pensant : *Pas question que tu ailles où que ce soit avec mon bébé.*

— C'est bon, on a le temps. Il n'est que 19 h 30 et le taxi vient à 20 heures.

À l'entendre, j'étais capricieuse et stupide. Je dus donc la remettre à sa place.

— Il est fatigué. Il ne voudra pas marcher.

— Il va adorer cette petite promenade, n'est-ce pas, Freddie ?

— Ce n'est pas un chien ! rétorquai-je.

Elle rougit légèrement.

— Désolée, Clare. Si tu préfères que je ne l'emmène pas se promener, je comprends.

Elle jouait les victimes devant les autres, qui ne manquaient pas une miette de cette scène.

— Ce n'est pas que je...

— Je viens avec vous. On ira tous les deux, dit Jamie en faisant monter Freddie sur ses épaules.

Quel camouflet. J'étais gênée. Pourquoi m'étais-je montrée si dure avec elle devant tout le monde ?

— Cela ne te pose pas de problème, Clare ? demanda-t-elle, histoire d'enfoncer le clou.

— Non, non, ça va...

— Clare, tu ne devrais pas t'inquiéter à ce point, ce n'est pas bon pour le système lymphatique, tu sais. C'est ce qui fait que tu es ballonnée, déclara-t-elle avec le plus grand sérieux.

— Mon système lymphatique va très bien, merci.

Dan me fusilla du regard. Je l'ignorai. Il n'avait aucun droit de me corriger alors qu'il venait de provoquer une crise.

Quelques minutes plus tard, Joy réapparut et se mit à tournoyer dans la pièce.

— Qu'en pensez-vous ? demanda-t-elle, coquette et provocante.

Après avoir vexé Ella et énervé Jamie, j'avais besoin du soutien de ma belle-mère. Je la complimentai donc sur sa robe en affirmant qu'elle semblait très jeune. J'en fis un peu trop, mais je devais bien me rattraper.

Dix minutes plus tard, Jamie et Ella franchirent le seuil après leur promenade avec Freddie. Elle le portait dans ses bras car il était trop fatigué, comme je m'en doutais.

— Il est vraiment chou. Tu nous le donnes, à Jamie et moi ? s'enquit-elle en gloussant.

— Non, rétorquai-je trop vite.

Tous les regards se posèrent sur moi. J'étais rouge de honte.

— Tant mieux, répondit Jamie. Il pèse une tonne. Il est bien trop lourd pour moi. Heureusement qu'Ella est sportive. Elle pourra porter nos enfants.

Il cherchait à détendre l'atmosphère mais je ne ris pas et il savait très bien pourquoi.

19

Dans cette atmosphère pesante, Joy s'efforça de dissiper les tensions.

— Tu aimes ma robe, chérie ? demanda-t-elle à Violet.

— Oh oui ! J'adore ce bleu, répondit ma fille, diplomate.

— Violet a raison, c'est une couleur superbe, renchéris-je malgré moi. Vous savez ce qui irait à merveille avec ?

— Non, quoi ? fit Joy, la tête penchée sur le côté, tout sourire.

S'il y avait un sujet de conversation que Joy adorait, outre sa petite personne, c'était sa tenue.

— Vos boucles d'oreilles en diamants, celles que Bob vous a offertes pour votre anniversaire de mariage. Elles seraient sublimes avec ce bleu.

Je me tournai vers Ella, qui avait la tête baissée.

— J'ai une ombre à paupières du même ton. Venez, je vous maquillerai les yeux, ajoutai-je, enthousiaste.

— On n'a pas le temps... fit Ella.

— Oh non... Les taxis ne vont pas tarder, renchérit Joy.

— Mais si, insistai-je. Allez, en nous dépêchant, on fera de vous la petite sœur d'Helen Mirren.

Joy ne put résister à la tentation. Elle adorait que l'on s'occupe d'elle et était une grande fan de l'actrice. J'avais touché le point sensible. En quittant la pièce, je souris à Ella, qui semblait soudain inquiète.

— Tu ne devrais pas t'inquiéter à ce point, Ella, raillai-je en m'éloignant, reprenant son argument. Ce n'est pas bon pour le système lymphatique, tu sais.

Sur ces mots, je suivis Joy dans l'escalier.

Je fis un saut dans ma chambre pour prendre mon ombre à paupières et permettre à Joy de se rendre compte que ses boucles d'oreilles avaient disparu. Quand je la rejoignis, elle les cherchait en vain.

— Elles doivent pourtant être là, répondis-je en lui prenant la trousse des mains pour l'inspecter. Vous les apportez toujours en vacances. L'année dernière, vous disiez qu'elles allaient avec tout.

— J'ai dû les laisser à la maison, Clare.

Elle n'en croyait pas un mot. Mentait-elle pour éviter une situation embarrassante ?

— Non, elles ne sont pas chez vous... Vous les portiez le premier soir.

— Ah oui, c'est vrai. J'ai dû les poser quelque part.

Ella nous appela du rez-de-chaussée en disant qu'un taxi était arrivé.

Naturellement, elle cherchait à nous détourner de nos recherches.

— C'est un mystère ! dis-je à voix haute pour qu'elle m'entende alors que nous descendions l'escalier. Il n'y a que nous. Personne ici n'a pu vous les prendre.

Ella marmonna et fit sortir les autres.

— Ce n'est rien, affirma Joy. Je vais les retrouver, c'est sûr.

Les enfants montèrent dans le premier taxi et, au moment où j'allais les rejoindre, Ella posa une main sur mon bras.

— Désolée, Clare, mais il faut que je prenne le premier taxi.

J'ai réservé la table et je tiens à vérifier que c'est la bonne. Je veux que ce soit une soirée vraiment spéciale.

Je m'en moquais. Je ne voulais pas être dans la même voiture qu'elle. Je voulus faire descendre les enfants afin qu'ils viennent avec Dan et moi dans le second véhicule.

— Non, non, laisse-les avec Jamie et moi, dit Ella. On les installera à table. Cela te fera une pause.

Elle voulait passer pour une personne attentionnée, ce qui suscitait chez moi des soupçons. Depuis quand un court trajet sans enfants était-il une pause ?

— Non, vraiment, insistai-je en essayant de les faire sortir.

— Clare, il n'y a pas de problème, intervint Jamie. On n'est pas débiles. On est capable de s'occuper de trois gamins.

Je reculai sans un mot de plus. Jamie n'avait jamais été aussi cassant. Nous avions toujours été complices, nous plaisantions sur Joy ou Bob, rien de méchant. Nous nous amusions du caractère tyrannique de Joy et de sa façon de rudoyer Bob. Depuis son arrivée, nous n'avions eu aucun échange de cet ordre. J'avais essayé de capter son regard, d'obtenir un sourire complice, une preuve que nous pensions la même chose. En vain. Il ne me regardait plus dans les yeux et ne me parlait vraiment qu'en l'absence d'Ella. Serait-elle jalouse, sous ses airs de femme forte et belle ? Jamie n'avait-il plus le droit de bavarder avec une autre, même sa belle-sœur ?

— Qu'est-ce qu'il s'est passé ? s'enquit Dan quand je le rejoignis, ainsi que ses parents.

Le premier taxi s'éloignait avec les jeunes mariés et les enfants.

— Oh, je voulais prendre les enfants avec nous, mais c'est sans importance. Du moment qu'on arrive tous au restaurant en un seul morceau...

Ella avait-elle fait en sorte que le second taxi vienne plus tard ? Ou devenais-je paranoïaque ?

— Je préfère ne pas être là quand Freddie se rendra compte que sa maman n'est pas là, fit Dan en levant les yeux au ciel.

— Jamie et Ella ont insisté, murmurai-je.

Je ne voulais pas impliquer Joy car je ne savais toujours pas ce qu'elle pensait vraiment d'Ella. La prudence était de mise.

Les parents de Dan étaient assis sur les marches. Joy semblait avoir pris un coup de vieux. Elle était moins volubile que de coutume. Il était facile d'oublier qu'elle avait soixante-dix ans et Bob quelques années de plus. Que pouvaient-ils ressentir ? Bob, qui ne vivait que pour son entreprise, passait enfin la main à ses fils, dont l'aîné s'efforçait de sauver son mariage mis à mal par sa relation extraconjugale. Quant au cadet, il venait d'épouser une inconnue. Ils étaient sur le point de transmettre une vie de travail à leurs enfants. Comment ne pas avoir de doutes ? Nous étions tous les quatre déstabilisés. Rien n'était gravé dans le marbre. Leurs deux fils se trouvaient en pleine tourmente psychologique. Comment cela affecterait-il l'avenir de la famille ? Leur bonheur ? Sans parler de la vie de chacun...

Je les avais toujours considérés comme invincibles. Bob, réservé mais robuste, et Joy, la reine mère. Or je voyais à présent une vieille dame abattue assise sur une marche, à attendre un taxi. Quel choc de les voir vulnérables tout à coup ! Je pensai à Ella. Joy se faisait-elle manipuler ? Ce qui me troublait, c'était de rester dans le flou. Ella gagnait sa vie en vendant une autre version d'elle-même. Nul ne la connaissait vraiment, surtout pas sa nouvelle belle-famille. Et si elle était déjà capable d'entrer dans nos chambres pour dérober un objet précieux, que ferait-elle ensuite ?

Je considérais Joy et Bob comme mes parents et j'aurais fait n'importe quoi pour eux. S'il fallait les protéger d'une personne telle qu'Ella, je le ferais. Joy m'avait soutenue lorsque j'avais découvert la liaison de Dan. Ses méthodes pas très orthodoxes m'avaient permis de constater combien elle tenait à moi. En dépit de son sens critique et, oui, de son caractère autoritaire, nous avions du respect et de l'affection l'une pour l'autre. Ma propre mère, qui n'était pas très aimante, était morte trop jeune, usée par la vie. C'était un peu cliché, mais je ne voulais pas connaître le même destin. Je voulais offrir à mes enfants une enfance meilleure que la mienne. Je savais qu'il me faudrait un emploi stable et un mariage solide, d'où mes études d'infirmière. De façon un peu naïve, je m'imaginais qu'un travail pénible, spécialisé et vital bénéficierait d'une rémunération à la hauteur de son importance. Hélas, les infirmières étaient mal payées. Ma rencontre avec Dan fut le moment crucial de ma jeunesse. Je l'aimais, il me procurait une stabilité financière et était le père que je voulais pour mes enfants. Exprimé ainsi, ce n'est peut-être pas très romantique, mais c'était tout ce que voulais, moi qui n'avais plus rien. Et je n'étais pas disposée à facilement à tout ça.

Enfin, le taxi arriva. Au restaurant, je me précipitai dans la salle, m'attendant à trouver les enfants en pleine crise, or tout semblait calme.

— Ils ont été sages ? demandai-je en m'attablant à côté d'Alfie.

Freddie était assis entre Jamie et Ella et Violet de l'autre côté, près de moi.

— Naturellement, répondit Ella d'un ton las. J'ai demandé qu'on leur serve une glace avant le repas pour qu'ils la ferment.

Elle sourit fièrement. Je scrutai les autres pour voir si j'étais la seule à avoir relevé l'expression « pour qu'ils la ferment ». Hélas, ils étaient trop occupés à s'installer et à échanger des commentaires sur la décoration.

— Ah...

Je tendis les bras vers les petits. J'étais horrifiée. Il était déjà difficile de les faire manger en temps normal, alors après une glace en guise d'entrée... Mais je ne voulais pas provoquer une dispute, surtout devant les enfants.

— Freddie, tu veux venir par ici et t'asseoir avec maman, chéri ?

Il me réclamait sans cesse, où que nous allions. Cette fois, il me regarda et secoua négativement la tête.

— Freddie est très bien ici, avec moi et tatie Ella. N'est-ce pas, mon bonhomme ? intervint Jamie en lui ébouriffant les cheveux.

— Bien sûr, renchérit-elle.

Elle posa son Martini et embrassa Freddie sur la tempe, sans me quitter des yeux. Puis elle me sourit un peu trop gentiment avant de mordre dans l'olive accompagnant son apéritif.

Pourvu que cette soirée se termine au plus vite ! En évoquant les boucles d'oreilles, avais-je déclenché les hostilités ?

Un peu plus tard, quand Ella se fut lassée de jouer les mamans, elle se lança dans un récit selon lequel elle avait pratiquement sauvé le monde depuis les cuisines d'un hôtel de luxe dans la campagne française.

— Je travaillais là-bas pour quelques semaines, entre deux contrats de mannequinat. Les clients adoraient mes galettes véganes à l'avocat. Ils n'avaient jamais rien mangé d'aussi bon. Je créais de nouvelles recettes, j'ai même refait la carte. À la fin des deux semaines, le chef voulait que je reste parce que j'attirais la clientèle, mais j'avais un contrat à honorer à Rome et je devais partir le lendemain.

Si les autres semblaient totalement sous son charme, cette histoire ne me semblait pas plausible. Il était évident qu'elle en rajoutait. Lassée, je me rendis aux toilettes. Je passai une dizaine de minutes à me laver les mains à l'aide d'un savon délicieusement parfumé, dans un lavabo en marbre de Carrare. Dix minutes de répit au cours de cette soirée interminable.

Dès notre retour à la villa, je montai coucher les enfants. J'avais besoin d'être tranquille pour réfléchir. Allongée dans mon lit, je passai en revue la situation, ma réaction à l'arrivée de cette inconnue dans le cercle familial. J'aurais volontiers accueilli une autre moi, une belle-sœur qui partagerait mes idées, comme une vraie sœur. J'avais toujours rêvé d'avoir une sœur, or Ella refusait tout rapprochement, au contraire. Elle m'avait détestée d'emblée et n'avait eu de cesse de me vexer ou me menacer avec ses réflexions sournoises, ses sourires entendus, sa façon de me dénoncer à Joy dès le premier soir... Pourquoi ? Elle m'excluait subtilement de ses conversations avec Violet, elle maternait Freddie, flirtait avec Dan en ma présence. Elle menaçait de révéler mon vilain petit secret, dénigrait mon travail d'infirmière, évoquait mon poids. La liste était longue.

Si j'avais répondu, elle m'aurait traitée de parano, car il n'y avait rien de tangible, aucune preuve. Elle m'aurait reproché d'être trop susceptible. Heureusement, les boucles d'oreilles m'empêchaient de perdre la raison. Elles prouvaient qu'Ella n'était pas celle qu'elle prétendait être et si je parvenais à démontrer qu'elle les détenait, je la dénoncerais et tout le monde verrait qui elle était vraiment.

Le lendemain matin, pendant que les autres s'amusaient au bord de la piscine, je me rendis dans la chambre de Jamie et Ella. Je vérifiai d'abord la salle de bains. Des cosmétiques haut de gamme étaient alignés tels des petits soldats. Sans doute seraient-ils pris en photo. J'examinai l'armoire, le bord de la baignoire, en quête d'une trappe. J'avais regardé trop de films. Dan m'aurait qualifiée de « Miss Marple d'Amalfi ». Je savais aussi que je cherchais une aiguille dans une botte de foin. Les boucles d'oreilles n'allaient pas apparaître comme par enchantement. Ella avait pu les cacher n'importe où. Après avoir enjambé des piles de vêtements traînant par terre et inspecté les commodes, j'étais sur le point de renoncer quand je décidai de jeter un dernier coup d'œil dans le tiroir de la table de chevet d'Ella. Quelques chargeurs, un bâton de rouge à lèvres, des mouchoirs en papier et... un coffret ? Je dus le saisir à deux mains car il était assez grand. Un coffret à bijoux. Ella aurait-elle eu l'audace de cacher des boucles d'oreilles volées dans son propre coffret à bijoux ? Cela lui ressemblait bien. Je soulevai le couvercle. L'intérieur était aussi désordonné que la chambre. Je dus fouiller parmi les bouts de métal bon marché, les fermoirs cassés, les boucles en plastique, rien de précieux, jusqu'à ce que je capte l'éclat d'un diamant, puis d'un autre. Les boucles d'oreilles de Joy ! Je les aurais reconnues entre mille. Leur forme de goutte d'eau était originale. Joy les avait comparées à des larmes.

Quel coup de chance ! Je demeurai immobile un instant. J'avais envie de le crier au monde entier. Comment prouver que je les avais trouvées dans le coffret à bijoux d'Ella ? Elle prétendrait que je les avais placées là délibérément. Les autres la croiraient, persuadés que je cherchais à incriminer Ella. Mieux valait que je les laisse là et, plus tard, quand les enfants seraient couchés, et les adultes présents, je la dénoncerais. Elle mentirait certainement, alors j'inviterais les autres à monter dans la chambre pour leur prouver ma théorie. Je serais là quand elle ouvrirait son coffret et elle devrait avouer son larcin. Joy confirmerait que les boucles d'oreilles lui appartenaient et tout le monde saurait qu'Ella était une voleuse. Ce serait triste pour Jamie, mais il me remercierait un jour d'avoir révélé la vérité sur la femme qu'il croyait aimer. Il s'en remettrait et reprendrait sans doute ses voyages à travers le monde. J'agirais dans l'intérêt de la famille, mais aussi de mon couple et de l'entreprise car elle représentait un danger pour les deux.

Plus j'y réfléchissais, plus je me disais que les autres se réjouiraient de son départ et il me semblait que j'avais trouvé ce dont j'avais besoin pour l'exclure de nos vies.

20

Je remis les boucles d'oreilles dans le coffret que je rangeai dans le tiroir de la table de chevet. Je quittai ensuite la chambre sur la pointe des pieds. Je cherchais mon tube de crème solaire dans la mienne quand j'entendis une agitation, dehors.

Inquiète pour les enfants, je filai sur le palier pour regarder par la fenêtre, prête à descendre les marches en courant. Le cœur battant, la bouche sèche, je vis mes trois petits dans le jardin, en compagnie de Bob, qui observaient la piscine. Soulagée, je me demandai ce qu'il se passait. Jamie et Ella étaient dans l'eau. Dans un premier temps, je crus qu'ils chahutaient. Mais les cris de Joy étaient alarmants. Jamie semblait essayer d'attraper Ella et paraissait effrayé. Je me précipitai dehors pour essayer de leur porter secours. Si elle sombrait à la suite d'une crise, ce pourrait être horrible. Grâce à ma formation, je savais qu'il fallait la sortir de l'eau et la mettre immédiatement en sécurité.

Je mis environ vingt secondes à atteindre le bord du bassin. Entre-temps, Dan avait plongé et aidait Jamie à la porter tandis qu'elle s'agitait et hurlait. Ils la traînèrent vers le bord de la piscine où Joy les attendait fébrilement avec une serviette.

C'était du Joy tout craché : Ella était peut-être en danger de mort, et Joy brandissait sa serviette de plage La Redoute gris pâle comme si elle était essentielle.

Dan se tourna vers moi.

— Elle est tombée à l'eau. Je crois qu'elle a une crampe ou quelque chose comme ça...

Il reporta son attention sur Ella, assise au sol. Jamie l'enlaçait.

— Ella, laisse Clare t'examiner. Elle est infirmière.

— Tu arrives à respirer normalement ? lui demandai-je en me penchant vers elle.

Elle hocha la tête.

— Tu peux tousser, s'il te plaît ?

— Ça... ça va, fit-elle, irritée.

Il était clair qu'elle ne voulait pas que je l'approche. J'interrogeai Jamie du regard. Il me fit signe de laisser tomber. Elle ne semblait pas blessée ou malade. Peut-être était-ce une simple crampe.

— Je peux faire quelque chose pour toi, Ella ? demandai-je en me redressant.

— Commence par dégager les jouets de tes enfants ! rétorqua-t-elle.

Je suivis son regard et avisai un petit camion en plastique qui appartenait à Alfie. Ma confusion était sans doute visible car Jamie précisa :

— Elle a trébuché dessus, je crois. C'est ça ?

Elle opina et posa sur lui un regard d'enfant qui l'incita à la serrer plus fort contre lui.

— Ce n'est qu'un petit jouet, fis-je. Je ne comprends pas comment...

— C'est dangereux de le laisser traîner là – mais ne t'en veux surtout pas, Clare, geignit-elle.

— Je ne m'en veux pas, rétorquai-je, incapable de m'en empêcher.

Je venais de me précipiter à sa rescousse, prête à lui sauver la vie, et elle insinuait que tout était ma faute.

— Les enfants laissent leurs affaires traîner, c'est agaçant, mais il suffit de faire attention, déclarai-je.

— Elle a trébuché sur ce camion et aurait pu se faire très mal, protesta Jamie par-dessus son épaule.

— Ce n'est pas comme si le camion en plastique avait activement essayé de la noyer. Il doit y avoir une autre explication, déclarai-je, perplexe. Tu as eu une crampe en tombant à l'eau, Ella ?

Elle grommela quelques paroles inaudibles à travers ses larmes, la tête sur l'épaule de Jamie.

— Elle veut s'allonger un peu. Elle a cru qu'elle était en train de se noyer.

— Elle ne se serait pas noyée, même si elle avait eu une crampe. Elle était entourée de plusieurs bons nageurs, dont ma fille, plaidai-je, désireuse de remettre les choses en perspective. Dan et toi l'avez sortie de l'eau rapidement et je suis arrivée tout de suite.

— Viens, je t'emmène dans la chambre, dit Jamie à sa femme avec tendresse, en m'ignorant complètement.

Ella me fusilla du regard tandis qu'il la relevait. Je fus la seule à m'en rendre compte. Ils s'éloignèrent lentement, bras dessus bras dessous. Il la portait presque.

— Si elle a failli se noyer, c'est qu'il y a une raison ! lançai-je.

Jamie tourna la tête sans s'arrêter de marcher pour me crier par-dessus son épaule :

— En effet, Clare ! Elle ne sait pas nager !

Joy resta plantée là, avec sa serviette, tandis que Jamie emmenait Ella dans leur chambre luxueuse. J'avais la sensation d'avoir été accusée de quelque chose, sans savoir de quoi.

— La pauvre... fit Joy quand ils eurent disparu dans la maison.

Visiblement secouée, elle avait les doigts crispés sur sa serviette.

— ça va ? lui demandai-je.

— Oui. Quel spectacle horrible. Elle s'est soudain raidie dans l'eau. Ça m'a fait peur.

Bob hocha la tête.

— J'ignorais qu'elle ne savait pas nager. La plupart des gens savent nager, de nos jours, non ?

— Oui. Violet nage très bien et les petits adorent l'eau. Je leur ferai prendre des leçons dès que possible, déclarai-je, avec l'impression d'être une bonne mère. C'est quand même incroyable. Ella pose en bikini sur son compte Instagram, elle se prend en photo dans tous les océans du monde et elle ne sait pas nager !

Bob ne parut pas m'entendre et Joy se contenta de hausser les épaules. Pour ma part, j'étais déconcertée. Que venait-il de se passer, au juste ?

Le reste de la journée se déroula tranquillement, comme avant l'arrivée de Jamie et Ella. Il était plaisant de se prélasser au bord de la piscine. Plus tard, je fis un tour au village avec Dan. J'y trouvai un pot de gianduja pour Mme Marsden.

Je pus discuter avec lui des événements.

— Elle m'a fait peur, avoua Dan.

— Oui. Elle semblait pétrifiée dans l'eau mais, une fois sur la terre ferme, elle a refusé toute assistance.

— Je pensais qu'elle serait rassurée par la présence d'une infirmière.

— Tu sais, elle croit que je ne fais que changer les draps, répondis-je avec un sourire.

— Elle ne voulait vraiment pas de ton aide, en effet.

— Elle me déteste, Dan.

Il se mit à rire.

— Franchement, je sais que ça a l'air délirant, mais elle

semble me haïr. Et elle sait comment m'énerver, avec sa façon de te mettre le grappin dessus sans cesse pour « bavarder »...

Je lui faisais ainsi comprendre que je m'en rendais compte.

— Oh, elle me fait simplement part de ses idées pour notre site Web.

— Hum... Je crois que Jamie, en essayant de l'impressionner, a fait miroiter beaucoup de choses à Ella. Elle semble croire que l'agence est immense et qu'elle financera sa garde-robe de luxe jusqu'à la fin de sa vie.

— Oui... Tu m'as dit qu'elle croyait aussi que la villa nous appartenait. J'ai entendu sa façon de parler de « la société ». L'autre jour, elle m'a demandé si on avait des succursales à l'étranger. Elle a effectivement l'air de s'être un peu emballée... admit Dan.

Quel soulagement ! Enfin, quelqu'un partageait mon point de vue. Je me sentais un peu plus proche de Dan. Nous avions même regagné la villa main dans la main, ce qui ne nous était pas arrivé depuis un moment. Dans le jardin, en levant les yeux, je vis Ella à la fenêtre du palier, qui nous observait.

— Elle nous regarde, dis-je à Dan discrètement, en baissant la tête pour qu'elle ne s'en rende pas compte.

Hélas, quand il leva les yeux, elle avait disparu.

C'était bizarre et un peu effrayant. Je ne comprenais toujours pas vraiment ce qui était arrivé dans la piscine, le matin même. Le regard d'Ella semblait me reprocher quelque chose. J'avais voulu l'aider, m'assurer qu'elle allait bien, mais elle restait enfermée avec Jamie depuis l'incident.

Même si j'étais un peu inquiète, je trouvais l'atmosphère bien plus plaisante quand elle n'était pas là. Personne ne se promenait les fesses à l'air ou ne nous donnait de leçons de nutrition, de sport, de yoga.

— Ella m'a dit que vous deviez cuisinier ensemble, ce soir, dis-je à Joy, plus tard.

— Oui, elle voulait essayer d'autres recettes véganes et les photographier pour notre nouveau compte Instagram.

— Ce sera sympa, non ? fis-je en guettant sa réaction.

En l'absence d'Ella, Joy me dirait peut-être ce qu'elle pensait vraiment de la mainmise d'Ella sur la cuisine. Elle laissait Joy faire tout le travail puis s'en attribuait le mérite sur Instagram.

— Mmh... Il faudra peut-être commencer sans elle, murmura Joy sans lever les yeux de son livre.

— On ne la reverra peut-être pas avant demain, poursuivis-je, toujours désireuse de jauger son opinion. Elle semblait secouée. Elle doit se reposer.

— Sans doute...

Joy leva enfin les yeux de son roman, *L'Espace d'une vie*, de Barbara Taylor Bradford. Durant un instant délicieux, je crus qu'elle allait dire quelque chose de scandaleux sur Ella. Je peinais à croire qu'elle l'appréciait et, même si tel était le cas, elle serait mortifiée de devoir avouer à ses copines que sa nouvelle belle-fille était influenceuse sur Instagram. Je la vis prendre une inspiration, mais elle parut se raviser et reprit sa lecture.

Je ne pus m'empêcher de lui demander :

— Joy, vous l'aimez bien ?

— Qui ça ? Barbara Taylor Bradford ?

Elle le faisait exprès.

— Non. Ella.

Elle posa son livre et ôta ses lunettes pour réfléchir à la question. Puis elle se tourna vers moi.

— Je n'approuve pas toujours les choix de mes fils, mais je dois les laisser vivre leur vie. Je me contente d'attendre.

— Vous attendez qu'ils rompent ?

— Peut-être... fit-elle vaguement.

— Vous croyez que leur couple va durer ?

— Qui sait ?

Elle remit ses lunettes et reprit sa lecture.

Joy commençait à voir les choses comme moi et Dan. Peut-être était-il temps de parler des boucles d'oreilles, dès que nous serions tous réunis ? Quand Joy serait au courant, elle cesserait d'être si taiseuse et elle exprimerait ses véritables sentiments. Je ne pensais pas dire cela un jour, mais la Joy impérieuse et commère me manquait. Cette Joy-là aurait banni Ella de son royaume. Elle se montrait réservée de peur de perdre son fils en critiquant Ella. Je la comprenais. J'agirais sans doute de même si Alfie ou Freddie ramenaient un jour à la maison une fille qui ne me plaisait pas. Je ne pourrais pas masquer mes sentiments aussi bien que Joy, toutefois.

— Et si nous commencions la préparation du dîner ? suggérai-je.

Sans Ella, la vie semblait retrouver son cours normal.

Joy hocha la tête et, l'espace d'un instant, je fus heureuse, de nouveau à ma place. Les enfants jouaient tranquillement sous la surveillance de Dan et de Bob. Sans drame.

Joy et moi allâmes nous changer et nous rafraîchir avant de nous retrouver dans la cuisine trois quarts d'heure plus tard.

— Ella a prévenu tout le monde que nous dînerions vers 21 heures, ce qui est un peu tard pour les enfants, sans parler de nous autres, déclarai-je.

— Eh bien, Ella n'est pas là, répondit Joy d'un air malicieux.

— Disons plutôt 19 h 30, 20 heures ?

En échangeant un sourire avec elle, je retrouvai la vraie Joy. Tout était redevenu normal et nous étions de nouveau en phase. Je mourais d'envie de lui parler des boucles d'oreilles. À chaque fois que j'ouvrais la bouche, en sortant une casserole, je me ravisais. Il fallait que je parle au moment opportun, ce qui ne serait pas facile. Joy me croirait, c'était certain, mais elle resterait loyale envers son fils. Jamie ne voulait pas entendre dire du mal de sa femme. Il l'adorait et ne supportait aucun commentaire négatif, même justifié. Si Joy me soutenait dans mon accusation, elle risquait de déclencher une querelle familiale, voire de perdre Jamie. Il fallait que les boucles d'oreilles soient découvertes dans le coffret à bijoux d'Ella. J'avais besoin d'un témoin, puis je resterais en retrait.

— Je ne sais pas trop quoi penser du restaurant d'hier soir, déclarai-je.

— Ah bon ? Moi, j'ai bien aimé.

— Mes penne étaient froids, repris-je. Et un peu fades. Les enfants n'ont pratiquement rien avalé.

— Les enfants étaient trop occupés à grimper sur les chaises pour manger quoi que ce soit, rétorqua Joy en riant pour atténuer cette critique.

Je me crispai, sans répliquer, car elle avait raison. Les enfants avaient été infernaux, mais ils étaient fatigués après une journée à la plage.

— C'est bien pour ça que j'étais prête à rester à la villa avec les enfants, qui auraient passé une meilleure soirée ici que coincés sur une chaise dans un restaurant un peu chic. La nourriture n'était pas vraiment adaptée et la réservation, trop tardive pour les petits.

— Je sais. Mais c'était gentil de la part d'Ella de nous inviter.

— C'est vrai, mais Ella n'a pas d'enfants, lui opposai-je. Elle ne se rend pas compte qu'on n'emmène pas des gamins dans un restaurant huppé pendant les vacances. À mon avis, c'est un comportement un peu égoïste.

Je sentis aussitôt une présence sur le pas de la porte.

— Oh, désolée, Clare. En te voyant engloutir tes penne, je pensais que tu te régalais. Or j'ai l'impression que tu as passé une mauvaise soirée, hier. Tu aurais dû le dire.

Le ton d'Ella était chargé de sarcasme.

Merde... Son sourire était faussement peiné. Que dire ?

— Non, je suis désolée, Ella. C'est ma faute. Nous avions

passé une journée merveilleuse à la plage et nous étions tous épuisés. J'aurais mieux fait de rester ici avec les petits. Ce n'était pas un restaurant adapté aux enfants.

Je ne l'aimais pas mais je ne cherchais en rien à la blesser.

— Je vois pourquoi tu me trouves égoïste, répondit-elle en entrant dans la cuisine.

Elle effleura l'épaule de Joy avec affection, en passant.

— Il n'était pas question de moi ni des enfants... ni même de toi. Je voulais remercier Joy, lui accorder une soirée de répit, où elle n'ait pas à préparer le repas.

Elle s'approcha de Joy et l'enlaça.

— Cette femme a été si merveilleuse. Elle m'a accueillie dans la famille et...

Non sans irritation, je vis les yeux d'Ella s'embuer de larmes. Elle se lançait dans un grand discours. Naturellement, Joy était ravie. Ma belle-mère était une vraie girouette.

— Joy, je pensais simplement que vous aviez besoin d'une pause, sans cuisiner, sans surveiller les enfants.

Elle regarda autour d'elle, comme si elle était en quête d'un auditoire.

— Si cela fait de moi quelqu'un d'égoïste, eh bien, tant pis, ajouta-t-elle d'un air qui se voulait sincère.

Joy sourit. Même elle était à court d'arguments. Était-elle touchée ? Elle ne pouvait pas être dupe !

— Oui, j'ai passé une très bonne soirée, merci, mon petit. Je regrette toutefois que tu aies insisté pour régler l'addition.

— Non ! C'était la moindre des choses. Clare m'a dit que vous financiez les vacances tous les ans. Moi, je ne considère pas cela comme un dû. J'aime payer ma part, Joy.

J'eus envie de rétorquer : « D'accord, on a compris que tu avais invité Bob et Joy, mais c'est l'argent de l'entreprise familiale gérée par mon mari qui finance toutes ces vacances. »

Je me retins et souris sereinement, ce qui n'était pas facile dans ces circonstances.

Ella me provoquait, une fois de plus, en suggérant que je profitais de ces vacances gratuites sans témoigner la moindre gratitude. Heureusement, Joy savait que je n'étais pas ingrate. Nous n'avions pas les moyens de nous offrir de tels séjours et je le reconnaissais volontiers. Cependant, Ella cherchait à me faire passer pour une profiteuse. Je ne mordrais pas à l'hameçon. J'avais un atout dans ma manche : les boucles d'oreilles. Ce n'était pas le moment de déclencher une dispute.

Selon moi, Joy savait qu'Ella n'était pas aussi candide qu'elle voulait le faire croire, c'est pourquoi elle jugea bon de clore le débat.

— Ce fut une soirée merveilleuse, Ella. Merci.

Puis elle se mit à marmonner à propos de Bob :

— Enfin, jusqu'à ce que mon idiot de mari renverse de la sauce sur sa chemise. Il n'est pas sortable !

Elle leva les yeux au ciel et secoua la tête, puis elle nous observa tour à tour, visiblement convaincue d'avoir détourné la conversation avec maestria.

— Est-ce que cette histoire est réglée, les filles ?

— Oui, bien sûr, dis-je avec un sourire. Je suis désolée, Ella. Je me sentais coupable par rapport au comportement des enfants qui avait gâché la soirée de Joy. Tu t'étais donné tant de mal.

Je pouvais jouer à ce petit jeu-là, moi aussi. Elle sourit avec un hochement de tête satisfait, persuadée d'avoir gagné. Ce n'était qu'une pâle victoire par rapport à ce que je lui réservais.

— Joy et moi avons commencé, mais tu peux nous aider à préparer le dîner, si tu veux, repris-je sans me départir de mon sourire.

— Clare, aurais-tu oublié que je cuisinais un repas végane pour tout le monde, ce soir ?

Elle consulta Joy du regard.

— Non, je ne l'avais pas oublié, répondis-je, les dents

serrées. Nous pensions que tu serais fatiguée. Tu as passé tout l'après-midi dans ta chambre...

— Parce que j'ai trébuché sur le jouet de l'un de tes enfants. J'ai failli me noyer...

Naturellement, tout était ma faute.

— Tu te sens mieux, d'ailleurs ? Je peux t'examiner...

Mieux valait ne pas s'attarder sur les jouets assassins.

— Non, ça va, merci, rétorqua-t-elle sèchement.

— Tant mieux, intervint Joy. Je suis soulagée que tu ailles bien. Tu nous as fait peur, tu sais, Ella. Allez, les filles, au travail ! J'ai hâte. J'adore essayer de nouvelles recettes. Par où on commence ?

— D'abord, les aubergines, répondit Ella.

Son regard planté dans le mien, elle prit un couteau et trancha la peau violette et la pulpe blanche d'un légume charnu.

J'en eus la chair de poule.

21

Je n'avais aucune envie de participer à la préparation de ce festin sans viande avec la reine des véganes. Hélas, en refusant, je me serais exclue moi-même, ce qui était l'objectif d'Ella. Ce n'était pas le véganisme qui me contrariait, c'était sa façon de s'en servir pour faire culpabiliser les autres – et surtout moi.

— Tu as déjà cuisiné une aubergine, Clare ? me demanda-t-elle comme si j'avais dix ans.

— Bien sûr. Je prépare parfois des aubergines farcies. Dan adore ça.

— Je parie qu'il préférera les miennes, murmura-t-elle.

Je me tournai vers Joy pour voir si elle avait entendu cette remarque, mais elle nous tournait le dos, les mains dans l'évier. Elle n'eut aucune réaction. Je dus ronger mon frein en endurant une leçon sur l'art de découper et de saler une aubergine, à croire que je n'avais jamais vu un légume de ma vie.

— Désolée, Joy, dis-je dès qu'elle s'absenta un instant, mais je la trouve vraiment insupportable. D'accord, je mange de la viande. Cela ne m'empêche pas de consommer aussi des légumes. Ce n'est pas incompatible.

— Elle ne pense pas à mal, répondit Joy, diplomate.

— Ah non ?

Je n'en étais pas si sûre mais, de toute évidence, Joy n'allait pas abonder dans mon sens.

— Les galettes, à présent ! annonça Ella, de retour.

Elle se frotta les mains d'huile d'olive bio.

— Je vais vous montrer. Il n'y a rien de plus facile et c'est délicieux. Rien à voir avec ces produits industriels pleins d'additifs. Beurk !

Son regard s'attarda sur le pain de mie tranché que j'avais acheté la veille au supermarché.

Elle mélangea de la farine, de l'eau et du sel pour obtenir une pâte. Pendant que je m'occupais des aubergines, Joy décida d'« aller voir les hommes », sans doute un prétexte pour fuir la tension qui régnait entre Ella et moi.

Dès qu'elle eut disparu, Ella déclara :

— Je crois qu'on servira le dîner vers 21 heures, ce soir. Ça te convient ?

Elle savait pertinemment que non, mais elle était un torero agitant sa muleta face au taureau. J'avais critiqué l'heure de sa réservation au restaurant la veille. Je devrais faire dîner les enfants d'abord, ce que je n'aimais pas faire pendant les vacances, car je préférais faire en sorte que nous prenions nos repas en famille. Lorsque je travaillais, mes horaires m'en empêchaient souvent. Toutefois, je ne voulais pas donner à Ella la satisfaction de me croire contrariée.

— Super ! On dînera sans les enfants.

Je venais de lui couper l'herbe sous le pied.

Je continuai de tailler et saler mes aubergines en me préparant pour la suite. Ce dîner tardif m'arrangeait, finalement. Entre adultes, pas d'enfants, de nombreux témoins.

— En Méditerranée, on dîne tard, expliqua-t-elle. Ce sont les vacances de tout le monde, pas uniquement des enfants.

Elle me cherchait vraiment...

— Absolument, dis-je en hochant vigoureusement la tête,

déterminée à lui montrer que cela ne m'affectait en rien. En fait, Ella, je me demande si 21 heures n'est pas un peu...

Son regard s'illumina. Elle avait envie de se battre.

— Désolée, Clare, on ne peut pas dîner plus tôt. Ce sera peut-être même plus tard car les aubergines cuisent très longtemps.

Je me mis à rire.

— Oh, c'est parfait. J'allais te dire que 21 heures, c'était trop tôt parce que je dois coucher les enfants. Disons 21 h 30. Ainsi, ils seront au lit et on pourra profiter de la soirée tranquillement.

Sur ces mots, je farcis ma dernière aubergine avec délectation.

— D'accord... tant que rien ne s'abîme, ronchonna-t-elle.

Je lui envoyais des signaux contradictoires qui la perturbaient. Soudain, elle ne savait plus comment me prendre.

Le coucher des enfants était un processus qui durait presque aussi longtemps que la cuisson des aubergines farcies – à savoir des heures et des heures, selon Ella. J'en avais préparé des milliers de fois et elles étaient prêtes en moins d'une heure, mais je n'avais pas discuté : Ella savait mieux que moi.

Je fis appel à Dan, qui avait un effet apaisant sur les petits. Par chance, ils s'endormirent rapidement. Ensuite, je me changeai dans la petite chambre pour ne pas les réveiller.

— Je m'étonne que tu aies accepté ce dîner tardif, dit-il alors que je remontais la fermeture à glissière de ma robe.

— Tu la connais. Elle veut jouer les maîtresses de maison et je n'avais pas envie de parlementer. Il faut toujours qu'elle ait le dernier mot.

Mais, en mon for intérieur, je savais que, ce soir, c'était moi qui mènerais la danse, même si les autres, notamment Ella, pensaient l'inverse.

— J'ai décidé de laisser couler. Je ne veux pas gâcher les vacances de tout le monde.

— Eh bien, je suis content que tu te détendes un peu. Elle n'est pas si terrible et elle veut simplement nous préparer le dîner. Elle est reconnaissante qu'on l'ait accueillie dans la famille.

— Apparemment, elle n'a pas de famille, alors je peux comprendre.

— Elle a eu une enfance très difficile. Ses parents sont morts dans un accident de voiture, tu sais.

— Non, je l'ignorais. Ce qui est étrange, c'est qu'elle m'a raconté l'autre jour que son père était un New-Yorkais « pure souche », mais je me souviens aussi l'avoir entendue dire qu'il était italien, de Sorrente.

— Il avait peut-être passé un certain temps en Italie... ou aux États-Unis. Ses parents sont morts en rentrant d'une soirée. Elle était très jeune et s'est retrouvée seule avec sa sœur. Elle m'a confié ça hier soir, au restaurant.

Mon propre père étant mort dans un accident de la route, je pouvais compatir... si c'était la vérité.

— Oui... Vous avez pas mal discuté, hier soir, répondis-je. Elle t'avait gardé une place juste à côté d'elle.

Je lui souris pour lui signifier que je l'avais remarqué, sans en faire trop.

— En fait, c'est elle qui a décidé du plan de table, hier soir, non ? Je crois qu'elle t'a parlé d'une discussion privée... une histoire de site Web ?

— On a juste discuté. Tu l'as dit toi-même, elle croit que notre entreprise est immense et je n'ai pas eu le cœur de lui révéler que notre Jamie n'est pas un millionnaire, fils d'un magnat de l'immobilier.

Il se mit à rire.

— Elle a envie de s'impliquer dans l'animation de notre

compte Instagram. Elle veut photographier les bâtiments pour leur donner une image sexy.

— Sexy ? Elle a vu le genre de biens que gère l'agence ?

— Papa a failli s'étouffer avec ses *linguine*, s'esclaffa Dan.

— C'est bien ce que je pensais. Elle s'imagine des gratte-ciel, des lofts, des *rooftops* avec piscine. Je me demande comment elle va rendre sexy quelques immeubles et des entre-pôts, gloussai-je. Elle se fait des idées et ce n'est pas très correct de la part de Jamie de lui laisser croire que l'agence Taylor est une multinationale.

— Il adore impressionner les filles, notre Jamie. Il ne s'est jamais encombré de la vérité pour draguer.

— Quelqu'un devrait lui expliquer, insistai-je en me deman-dant si cette personne devrait être moi-même.

— Franchement, j'ai essayé. Je voulais lui annoncer la nouvelle en douceur, j'ai parlé d'une petite entreprise, de tran-sactions limitées. Tu sais ce qu'elle m'a répondu ?

Intriguée, je secouai la tête.

— Que Jamie lui avait dit que j'étais trop modeste ! Que je minimisais le succès de l'entreprise.

— Jamie exagère, parfois, non ? Il raconte ces histoires extra-ordinaires sur ses voyages et c'est sympa à écouter, mais il a une imagination fertile. Je me suis toujours demandé s'il n'enjolivait pas ses aventures.

— Oui, il était déjà comme ça quand on était petits, admit Dan, les sourcils froncés. Il a toujours voulu ce qu'il y a de meilleur, de plus grand. Et quand il ne l'a pas, il prétend l'avoir. D'après Ella, il lui a déclaré que je n'avais aucune ambition, ce qui m'a agacé.

Il y avait toujours eu un fossé entre les deux frères. Heureu-sement, Jamie se trouvait souvent à l'autre bout du monde. Comment les choses allaient-elles se passer quand ils travaille-raient ensemble ?

— Mmh… Je me méfierais de ce qu'elle raconte, soupirai-je. À mon avis, Jamie n'est pas le seul à avoir un rapport particulier avec la vérité. Je ne serais pas surprise qu'elle te rapporte des propos qu'il n'a pas tenus. Elle voulait sans doute semer le trouble. Elle s'est interposée entre Joy et moi et veut en faire autant avec Jamie et toi.

— Tu as peut-être raison, mais je suis sûr qu'elle ne cherche pas à créer des problèmes.

Dan ne voyait que ce qu'elle lui montrait, une rose fragile et innocente qui avait besoin d'être protégée. Voilà pourquoi il m'avait trompée aussi facilement. Il avait besoin de protéger les gens. Marilyn, et l'hôtesse de l'air avant elle, sans doute, avaient plus besoin de lui que moi.

— Il ne serait pas dans l'intérêt d'Ella de créer des problèmes entre Jamie et moi. On doit travailler ensemble, ajouta-t-il.

Je hochai la tête. Je n'avais pas envie de revenir là-dessus. Dans la soirée, je les ferais changer d'avis. Elle n'était pas l'ange qu'ils croyaient. Elle était une femme qui, pour une raison inconnue, semblait déterminée à nous déchirer.

— En théorie, maintenant qu'elle est mariée avec Jamie, ils détiendront la moitié de l'entreprise, reprit soudain Dan comme s'il venait de le comprendre.

— Oui, c'est pourquoi elle veut s'impliquer. Je crains qu'elle ne veuille prendre la main sur l'agence.

Avant Ella, Jamie envisageait d'être un simple associé et de laisser Dan prendre les décisions. À présent, il allait s'impliquer dans la gestion de l'entreprise, ainsi que sa femme.

— On ne pourra rien faire sans leur accord, ajoutai-je.

— Oui, ce sera dur, surtout qu'ils n'ont jamais travaillé dans l'immobilier.

Il enfila un t-shirt pendant que je me brossais les cheveux.

— Cela dit, reprit-il en se postant à côté de moi pour me regarder dans la glace, ce n'est peut-être pas une si mauvaise chose. Un peu de sang neuf... Tu dois admettre qu'elle a un tas de bonnes idées.

Je suspendis mon geste, tenant la brosse en l'air.

— Dan, quelqu'un qui pense que le chou-fleur constitue une base adéquate pour une pizza n'a pas « un tas de bonnes idées ».

Je levai les yeux au ciel.

— Tu marques un point, admit-il en riant. Viens, descendons pour voir ce qu'elle a bien pu faire avec un chou, ce soir !

Quelques instants plus tard, Dan et moi arrivâmes sur la terrasse. La table était ornée de bouquets de fleurs sauvages et de photophores. Il y avait des bougies dans le jardin. C'était magnifique. Joy louait l'ambiance féerique apportée par la décoration.

— C'est de l'argent qui part littéralement en fumée, murmurai-je à Dan en voyant sur la table les bougies Jo Malone que j'avais achetées pour Joy. Elle adorait leur parfum exotique qui lui rappelait les vacances. Ella le savait car nous avions évoqué cette senteur le premier jour. Elle savait aussi qu'il y avait des bougies non parfumées pour l'extérieur car nous en avions utilisé lors de sa dernière soirée « végane ». Une fois encore, je me gardai de tout commentaire.

Chacun s'assit à la place indiquée par Ella. J'étais à côté de Bob. Elle avait confectionné des marque-places ornés de fleurs différentes, et les digitales violettes du mien étaient flétries.

— Ce sont des fleurs toxiques, sifflai-je en direction de Dan, qui décida de m'ignorer.

Il était installé en face de moi et avait des myosotis bleu vif, la fleur du souvenir et de l'amour éternel, sur son assiette. Étaient-ils aussi symboliques que mes digitales ?

— Enfin, vous voici ! lança Ella depuis le pas de la porte. Elle était radieuse et non en nage, comme moi. Elle portait une robe longue en coton bleu pâle et ses cheveux étaient relevés en un chignon lâche. À la lueur des chandelles, sa peau était encore plus dorée.

Elle était superbe et je la complimentai sur le travail accompli.

— Tu as vraiment transformé la terrasse, Ella. C'est magique.

Elle me remercia et fit le tour de la table avec une corbeille de pain. En arrivant à ma hauteur, elle se pencha vers moi.

— Tu as remarqué les bougies, Clare ?

— Oui... C'est très bien, fis-je, nonchalante pour ne pas lui montrer qu'elle m'avait irritée.

Elle hésita avant de reprendre :

— Ce sont les tiennes, en fait... Les parfumées. C'est du gâchis de s'en servir dehors, je sais, mais je ne trouvais pas les autres.

— Pas de problème. Pour info, les bougies de jardin sont sur la table de la cuisine, dans une grande boîte. Je te les ai montrées, l'autre jour, il me semble, dis-je en lui souriant.

— C'est vrai, je suis bête, j'ai oublié !

Elle porta une main à sa bouche mais son regard disait autre chose. Elle était si mesquine que je faillis en rire. Je levai les yeux au ciel.

Je me tournai vers Dan en espérant qu'il ait entendu cet échange. Hélas, il parlait cricket avec Jamie.

— Tu dois être contente d'être libérée des enfants, Clare, déclara Ella en posant sa corbeille de pain maison.

— Oui, c'est agréable d'avoir une soirée entre adultes, répondis-je avec entrain en levant mon verre.

— Je sais bien que c'est usant pour toi d'être avec les enfants en permanence.

— Non, ce n'est pas ce que... Je parlais uniquement de cette soirée. C'est juste que ça... change. Je bus une gorgée de vin. Elle avait ouvert les hostilités et déjà marqué un point. Ella s'assit et poussa le grand plat vers le centre de la table.

— Allez-y, commencez !

Chacun se servit en salade de tomates à la sauce avocat et citron vert. Ella était assise en bout de table, le menton appuyé sur les deux poings, et observait les autres en silence... pendant un moment, du moins.

— Oui, je comprends très bien pourquoi tu ne manges pas sans eux pendant les vacances. Tu veux garder un œil sur eux, n'est-ce pas ? J'ai lu un article sur une disparition d'enfant, récemment. Les parents étaient dans le jardin et leur fils dormait à l'étage quand quelqu'un s'est introduit dans la maison. J'en ai des frissons rien que d'y penser. Ce pauvre petit bonhomme innocent, couché tout seul... Ils n'ont pas retrouvé le coupable, je crois. Encore un peu de pain, Clare ?

Je la remerciai en secouant la tête.

Tout le monde compatit d'un murmure, sans cesser de manger, moi y compris. La porte était-elle fermée à clé ? Et les fenêtres de l'étage, sécurisées ? Bon sang, elle avait le don de me mettre les nerfs en pelote...

— Bref, ne t'en fais pas, Clare. On ne se vexera pas si tu veux aller les voir. Il faudra bien que tu montes. Toute bonne mère le ferait.

— Ou bon père, corrigeai-je. Je suis sûre qu'ils vont bien, mais Dan et moi irons voir chacun notre tour, répondis-je d'un ton doucereux.

— Mmh... C'est ce qu'ont fait les parents de l'enfant dont parlait cet article de journal, ce qui n'a rien changé. On ne peut pas être avec eux en permanence.

— Allons... Je ne trouve pas que cette conversation soit appropriée à table, déclara Joy.

— C'est vrai, Joy. Parlons d'autre chose, déclarai-je, ravie de cette intervention.

Je levai mon verre pour savourer ce petit moment de triomphe, en espérant cacher que je m'inquiétais à présent pour mes enfants endormis à l'étage.

Dan et Jamie poursuivirent leur conversation sur le cricket et Joy proposa d'aider Ella à finaliser le plat de résistance. Je me retrouvai donc avec Bob, qui était adorable mais un peu sourd. Il me racontait en détail le sauvetage de l'oiseau blessé.

Comment Ella avait-elle réussi à devenir la préférée de Joy en si peu de temps ? J'avais mis des années à obtenir le même traitement. Et je ne comprenais toujours pas si Joy était vraiment conquise ou si elle cherchait simplement à être conciliante.

Au bout de dix minutes, Ella et Joy n'étaient toujours pas revenues et le pauvre Bob paraissait sur le point de mourir de faim.

— J'ai demandé s'il y avait de quoi grignoter avec l'apéritif, me dit-il, mais Ella m'a répondu qu'elle avait travaillé dur et qu'elle voulait que l'on garde notre appétit pour le repas. C'est normal... mais l'entrée se limitait à quelques petites tomates.

Toujours arrangeant et désireux d'éviter la confrontation, Bob avait été dressé par Joy à subir en silence.

— Heureusement, j'ai trouvé mes propres amuse-bouches, reprit-il en révélant plusieurs biscuits dissimulés sur ses genoux, dans sa serviette.

Je ne pus qu'en rire.

— Bob ! Je ne vous savais pas aussi rebelle, murmurai-je.

— Je sais. Ella serait folle de rage, mais on n'est pas en guerre. J'ai l'impression d'être rationné.

— Je vous comprends, Bob. J'ai faim, moi aussi. Je ne lui dirai rien si vous m'en donnez un.

Je tendis la main. Avec un clin d'œil complice, il m'offrit un biscuit.

— Ne me mets pas en difficulté avec Ella, souffla-t-il.

— Votre réserve secrète ne risque rien avec moi, Bob.

— Et pas un mot à Joy non plus, d'accord ? Tu la connais...

— Bouche cousue, promis-je avec un sourire.

Les deux femmes réapparurent, portant des plateaux.

Dan servit le vin pendant qu'Ella et Joy soulevaient les couvercles. Puis Ella retourna à sa place en bout de table pour déclarer :

— La semaine dernière, j'ai épousé mon Jamie chéri, mais j'ai aussi reçu un cadeau spécial, ce jour-là : sa magnifique famille, les Taylor. Vous m'avez tous accueillie avec chaleur. J'ai le sentiment de vous connaître depuis toujours.

Elle sourit, les yeux humides, se tourna vers Jamie, qui se rengorgeait fièrement, et leva son verre pour porter un toast.

— Comme certains d'entre vous le savent... je me suis retrouvée orpheline très jeune.

Elle marqua une pause pour ménager son effet.

— Ma sœur était mon unique famille, tout ce qu'il me restait au monde et... et je l'ai perdue aussi. Heureusement, j'ai à nouveau une famille.

Elle prit le temps d'étouffer un sanglot.

— Je lève mon verre aux Taylor !

Sur ces mots, elle s'assit et s'écroula presque dans les bras de Jamie.

Le silence s'installa autour de la table. Si ce discours avait visiblement choqué et attristé certaines personnes autour de la table, il était sûr que d'autres se demandaient quelle part de vérité il contenait.

— Merci, Ella, déclara enfin Dan. En tant que fils aîné, et donc en tant que grand frère, j'aimerais te souhaiter la bienvenue. À présent, mangeons. Je meurs de faim et papa est sur le point de tomber d'inanition !

Tout le monde se mit à rire. Le discours d'Ella était surprenant et, en admettant qu'il soit sincère, plutôt touchant ; il fallait apaiser la tension. Je comprenais ce qu'elle avait dit car j'étais moi aussi sans famille quand j'avais rencontré les Taylor. Je leur étais reconnaissante de m'avoir intégrée. Je levai donc mon verre pour ce rare moment de solidarité. En d'autres circonstances, d'autres lieux, aurions-nous été amies ? Même si elle semblait déterminée depuis le départ à être mon ennemie...

Malgré un repas médiocre, je complimentai Ella.

— C'est délicieux, déclarai-je.

Les autres en firent autant avec politesse. Elle s'illumina de plaisir et se mit à expliquer chaque recette en détail. Nous hochions affablement la tête et Jamie la dévorait des yeux. C'était comme si personne n'avait jamais cuisiné avant elle. La contribution de Joy fut passée sous silence. À la fin du dîner, je crus bon d'y remédier. Au moment où j'allais remercier ma belle-mère, le téléphone de Jamie se mit à sonner.

Ella le foudroya du regard. Il n'avait sans doute pas le droit d'avoir son téléphone à table.

Il se leva.

— Désolée, chérie, je dois répondre, dit-il avant de s'éloigner dans le jardin.

Furieuse, Ella le regarda disparaître dans la pénombre. De là où je me trouvais, je le voyais. Sa conversation semblait animée. À qui parlait-il ?

Ella détourna mon attention.

— Dan, tu as aimé le plat ? Clare affirme que tu adores ses aubergines...

Il sembla déstabilisé par cette question piège.

— Les aubergines farcies, Dan. J'en prépare de temps en temps, à la maison.

— Ah oui...

— Tu aimes les miennes autant que celles de Clare ? insista Ella d'un air suggestif.

— Oui, super... Tu peux passer chez nous quand tu veux pour préparer le dîner, ajouta-t-il.

Compte tenu de nos récentes difficultés, il aurait pu éviter de me heurter. Mais non, il leva son verre en lui adressant un clin d'œil, comme s'ils partageaient un grand secret.

— Je risque de te prendre au mot, déclara-t-elle en portant son verre à ses lèvres, les yeux rivés à ceux de Dan.

Quand elle avait son attention, elle semblait s'épanouir. Comment lui en vouloir ? Le commentaire maladroit de mon mari suggérait qu'elle était un cordon-bleu alors que je savais à peine faire des œufs au plat. Pour quelle autre raison inviterait-on quelqu'un à faire à manger chez soi ? Elle me sourit triomphalement et je fis comme si tout cela n'avait aucune importance. Ce qui n'était pas le cas.

— Si le reste de ton répertoire culinaire est aussi délicieux, je ne mangerai plus jamais de viande, poursuivit-il.

Il n'était pas obligé d'insister, mais il l'encourageait et elle jubilait.

— Il est clair que tu manges la même chose depuis des années. C'est ennuyeux et malsain. Il est temps de changer tout ça, déclara-t-elle en buvant une gorgée de vin. Parfois, on a besoin de quelqu'un qui nous montre la voie, souffla-t-elle.

Ne supportant plus d'être la spectatrice de leur petit jeu, je me mis à discuter de la pluie et du beau temps avec Bob. Il était étonnamment réceptif. J'écoutais tout de même leur conversation d'une oreille. Je voyais les regards qu'échangeaient Dan et Ella. Il y avait de l'électricité dans l'air. Quand Jamie revint, après sa conversation téléphonique, et commença à parler avec Bob, je me sentis très seule. J'avais envie de pleurer. J'étais exclue de la table familiale.

Plus Ella et Dan se parlaient, plus je me sentais humiliée par le manque de tact de mon mari et l'attitude séductrice d'Ella. Je voyais presque comment il faisait pour attirer une femme. Je pensais à Carmel et à Marilyn, les remarques « innocentes », les questions pleines de sous-entendus.

Pendant ce temps, Jamie ne se rendait apparemment compte de rien. Il était sur son téléphone tout en parlant avec Bob. Il ne voyait pas que Dan et Ella rejouaient *Cinquante Nuances de Grey* à l'autre bout de la table.

Pour me venger, je me penchai vers Jamie.

— On s'est régalés, non ? fis-je sans conviction.

Pourvu qu'il comprenne que je l'appelais à l'aide et qu'il vienne à la rescousse. Il se contenta d'un hochement de tête. Je ne supportais plus cette indifférence soudaine. Quand j'aurais révélé que les boucles d'oreilles de Joy se trouvaient dans le coffret à bijoux d'Ella, je savais que même Jamie me serait reconnaissant d'avoir révélé le vrai visage de sa femme. Et nous retrouverions notre vie d'avant Ella.

Elle avait débarqué dans cette famille tel un ouragan et nous avait tous ébranlés : messes basses avec Joy, regards suggestifs à Dan, échanges complices avec Jamie... Elle avait même une influence sur Violet, qui s'était mise à prendre des photos d'elle-même. Quant à moi, ma position au sein de la famille était en péril. Jamie et mon mari doutaient de moi et me jugeaient. Il était temps qu'elle passe à son tour en jugement. Je la regardais sourire et babiller, attendant le moment opportun pour jeter mon pavé dans la mare.

22

Après le plat, Ella servit des brownies véganes accompagnés d'un café au lait d'avoine.

— Avant que tu ne me poses la question, il n'y a pas de lait de vache, Clare. Le lait des vaches est réservé aux bébés des vaches. C'est logique.

Elle souligna ces propos d'un sourire moralisateur.

J'ignorai cette pique, surprise que Dan n'ait pas réclamé du lait de vache. Il avait accepté le lait d'avoine, de même que Joy. Bob prenait de toute façon son café noir, ainsi que Jamie, mais, jusqu'à ce soir, Joy ne jurait que par le lait de vache.

Le café était bon. Au moment où j'allais saisir un second brownie, Ella déclara :

— Clare, ne le prends pas mal, mais je crois que c'est à toi de faire la vaisselle.

Elle s'était exprimée sur un ton léger, avec un regard et un sourire entendu en direction de Jamie.

Si elle n'avait rien dit, j'aurais fait la vaisselle sans rechigner. En fait, j'allais me porter volontaire et demander à Dan de m'aider. Ce qui me dérangeait était la façon dont elle s'était adressée à moi. Elle voulait absolument être reine en son royaume et, pour cela, elle prenait un malin plaisir à rabaisser les autres, surtout moi.

Le cœur battant, furibonde, je ne bronchai pas. Quelqu'un allait-il prendre ma défense dans cette prétendue famille ? Signaler que c'était presque toujours moi qui faisais le ménage, sortais les poubelles, préparais les repas et faisais la vaisselle ? Cela ne me dérangeait pas. Après tout, le désordre était surtout le fait des enfants.

Mais pas un seul d'entre eux, pas même Dan, ne prit ma défense, ce qui m'aurait pourtant rassérénée. Ils étaient trop occupés à faire des ronds de jambe, à être conciliants. C'est ce que voulait Joy. Pas de conflits, pas de jurons, pas de problèmes, rien que de jolies photos de vacances en famille. Il ne fallait pas parler de ses soucis, on les remballait et on souriait. Hélas, ce système ne fonctionnait plus. Il était temps de secouer un peu les Taylor.

— Joy, vous vous souvenez de ces boucles d'oreilles que vous ne trouviez pas, hier soir ? Je crois savoir où elles sont.

— Ah oui ? fit-elle, pleine d'espoir.

— Oui. Je sais exactement où elles se trouvent.

J'avais les yeux rivés sur Ella, soudain captivée par son alliance.

— Ella, tu le sais, toi ? demandai-je pour l'obliger à me regarder.

— Non, répondit-elle en haussant les épaules. Bien sûr que non.

— Tu as regardé dans ton coffret à bijoux ?

Dan se prit la tête entre les mains.

Ella et Jamie me fixaient avec une telle hostilité que j'en eus des frissons, malgré la chaleur. Nul ne broncha. La machine était lancée, désormais, et je ne pouvais plus reculer.

— D'accord, repris-je en posant ma serviette.

Je me levai avant que quelqu'un ne m'en empêche.

— Je vais aller voir, même si ce n'est pas nécessaire. Je sais qu'elles y sont.

Ma belle-mère semblait si gênée que j'eus de la peine pour elle.

— Clare, s'il te plaît...

Je ne voulais pas l'écouter. Personne n'avait envie d'une telle confrontation, mais il arrivait que l'on n'ait pas le choix. Il fallait voir les choses en face.

Je gravis vivement les marches et me rendis droit dans la chambre d'Ella et Jamie. Je sortis le coffret à bijoux du tiroir de la table de chevet. En soulevant le couvercle, je savourais déjà le moment où j'allais révéler le véritable visage d'Ella.

Soudain, j'entendis des pas dans l'escalier. Jamie entra et m'observa, les bras croisés, prêt à en découdre tandis que je fouillais le contenu du coffret.

— Elle ne vaut pas la peine qu'on se batte pour elle, Jamie, dis-je en levant les yeux vers lui.

Parmi les bijoux fantaisie, les débris de plastique et autres chaînes, je ne trouvai pas les boucles d'oreilles. Je déversai donc le tout sur le lit. Sans plus de succès.

— Elles étaient là-dedans !

Je remuai frénétiquement les bijoux épars.

— Elles étaient là, Jamie !

— Qu'est-ce qui ne va pas chez toi, Clare ?

Il secoua la tête comme si j'avais inventé cette histoire de toutes pièces.

— J'ai posé franchement la question à Ella. Je lui ai demandé si elle avait volé les boucles d'oreilles de ma mère parce que tu me l'avais dit. Tu avais tort. Bon sang, j'ai failli te croire ! Elle était bouleversée ! Tu aurais pu briser mon couple. Toute autre qu'elle m'aurait largué. Heureusement, Ella m'aime et me fait confiance. Et c'est réciproque. C'est ça, ton problème, Clare. Tu ne fais confiance à personne. Tout le monde n'est pas comme Dan...

Il s'interrompit aussitôt. Sans doute ne voulait-il pas s'aventurer sur ce terrain glissant.

— Excuse-moi... En tout cas, Ella est sincère et, crois-le ou non, elle t'apprécie, même si elle trouve inquiétant le fait que tu ressentes le besoin d'inventer des histoires à son propos. C'était quoi, ce sketch ? Tu es jalouse, c'est ça ?

Dans cette posture pleine de défi, il me fusilla d'un regard à la fois réprobateur, déçu et distant.

— Je... Non... Je n'invente rien. Pourquoi ferais-je une chose pareille ? Les boucles d'oreilles étaient bien là !

Je glissai les doigts dans le coffret comme si elles pouvaient y apparaître par magie.

Dégoûté, Jamie secoua la tête et quitta la pièce.

Je me mis à pleurer. Jamie comptait beaucoup pour moi et j'étais peinée qu'il voie en moi une femme jalouse et menteuse. Je n'étais pas comme ça et j'étais vexée qu'il ne s'en rende pas compte. De plus, je venais de fouiller en vain les affaires d'Ella.

Elle avait dû déplacer l'objet du délit. Je ne voyais pas d'autre explication. Je ne suivis pas Jamie pour essayer de le convaincre car il était crucial que je trouve ces bijoux. Je poursuivis donc mes recherches.

Abandonnant le coffret, je regardai dans le tiroir. Rien. Je vérifiai les endroits de la chambre où j'avais déjà cherché. Devant l'armoire, je me mis à genoux pour déplacer les boîtes à chaussures et les sacs. J'agissais comme une folle, mais je m'en moquais. J'étais sûre de mon fait et déterminée à prouver que j'avais raison, à la fois pour révéler la vraie nature d'Ella et pour que ma famille sache que je n'étais pas la méchante dans cette histoire.

Je m'interrompis pour réfléchir. Bien sûr qu'elle avait déplacé les boucles d'oreilles ! Dès qu'elle avait appris que je la soupçonnais... Elle avait eu tout l'après-midi, pendant qu'elle se remettait de sa chute dans l'eau. Il avait suffi que Jamie s'endorme ou qu'elle lui demande d'aller lui chercher un verre d'eau, par exemple.

C'est alors que Dan apparut sur le seuil, hors de lui.

— Ne commence pas, Dan, le prévins-je.

— Comment ça, « ne commence pas » ? Bravo ! Tu as réussi. Ella est en larmes et maman aussi.

Sur le point d'éclater de nouveau en sanglots à mon tour, je secouai la tête.

— Dan, je sais ce que j'ai vu. Et les boucles d'oreilles étaient dans ce coffret.

— Non, elles n'y étaient pas.

— Si ! Pourquoi personne ne me croit ?

Je levai les yeux vers lui à travers mes larmes. Il tenait quelque chose dans sa main. Les fameuses boucles d'oreilles !

— Où les as-tu trouvées ?

Je n'en croyais pas mes yeux.

— Elles étaient en bas, sur une étagère de la cuisine. Ella les a repérées en allant chercher un mouchoir. Maman s'est souvenue tout de suite qu'elles étaient un peu serrées et qu'elle les avait enlevées. Elle avait simplement oublié où elle les avait posées, voilà tout.

— C'est faux...

— Qu'est-ce qu'il te faut de plus ? Ella avait bien dit que tu te comporterais de la sorte et elle a tenu à ce que je monte te les montrer car elle savait que tu n'y croirais que si tu les voyais. À cause de toi, elle est dans tous ses états.

Il était furieux mais, pour une fois, c'était le cadet de mes soucis.

Je restai assise par terre pour réfléchir. Ella avait donc sorti les boucles d'oreilles du coffret pour les placer dans la cuisine, où elle avait passé la soirée à préparer le dîner. Pourquoi Joy jouait-elle le jeu ? Pour sauver la face ? Préférait-elle mentir pour épargner Jamie ? Je n'y comprenais plus rien. Moi qui croyais que cette famille n'avait aucun secret pour moi... Ella avait tout bouleversé. Que faire, maintenant ?

Je suivis Dan jusqu'au rez-de-chaussée telle une enfant punie et boudeuse. Je fus accueillie par les sourires pleins de pitié de Joy et de Bob.

Telle mère Teresa, Ella vint à ma rencontre et m'étreignit.

— Ce n'est rien, Clare.

Elle se servait de moi pour mettre en scène sa grande mansuétude.

— Tu es fatiguée. Si tu t'imagines à nouveau ce genre de choses, viens simplement m'en parler, d'accord ? Je ne veux plus être accusée injustement. C'est aussi ma famille, désormais.

Que répondre à cela ? En protestant, je ne me heurterais qu'à un mur.

Joy était installée dans un fauteuil, les joues inondées de larmes. Perché sur un accoudoir, Bob avait posé une main protectrice sur son épaule.

— C'est ma faute, dit-elle. Elles étaient dans la cuisine depuis le départ et j'avais oublié. Et maintenant, tout le monde est bouleversé. Pendant ces dernières vacances avant la retraite...

— Vous ne les avez pas laissées dans la cuisine, Joy. Pourquoi doutez-vous de vous ? Vous n'oublieriez jamais où vous avez laissé vos boucles d'oreilles en diamant.

J'entendis Dan prononcer mon nom, mais je refusais de me taire à cause de lui.

— Qu'est-ce que vous avez, tous ? demandai-je.

J'avais envie d'en dire plus mais je redoutais ce qu'Ella pouvait raconter sur moi et sur ce « vilain petit secret ». Bluffait-elle ?

— Arrête ! lança Dan, furibond. Ça suffit !

— Elle est complètement fausse. Vous ne le voyez donc pas ? Sa façon de « tomber » dans la piscine, par exemple...

Tous les regards étaient posés sur moi. Ella se mit à pleurer et Joy secoua la tête. Jamie parut sur le point de parler, mais Ella le fit taire d'une main sur son bras.

— Qu'est-ce qui ne va pas, chez vous tous ? repris-je. Elle ne sait pas nager, la belle affaire ! Toute cette comédie quand elle a cru se noyer… ce qui n'était pas le cas, bien sûr. Ce n'était que du cinéma. Chez elle, tout est faux.

Je les observai tour à tour. Ils ne dirent pas un mot.

— Cette « comédie », comme tu dis, vient du fait qu'Ella a peur de l'eau. Elle était pétrifiée.

— Pétrifiée ? Elle ne l'est pourtant pas quand elle se pavane au bord des piscines du monde entier en petite tenue, sur son compte Instagram.

Il ferma les yeux et poursuivit comme si je n'avais rien dit :

— Parce que sa sœur n'est noyée.

23

Je me sentais mal. Lorsque je voulus présenter mes excuses à Ella, elle pleurait dans les bras de Jamie. Alors que je posais une main sur son épaule, Jamie secoua négativement la tête.

Compte tenu de ce que je venais d'apprendre sur sa sœur, je ne pouvais pas me racheter d'avoir parlé de comédie à propos de l'incident survenu dans la piscine. À quoi bon essayer de lui parler ou de dire aux autres que j'étais désolée d'avoir gâché la soirée ? Je les laissai donc là, à se regarder en chiens de faïence. Je montai me coucher et fixai le plafond de la chambre des enfants. J'étais frustrée de ne pas être crue et je m'en voulais terriblement d'avoir évoqué l'épisode de la piscine. À ma décharge, j'ignorais tout de cette sœur, même si cela ne justifiait rien. Si la sœur d'Ella s'était vraiment noyée, j'étais odieuse d'avoir pensé qu'elle jouait la comédie. Et pourtant, une partie de moi doutait encore. Elle semblait avoir un bon prétexte pour être à son avantage quelles que soient les circonstances. Pourquoi n'aurait-elle pas aussi des stratégies pour se victimiser et inspirer la compassion ? Rien n'était crédible, chez Ella.

À la croire, sa vie était déjà bien remplie. Son compte Instagram débordait de lieux de rêve, d'hôtels cinq étoiles, de yachts sur la Côte d'Azur, de palais des mille et une nuits au Moyen-Orient... Elle vivait dans ce monde merveilleux que je ne pouvais qu'imaginer. J'étais fascinée et, oui, un peu méfiante. Il y avait des incohérences dans ses propos, sans parler de cette rencontre fortuite dans un bar avant de se marier quelques semaines plus tard, sans la famille. Son compte Instagram était joli, mais totalement creux. Elle avait beau tout mettre en œuvre pour le rendre attrayant, les intérieurs somptueux et les toasts à l'avocat ne dureraient pas éternellement. Les rares amis qu'elle taguait vivaient aux quatre coins du monde. Où se trouvaient ses vrais amis ? Ceux de sa ville d'origine ? La seule trace d'une famille éventuelle était la série de photos avec les Taylor prises sur la terrasse de la villa. Celles dont j'étais exclue.

Je finis par sombrer dans un sommeil agité. Je me sentais mal, comme en présence d'une force malveillante, sans parvenir à mettre le doigt sur ce qui me tourmentait. Je rêvai de la vendeuse de granités au citron qui criait « *pericolo* » et « *decesso* », avant de m'attraper par le bras pour m'éloigner de la villa pendant que j'appelais les enfants.

À mon réveil, il faisait jour. Violet était penchée sur moi.

— Maman, tu vas bien ? s'inquiéta-t-elle.

— Ce n'est rien, chérie. J'ai fait un cauchemar.

Je proposai aux enfants de se lever pour aller se baigner avant le petit déjeuner. Ils adorèrent mon idée.

— J'aime bien que maman dorme dans notre chambre, déclara Alfie. C'est rigolo !

— Ce serait bien que tu dormes avec nous à la maison, renchérit Violet avec un soupir. Et que papa et toi arrêtiez de vous disputer.

— Pardon, ma chérie, fis-je en la serrant contre moi. Les adultes sont pénibles, hein ?

— Certains, oui. Mais pas Ella. Elle n'est pas pénible, hein, maman ? Elle est super cool et c'est une adulte, pourtant.

Cette déclaration n'appelait aucune réponse. Je leur dis

simplement de se dépêcher pour arriver les premiers à la piscine. Au bord du bassin, j'eus la surprise de trouver Dan, allongé sur une chaise longue, tout seul. Les enfants l'embrassèrent avec effusion. Il les salua sans poser les yeux sur moi.

— Tu es bien matinal, dis-je. Cela ne te ressemble pas.

— J'ai beaucoup de choses en tête, répondit-il en se tournant enfin vers moi.

Mon cœur se serra. Il me reprochait le coup d'éclat de la veille, ce qui était compréhensible, mais je n'avais pas changé d'avis. Je demeurais persuadée que Joy n'avait pas posé ses boucles d'oreilles dans la cuisine. J'avais envie d'en parler à Dan, de crever l'abcès. Je proposai donc aux enfants une partie de cache-cache, où je pourrais les surveiller de loin.

— Tu joues avec nous, maman ? s'enquit Alfie.

— Bien sûr, chéri. Je parle deux minutes avec papa et je vous rejoins.

Je m'assis à côté de Dan pendant que les enfants filaient se cacher.

— Tu t'es couché à quelle heure, hier soir ?

— Vers 2 ou 3 heures, répondit-il. Je ne sais plus.

— Qu'est-ce qu'ils ont dit après mon départ ?

— Pas grand-chose. Il n'y avait que Jamie et moi... et Ella. Chacun a gardé ses idées pour lui sans accuser personne des pires horreurs, siffla-t-il. Ella était anéantie.

— Je ne... Je crois toujours qu'elle a dérobé ces...

— Arrête, Clare ! Laisse tomber, d'accord ? Pourquoi Ella aurait-elle volé quelque chose appartenant à sa belle-mère ?

— Eh bien... Elle voulait ces boucles d'oreilles... Elles lui plaisaient... Elle les aurait vendues, je ne sais pas...

Je m'efforçai de ne pas parler trop fort à cause des enfants.

— Justement, tu ne sais pas, alors pourquoi l'accuser ? Et pourquoi lui reprocher d'avoir été un peu chamboulée après qu'elle a failli se noyer ? C'est quoi, ton problème ?

— Rien... Je n'ai aucun problème.

Je scrutai les alentours de la piscine au cas où quelqu'un nous aurait rejoints. Joy n'allait pas tarder à arriver, en maillot de bain et caftan assortis. Elle s'installerait sur une chaise longue et feindrait l'indifférence pour nous espionner. Il fallait que je persuade Dan pendant que je le pouvais encore.

— Je ne sais pas pourquoi elle a pris ces boucles d'oreilles et je n'étais pas au courant, pour sa sœur.

— Tu comprends néanmoins pourquoi elle était bouleversée.

— Bien sûr. Avec le recul, je sais maintenant que je n'aurais pas dû parler de cet incident dans la piscine. Je pensais simplement qu'elle en avait trop fait, en s'agitant dans tous les sens et...

— J'ignorais qu'il y avait des règles à respecter pour se noyer. S'il existe un guide des bonnes manières recensant les comportements conformes à la bienséance que peut adopter quelqu'un dont les poumons se remplissent d'eau, j'aimerais bien le lire.

— J'en conclus que tu n'as pas pris ma défense, hier soir, en mon absence ?

J'étais au bord des larmes, mais je me retenais pour ne pas perturber les enfants. Si je laissais libre cours à mes sanglots, je ne pourrais plus m'arrêter.

— Ta défense ? Comment te défendre après de tels propos ? Ella pleurait et Jamie était si furieux que j'ai mis une éternité à les apaiser.

— Joy et Bob m'en veulent, eux aussi ?

— Aucune idée. Ils n'ont pas dit grand-chose. Ils sont montés se coucher juste après toi. Maman était plus triste qu'en colère. Quant à papa, tu le connais. Il s'inquiète pour maman, je suppose.

Avant, nous formions une équipe, Dan, Jamie et moi. Les choses avaient changé si vite !

Dan regardait les enfants jouer.

— Il ne nous reste que quelques jours. Si seulement tu avais tenu ta langue...

— C'est ce que font les Taylor, n'est-ce pas ? Ils gardent tout pour eux et balaient la poussière sous le tapis. Ta mère remet une couche de rouge à lèvres, ton père ignore les faits et chacun fait comme si tout allait bien dans le meilleur des mondes.

Il se crispa. C'était un fils et un frère loyal. Les Taylor se serraient les coudes.

— Parfois, on n'aime pas ce qu'on voit et, ce n'est peut-être pas très courageux, mais il vaut mieux fermer les yeux, par bienveillance, déclara-t-il.

— Mamaaan ! Viens nous trouver ! lança Alfie.

— Oui ! renchérit Violet. Tu avais promis de jouer avec nous !

— Dans une minute !

J'avais besoin de terminer cette conversation avec Dan. Je me levai pour resserrer mon paréo autour de ma taille.

— Je sais que j'aurais sans doute mieux fait de me taire. Cela aurait été plus bienveillant, plus sage, mais j'ai parlé. C'est mon choix et je ne regrette rien – pas en ce qui concerne les boucles d'oreilles, en tout cas. Il fallait que quelqu'un parle et tu ne l'aurais pas fait.

Il s'adossa plus confortablement et ferma les yeux. Au moment où j'allais m'éloigner, il me dit :

— Tu es intelligente, Clare. Tu ne sais pas ce que c'est que d'être Ella. Elle n'a pas ton assurance, ta force. Cela vient avec l'expérience, alors laisse-la un peu respirer.

— Eh bien ! Tu la connais vraiment bien, on dirait. Tu es donc capable de te mettre à la place des autres. Tu n'en as pas fait autant avec moi.

— Toi, tu n'as besoin de rien ni de personne. Parfois, je me dis que tu n'as même pas besoin de moi.

— C'est vraiment ce que tu penses ? m'insurgeai-je.

— De temps en temps.

Il posa une main sur son front pour protéger ses yeux du soleil en les rouvrant.

— Maman est pareille. Elle n'a pas besoin de papa. Toutes les deux, vous faites ce que vous avez à faire, les copines, le travail, la vie, sans demander d'aide à personne. Ella... Ella a besoin de Jamie et il aime ça. Personne n'avait encore compté sur lui et ça lui plaît.

Je n'avais jamais envisagé les choses sous cet angle. Dan avait raison. J'étais efficace, ce que j'avais toujours considéré comme une qualité. Je ne quémandais ni l'attention ni l'affection. Ma force et mon besoin d'indépendance devaient en décourager certains – dont mon mari, apparemment. Était-ce cela qui l'avait poussé à m'être infidèle ? Marilyn avait-elle besoin de lui comme Ella avait besoin de Jamie ? Carmel lui avait-elle donné l'impression d'être un homme, un vrai, parce qu'elle était fragile ? J'avais tant de questions à lui poser, mais les enfants criaient à l'unisson en exigeant que nous venions tous les deux jouer avec eux.

— Tu as raison, je n'ai besoin de personne, admis-je en m'éloignant vers le jardin. Mais je ne peux pas non plus tout gérer seule. Tu viens jouer à cache-cache avec nous ?

Il me sourit avec sincérité et chaleur. En me rejoignant, il me prit amoureusement par la taille, dans un geste presque protecteur.

— Toi et les enfants, vous êtes tout pour moi, murmura-t-il. Quoi qu'il soit arrivé et quoi qu'il arrive, cela ne changera pas.

Je l'enlaçai à mon tour, espérant qu'il dise vrai.

— J'ai peut-être l'air de n'avoir besoin de personne, mais c'est bon d'entendre ça, déclarai-je.

Il annonça aux enfants qu'il allait me jeter dans la piscine et, avant que je ne puisse m'échapper, il me souleva de terre et me lança à l'eau. Ravis, les enfants arrivèrent en courant, oubliant leur partie de cache-cache parce que leurs parents chahutaient dans la piscine. En sombrant, j'entendis leurs cris de joie. En émergeant, hilare, je la vis, à la fenêtre de la chambre, qui observait la scène. Elle nous regardait, le visage sombre, entre envie et haine. Je me détournai pour surveiller les enfants, au bord du bassin. Dan était en train de m'éclabousser. Quand je regardai de nouveau vers la fenêtre, Ella avait disparu.

Les enfants nous rejoignirent dans l'eau et l'air s'emplit de nos éclats de voix et de rires. Ce fut l'un de ces moments magiques que je n'oublierai jamais, même quand les enfants seront grands et auront quitté la maison. L'eau était d'un bleu intense, sous le soleil, et nous étions ensemble dans ce lieu de rêve. J'avais beaucoup de chance. Hélas, une ombre voilait ce soleil resplendissant et je savais que quelque chose de sombre nous attendait.

24

Plus tard, Joy et Bob se rendirent à Positano en nous laissant tous les sept, les quatre adultes et les enfants, pour quelques heures. J'avais demandé à Ella si je pouvais lui parler, mais elle m'avait répondu que c'était inutile. Je lui devais des excuses, même s'il m'en coûtait. Je tenais à maintenir la paix pour que tout le monde puisse terminer ses vacances dans une atmosphère moins pesante.

Je la vis seule, sur son téléphone. Désireuse d'en finir, je m'approchai d'elle.

— Pardonne-moi d'avoir provoqué cette scène, hier soir, dis-je en m'agenouillant près de sa chaise longue. Et je regrette de t'avoir fait de la peine.

Je pris soin de ne pas lui présenter d'excuses concernant l'accusation de vol car je ne regrettais rien.

Les yeux rivés sur son écran, elle hocha lentement la tête.

— C'est bon. Je suppose que, à ton âge, les hormones te jouent des tours... Tu étais perturbée. Mais je vais devoir dire à Dan ce que je sais, maintenant.

Son ton était glacial.

— Et qu'est-ce que tu sais ? demandai-je, le souffle court, au bord de la panique.

Lentement, elle daigna enfin poser les yeux sur moi.

— Tout, répondit-elle avant de revenir à son écran.

— D'accord, soupirai-je.

La menace était réelle et je ne pouvais pas prendre de risques. Je refusais de riposter. J'avais provoqué suffisamment de problèmes. Il ne me restait qu'à espérer que, si je faisais profil bas et restais sous les radars, elle m'épargnerait peut-être, au moins le temps des vacances. Je l'avais accusée de vol, tellement persuadée d'avoir raison que je pensais qu'elle partirait, honteuse, ou que Joy et Bob lui demanderaient de le faire. Je ne pensais pas que les autres croiraient ce qu'elle aurait à dire pour sa défense, or c'était ma parole qui avait été contestée et je me retrouvais en mauvaise posture par ma propre faute. Je l'avais blessée et, puisque j'avais essayé de la mettre dans une situation délicate, je devais m'attendre à sa vengeance.

Je retournai sur ma chaise longue. Dan étant avec les enfants, j'étais libre de faire ce que je voulais, un luxe. Mais, entre mon travail et les enfants, j'avais presque oublié comment me détendre, et ce qu'Ella venait de me dire n'arrangeait évidemment rien. Je restai donc là à regarder Dan et les petits.

— Violet, amène Freddie par ici ! J'ai une vidéo qui va vous faire rire ! lança Ella.

Je fus aussitôt en alerte.

Dan fut libéré de deux de ses enfants quand Violet porta Freddie vers Ella et Jamie, qui l'avait rejointe. Tous les quatre se mirent à rire en regardant l'écran du téléphone d'Ella. Alfie préférait grimper sur Dan et s'en servir de plongeoir. Violet, elle, adorait tatie Ella. Elle buvait chacune de ses paroles.

Un peu plus tard, quand j'eus couché Freddie pour qu'il fasse sa sieste, je fis signe à Violet de sortir de la piscine. Elle alla s'installer sur une chaise longue, à plat ventre, avec sa tablette. En l'observant, je remarquai soudain qu'elle avait remonté le bas de son maillot. Ses fesses étaient exposées, exactement comme celles d'Ella qui, à un mètre d'elle, était dans la même position, en train de pianoter sur son téléphone. Ce n'était pas bien. Ma fille n'avait que neuf ans. Je m'approchai donc d'elle pour lui parler.

— Chérie, tu as besoin de crème solaire ? lui demandai-je.

Elle se contenta de secouer légèrement la tête. Je me rendis compte qu'elle affichait une moue boudeuse : elle était en train de se prendre en photo. Violet était obsédée par les selfies depuis l'arrivée d'Ella.

— Tu dois être mal à l'aise avec ton bas de maillot de bain tout remonté.

Je m'assis au bout de sa chaise longue.

— Non, c'est super cool, répondit-elle sans quitter son écran des yeux.

Cette approche subtile avait clairement échoué et je ne voulais pas l'embarrasser, mais je redoutais qu'elle ne fasse la même chose lors de ses leçons de natation ou des sorties à la piscine avec l'école.

— Chérie, c'est un peu inapproprié de porter ton bas de maillot comme ça.

Elle fit volte-face, le visage fermé, avec le regard noir qu'avait Dan quand il était en colère.

— Tatie Ella, elle le fait !

— C'est une adulte. Tu pourras le faire quand tu seras plus âgée. Je crois simplement...

Elle avait déjà reporté son attention sur sa tablette .

— Violet, je ne te forcerai jamais à faire quoi que ce soit, mais ne compte pas sur moi pour te le cacher quand je pense que ce que tu fais est mal, dangereux ou ridicule.

Sur ces mots, je me levai et m'éloignai sous le regard d'Ella.

— Ça va, trésor ? lança-t-elle à Violet, qui hocha la tête sans se tourner vers elle.

J'étais furieuse qu'Ella ait cherché à s'imposer, mais cela

semblait être sa marque de fabrique. Néanmoins, le temps que je me réinstalle, ma fille avait remis son bas de maillot comme je le voulais.

Incapable de me concentrer sur quoi que ce soit, j'attrapai mon téléphone en ressassant ce qui venait se passer, repensant au ressentiment de Violet envers moi, au comportement d'Ella, à ses yeux qui me regardaient, à sa façon protectrice de l'appeler « trésor ». En levant les yeux, je la vis, de l'autre côté de la piscine, un sourire satisfait sur les lèvres.

Plus tard dans la journée, je préparais des boissons fraîches pour les enfants dans la cuisine quand Ella entra. Elle portait un bikini minuscule. Elle semblait si frêle, avec son corps juvénile, si l'on omettait sa poitrine généreuse sans doute refaite. Elle prit une pomme et, sans un mot, s'appuya sur le plan de travail en mordant férocement dans le fruit avant de mastiquer lentement, le tout sans me quitter des yeux.

Je m'efforçai de faire comme si elle n'était pas là et me concentrai sur ma tâche.

— Clare...

Elle lança le reste de sa pomme vers la poubelle. Elle manqua sa cible, mais ne la ramassa pas pour autant.

Je me tournai vers elle et elle soutint mon regard.

— Tu vas laisser ça par terre ? demandai-je, le visage fermé.

— Probablement.

Une adolescente provocatrice face à une mère épuisée. Elle voulait qu'on s'intéresse à elle et aurait fait n'importe quoi pour que ça arrive.

— Clare, c'est quoi, ton problème, avec moi ?

— Je n'ai pas de problème.

Elle poussa un soupir exagéré.

— Mais si. Toute cette histoire de boucles d'oreilles, hier

soir, puis tes excuses en croyant que j'allais te pardonner comme ça, alors que tu m'as traitée de voleuse.

— En fait, je ne m'excusais pas pour...

Elle me coupa la parole.

— Tu as dit du mal de moi à Jamie, tu as manqué de respect à ma sœur et je sais que tu n'aimes pas me voir avec tes enfants.

— Je n'ai pas manqué de respect à ta sœur. Je n'étais même pas au courant de ce qui lui était arrivé. Je voulais juste des vacances tranquilles en famille et j'ai l'impression que Jamie t'a invitée sans consulter personne en partant du principe que tout le monde s'en accommoderait.

Je décidai de ne pas plus m'étendre sur le sujet pour ne pas me la mettre davantage à dos. Elle en savait trop.

— Je suis si difficile à apprécier ? demanda-t-elle en inclinant la tête sur le côté.

Est-ce qu'elle se moquait de moi ?

Je ne répondis pas.

— Écoute, Clare, reprit-elle. Tu as raison, on nous a imposé la présence de l'autre à toutes les deux. Je n'ai pas choisi de passer mes vacances, ma lune de miel, avec toi, moi non plus. Hélas, il le faut si je veux être avec Jamie. C'est notre *lune de miel*.

Elle s'interrompit un instant.

— Je viens de te voir tiquer. Ça fait mal, Clare ?

— N'essaie pas de détourner l'attention de ce que tu as fait. Je t'ai vue prendre ces boucles d'oreilles. Tu crois peut-être t'en être tirée à bon compte, mais la vérité finira bien par sortir. Tu n'es qu'une voleuse et je le prouverai... Pour ce qui est de l'incident de la piscine, j'ai simplement trouvé ta réaction excessive.

— J'ignorais qu'il y avait des règles de bienséance à respecter pour se noyer, dit-elle, répétant l'argument de Dan.

Je sentis mes entrailles se nouer. Toujours aussi loyal, il avait dû lui faire la réflexion.

— Si tu es aussi méchante, c'est parce que ton couple est usé, tu es mariée avec un homme qui s'ennuie et que tu refuses de laisser partir, soupira-t-elle.

— Il peut partir quand il veut, rétorquai-je, feignant l'indifférence.

Elle avait pourtant touché un point sensible.

— Oh non, il ne peut pas parce que tu ne le laisses pas partir. Peu importe qu'il trouve une autre femme qu'il aime vraiment, tu es là avec tes enfants et tes menottes pour le ramener vers toi. Les femmes de ton espèce me rendent malade, cracha-t-elle.

— Tu as tout faux. Tu n'as entendu que la moitié de l'histoire de la bouche de Jamie qui lui-même la tenait de Joy et tu crois tout savoir de ma vie, de mon couple.

Mais Ella ne s'intéressait pas à ma vie. Elle préférait parler de la sienne.

— Tu aimerais bien être en lune de miel, comme moi, hein, Clare ?

— Non, je ne veux pas de ta vie, merci.

— Ouah ! Tu es tellement jalouse...

— Pas du tout. Mon couple est peut-être usé, mais ta vie est inexistante. Ce que tu postes sur Instagram, ce n'est pas la réalité.

— Sur Internet ou ailleurs, ma vie est toujours plus belle que la tienne, avec ton mari volage et tes cuisses pleines de cellulite.

Enfin, elle se montrait sous son véritable jour. Une fois encore, elle avait veillé à ce que personne ne soit témoin de ce vitriol, de ce fiel. Je ne le tolérerais pas.

— Tu n'es pas celle que tu prétends. La reine des réseaux sociaux, la grande féministe qui se moque du physique de sa belle-sœur. Sympa. Cela montre qui tu es en réalité. Une voleuse et une menteuse.

— Combien de fois devrai-je te le répéter ? soupira-t-elle

comme si elle était lassée de cette histoire. Je possède mes propres diamants, ma grande. Je n'ai pas besoin de ceux d'une autre.

— Cela ne signifie pas que tu ne les as pas volés.

— Pourquoi, alors que j'en ai déjà, qui sont d'ailleurs bien plus gros que ces diamants minuscules ?

— J'ai vu ton compte Instagram. J'imagine que tous ces princes arabes rémunèrent tes « talents » en diamants !

— Ça te plairait bien, hein ? Des frissons sur un yacht, une touche d'exotisme oriental ? Tu t'ennuies tellement que tu vendrais tes enfants pour dix minutes de ma vie. Alors tu peux te les garder, tes reproches.

Je n'en revenais pas. Croyait-elle vraiment que j'aurais préféré son existence creuse à la mienne ? Avec mes enfants adorables et mon travail gratifiant ?

— Je ne juge pas ta façon de gagner ta vie, mais je me demande ce qu'en penserait Jamie.

— Jamie ? Il ne juge pas ce que j'ai fait avant de le rencontrer parce que c'était avant, justement. D'ailleurs, je ne le juge pas, moi non plus.

Elle me regardait droit dans les yeux.

— On n'a aucun secret l'un pour l'autre, reprit-elle. Eh oui, ma grande, on est super honnêtes.

Mon cœur s'emballa soudain.

— Mon mari sait tout. J'ai eu une existence difficile et, parfois, j'ai dû gagner ma vie, et il... Eh bien, franchement, Clare, Jamie aime que je lui en parle, si tu vois ce que je veux dire, ajouta-t-elle avec un sourire entendu. Bien sûr que tu vois. Ça l'excite. Et ça, ça te connaît, n'est-ce pas ?

— Tais-toi ! sifflai-je. C'est ma famille et je ne te laisserai pas anéantir ma vie.

— Tu l'as anéantie toi-même, Clare, dit-elle en souriant.

J'attendis la suite en retenant mon souffle. Elle savait. Elle savait tout.

— Eh oui, fit-elle en hochant lentement la tête, comme si elle venait de lire mes pensées. Je sais tout et je ne bluffe pas.

J'en perdis l'usage de la parole. Cela risquait de signer la fin de tout, pour moi.

— Alors n'essaie plus de t'en prendre à moi, belle-sœur, car, quelle que soit ma prétendue faute, elle fera forcément pâle figure à côté de la tienne...

Incapable d'en supporter davantage, je saisis mon plateau de boissons et sortis sans un mot de plus. Les hauts plafonds et les sols en marbre me soulagèrent un instant de la chaleur accablante. J'étais oppressée. Ella pouvait faire exploser ma vie à tout moment.

Dévastée, je gagnai enfin le jardin, frappée par la chaleur torride qui m'enveloppa tel un serpent de feu tandis que je titubais vers la piscine. En me voyant au bord de l'eau, Joy baissa ses lunettes et sourit avant de reprendre sa lecture. Bob ronflait à côté d'elle. Dan m'adressa un signe depuis le bassin, Alfie sur ses épaules, Violet agrippée à son cou. Je cherchai Freddie des yeux. Il dormait à l'ombre d'un parasol, sur les genoux de tonton Jamie. Ma famille. Les voir ainsi me coupa le souffle, ils étaient l'image même d'une famille unie en vacances. La réalité était tellement différente de l'image que nous donnions. Tant de passions, de culpabilité et de souffrance sous la surface. *Mon vilain petit secret.*

Les enfants sortirent de l'eau et se ruèrent vers moi pour se désaltérer. Je les observai, fascinée par leur innocence, leur pureté. Pas de secrets ni de culpabilité. Ils ne vivaient que dans le présent. Si seulement je pouvais revenir en arrière, vers une époque plus simple où je n'avais rien à cacher et où je pouvais me réjouir de tout.

Je repensai à cette nuit où tout avait basculé. C'était dans une villa un peu semblable à celle-ci. Joy choisissait toujours nos maisons de vacances avec goût. Cet été-là, en Grèce, trois ans plus tôt, il faisait très chaud. Je traversais une période difficile. Violet avait six ans, Alfie, un an et Dan était là sans être là, sans cesse au téléphone. Il ne souriait jamais et tout ce que je lui disais semblait l'irriter au plus haut point. Je lui demandais régulièrement ce qui n'allait pas, mais il refusait de communiquer. Il se contentait de me répondre que ce n'était rien, que je me faisais des idées.

J'étais fatiguée car j'avais repris mon travail à plein temps après mon congé maternité, en essayant de me consacrer au mieux à mes deux enfants. Hélas, je ne pouvais en faire davantage. Dan, comme Jamie, avait l'habitude que l'on s'occupe de lui. Joy les avait traités comme des rois toute leur vie et Dan supportait mal de ne plus être ma priorité. J'avais choisi de prendre des horaires de nuit afin d'être là la journée pour mes enfants. Il travaillait beaucoup à l'agence et gardait Violet et Alfie le soir. Généralement, nous nous croisions dans le couloir. Comme la plupart des mères, je privilégiais nos enfants. Si Dan était un bon père, il n'était à la maison que le soir et ne voyait guère les petits. Il ne comprenait pas combien ce pouvait être épuisant.

Même pendant nos vacances avec Joy, Bob et Jamie, c'était moi qui m'occupais des enfants. C'était mon choix. Mon travail me séparait d'eux trop longtemps. Un soir, lors de ce séjour en Grèce, les enfants étaient si fatigués qu'ils voulaient juste prendre leur bain et aller se coucher, ce qui m'avait étonnée. Dan avait proposé... non, il avait *insisté* pour les coucher.

— Repose-toi. Tu es en vacances, toi aussi, avait-il dit.

— Oh, tu devrais saisir ta chance, laisse-le faire, Clare, s'était esclaffée Joy. Viens boire un gin avec moi. On discutera un peu.

Touchée, j'espérais y voir un signe que Dan était enfin plus heureux, redevenu lui-même. Pendant qu'il mettait les enfants au lit, je restai en bas avec les autres. Nous avions bu quelques verres, joué aux cartes. Voyant que Dan ne redescendait pas, je me dis qu'il s'était endormi.

— Je vais le retrouver en train de ronfler dans le lit d'un des enfants, plaisantai-je avec ma belle-famille avant de leur dire bonsoir un peu plus tôt que d'habitude.

J'avais entendu la voix de Dan en gravissant les marches. Elle était douce et tendre. Je crus d'abord qu'il s'adressait à nos enfants mais, à 22 heures passées, ils devaient dormir. En atteignant la chambre des petits, je me rendis compte que la voix provenait de *notre* chambre. D'abord perplexe, je compris qu'il devait être au téléphone.

Quelque chose m'empêcha d'entrer dans la pièce. Je l'écoutai pendant quelques minutes, saisissant au vol un mot, un rire, une intonation familière et intime.

— Ton vol est à quelle heure ?

Puis je l'entendis dire quelque chose qui me brisa le cœur.

— Oui, oui, bien sûr, chérie, j'étais sincère... Je ne peux pas le lui dire maintenant. On est en vacances. Je ne peux pas leur faire ça, à elle ou aux enfants. Fais-moi confiance, je réglerai ça quand on rentrera à la maison.

Debout devant la porte, je me demandais si j'avais pu mal interpréter cette conversation. Il était mon mari, le père de mes enfants. Nous formions une famille. On ne pouvait pas se mentir ou se tromper. Nous nous aimions, non ? Comme j'étais naïve, à l'époque ! Je n'avais qu'une envie : faire irruption dans la chambre et l'affronter, lui demander ce qu'il se passait. Mais je voulais en entendre davantage. Au plus profond de moi, j'espérais qu'il dise quelque chose qui aurait montré qu'il s'adressait à une amie ou qui me ferait réinterpréter cette discussion, j'essayais de me convaincre que, si je restais là assez longtemps, tout s'arrangerait. En réalité, je ne faisais que m'exposer à la véritable souffrance, celle qui chamboule un être.

— Bien sûr que si, disait-il avec douceur. Et je veux qu'on soit ensemble... Je sais, je sais, chérie... Écoute-moi... Il faut que tu sois patiente. Non, je ne peux pas ! Tu le sais bien… Je ne peux pas partir comme ça ce soir. Ces choses-là prennent du temps.

Le plus dur fut d'entendre mon mari appeler quelqu'un d'autre « chérie ». Ce fut comme une gifle. Je comprenais enfin pourquoi je ne me sentais plus désirée depuis des mois, cette sensation qu'il s'était détaché de moi et des enfants, les retours tardifs, le manque d'intérêt pour tout ce que je faisais. Tout était clair, à présent. Au lieu d'entrer dans la chambre pour me confronter à lui, je m'effondrai. J'étais sûre que si j'entrais maintenant, ce serait terminé. J'avais deux enfants, une famille, tout ce que j'avais toujours voulu avoir. Si je l'affrontais maintenant, ce serait la fin de tout. Était-ce vraiment ce que je souhaitais ?

Incapable de réfléchir posément, j'avais besoin de temps pour déterminer ce que j'allais faire. Je tournai donc les talons et descendis l'escalier. Dans l'entrée, j'ouvris la porte et sortis en courant. Il fallait que je parte. En traversant le jardin, je bousculai quelqu'un.

Il me prit par les bras et me fit face.

— Clare ?

Je sentis un souffle chargé de fumée. Au bout de quelques secondes, je reconnus Jamie.

— Qu'est-ce que tu fais ? lui demandai-je.

— Je pourrais te retourner la question ! s'esclaffa-t-il. Tu t'entraînes pour le marathon ou quoi ?

— Non, je… j'avais besoin de prendre l'air, bredouillai-je en essayant de masquer mon désarroi à l'aide d'un sourire. Et toi ? Qu'est-ce que tu fais là ?

— Promets-moi de ne rien dire à ma mère !

Je hochai la tête car je me moquais de ce que faisait Jamie, en réalité. J'étais encore sous le choc de ce que j'avais entendu à l'étage.

— Il y a papa aussi, dit-il en désignant Bob, qui se matérialisa soudain, un mètre plus loin, dans la pénombre, et me fit signe.

Qui était le plus gêné ? Moi qui fuyais dans la nuit, en larmes, ou ces deux-là qui se comportaient comme des gamins pris en faute ?

— J'ai rapporté quelques cigares de La Havane, m'expliqua Jamie. Et tu sais que maman ne veut pas qu'on fume.

Je faillis sourire malgré mon état de choc, amusée par ces adultes qui se cachaient dans le jardin.

— Je ne vous dénoncerai pas, promis-je.

— Tu veux y goûter ?

Jamie avait toujours été le petit frère cherchant à impressionner les grands et à montrer combien il était mûr. C'était ainsi que je le voyais, à l'époque. C'était le petit dernier jusqu'à la naissance de mes enfants. Et même ensuite, Joy parlait encore de lui comme du « merveilleux petit retardataire ». Après Dan, elle pensait qu'elle ne pourrait pas avoir d'autres enfants. Depuis que je le connaissais, il jouait à la perfection le rôle du petit frère malicieux.

Il ramassa son cigare, qu'il avait posé sur le muret avant de m'empoigner, et le ralluma. Bob tira une bouffée du sien avec frénésie, tel un étudiant profitant au mieux d'un joint avant que sa mère ne le surprenne.

— Essaie, dit Jamie en approchant le cigare de mes lèvres.

J'hésitai un peu, pas vraiment convaincue que fumer un cigare cubain m'aide à surmonter le fait d'avoir entendu mon mari dire à sa maîtresse qu'il allait me quitter.

C'était la première fois que je fumais un cigare. J'inhalai doucement la fumée, faisant rougeoyer l'extrémité. Jamie le tenait toujours entre ses doigts.

— Ça rappelle les feux de joie, le bois brûlé et le caramel, commentai-je. J'aime bien, malgré l'arrière-goût un peu amer.

— Il n'y a pas de meilleur cigare, déclara Bob en soufflant un nuage de fumée tel un dragon.

Ils avaient tous les deux l'air d'avoir l'habitude de ce genre de cachotteries vis-à-vis de Joy. Ils n'en étaient sans doute pas à leur coup d'essai. Pour la première fois, je me demandai quels autres secrets on se cachait, dans cette famille.

Soudain, la voix stridente de Joy rompit le silence complice.

— Bob ! Bob ! Où es-tu ?

Mon beau-père faillit s'étouffer et tendit vite son cigare à Jamie.

— Je ferais mieux d'y aller. Il ne faudrait pas qu'elle vienne par ici et qu'elle nous surprenne tous les deux. J'ai des pastilles à la menthe.

Il en enfourna plusieurs avant de donner le paquet à son fils.

Jamie s'esclaffa.

— C'est bon, papa. Si maman soupçonne quelque chose, on lui dira que Clare nous a forcés à fumer.

Bob leva les yeux au ciel. Jamie fuma le cigare laissé par son père pendant que ce dernier détalait en criant :

— Je suis là, Joy ! Je prenais l'air !

— Il est terrifié, commentai-je en riant.

— Je le comprends. Ma mère est totalement contre le tabagisme et nous savons tous que sa colère peut être terrible.

Il sourit et tira sur le cigare de Bob. Apparemment, j'avais hérité du sien.

— Ta mère ne se fâcherait pas contre toi. Son Jamie ne fait jamais rien de mal.

— Heureusement, elle ne sait rien !

Il brandit son cigare d'un geste élégant et afficha un sourire espiègle.

Je me mis à rire. Malgré la tempête de doute et de souffrance qui faisait rage dans ma tête, Jamie parvenait à me remonter le moral. Je lui en fus reconnaissante car j'en avais besoin.

— Je crois que j'ai assez fumé. J'ai la gorge sèche, annonça-t-il en éteignant son cigare sur le muret.

J'en fis autant.

— Rentrons picoler le gin de maman et tout mettre sur le dos de Dan, proposa-t-il.

— Excellente idée, répondis-je en lui emboîtant le pas.

Je me sentais soudain plus légère. Jamie n'était pas seulement un beau-frère, c'était plutôt un bon ami pour qui j'avais énormément d'affection. C'est toujours le cas.

Je n'oublierai jamais le moment où nous avons ouvert la porte de la villa. Tout était calme, les lampes étaient éteintes. Jamie alluma quelques bougies qui faisaient danser nos ombres dans le salon. Il nous servit deux grands verres de gin. Nous nous assîmes par terre, près de la cheminée qui ne servait à rien en été, en Grèce. Je me drapai dans un des pashminas luxueux de Joy, posé sur le canapé. J'étais très détendue, à la lueur des chandelles, à l'écouter me raconter ses derniers voyages.

— Les pays que j'ai visités m'ont façonné. Je sais que c'est un peu cliché, mais les noms de ces villes sont gravés dans mon cœur tels des tatouages.

— Oui... c'est un peu cliché, confirmai-je. Mais c'est beau, aussi.

Je souris. Il était tellement différent de Dan. Plus jeune, plus décontracté, plus léger, plein de charme et d'esprit.

Il me parla de son projet d'aller à Penang, en Malaisie, l'été suivant. Je vois encore son regard lointain quand il évoquait les plages, les petits bateaux de pêche. Je savais qu'il repartirait bientôt. Il admettait lui-même qu'il ne tenait pas en place. Sans doute avait-il toujours été ainsi, le frère vagabond. C'était presque une addiction. Encore un voyage, un dernier continent à conquérir, un graffiti de plus sur son cœur. Il ne rapportait pas uniquement des cigares de ses périples. Il était passionné quand il me décrivait ces contrées que je ne verrais sans doute qu'à travers ses yeux.

— Alors ? fit-il. Pourquoi tu es sortie en courant, tout à l'heure ?

Il me tendit un autre verre de gin et se rassit à côté de moi, par terre. Il sentait le feu de bois et le musc.

Je ne répondis pas immédiatement. Était-il juste de me confier à Jamie avant même d'avoir demandé des comptes à Dan ? Cela dit, Dan n'était pas honnête non plus. Je bus quelques gorgées de gin, laissant l'alcool brûler ma gorge et, en même temps, anesthésier ma souffrance. Je répétai à Jamie les propos de Dan au téléphone sur le fait qu'il envisageait de me quitter.

— Et ne me dis pas qu'il y a forcément une explication logique, Jamie, parce que c'est faux. La situation est claire.

J'étais au bord des larmes. Dans la pénombre, je lus de la tendresse dans son regard. À cet instant, tout changea. Il n'était plus le petit frère de Dan qui me faisait rire, qui me taquinait sans merci et que je considérais comme mon propre frère. Il était Jamie, un homme séduisant et plus jeune que moi, qui avait du vécu, un faible pour les femmes et un soupçon d'interdit.

Quand il se pencha pour m'embrasser, je ne l'en empêchai pas. Jamais je n'avais vécu une telle expérience sexuelle. Je me sentais libre et je me laissai porter par le gin, par ma souffrance et par mon désir. Je m'abandonnai totalement. Lors de cette nuit avec Jamie, je n'étais plus la maman épuisée qui jonglait entre différentes tâches en s'efforçant de tenir la semaine. Avec lui, j'étais sublime, sexy, tout ce que je voulais être. Et surtout, j'étais désirée. Jamie me désirait et je ne pouvais m'empêcher de réagir. Alors que j'étais allongée sur le dos, il m'emmena à des millions de kilomètres des gardes de nuit, du vomi de bébé et de mon mari infidèle. Lorsqu'il me pénétra, je m'efforçai de ne pas penser à Dan mais, de façon un peu perverse, c'était délicieux. Chaque coup de reins était un uppercut que j'assenai à mon mari infidèle. Je le détestais et cette haine se mêlait à mon désir charnel pour créer un cocktail érotique qui me donna envie de crier d'extase. Je n'avais jamais crié en faisant l'amour avec Dan, dans notre maison mitoyenne, de peur que les voisins ne m'entendent ou, plus tard, les enfants. Avec Jamie, c'était différent. Au sein de mon couple, je m'étais sentie mal-aimée, vulnérable et seule. À ce moment, à même le sol, enroulée dans le pashmina hors de prix de Joy, je me sentais désirée pour la première fois depuis longtemps.

À l'aube, j'étais toujours par terre, réveillée, dans les bras de Jamie. J'aurais voulu que Dan entre et nous surprenne. Je voulais qu'il souffre comme il me faisait souffrir. Et surtout, je voulais qu'il sache que j'étais désirable et que, s'il ne voulait plus de moi, d'autres se porteraient volontaires.

Cependant, la culpabilité prit bientôt le dessus sur le bonheur ou le plaisir.

Jamie remua et ouvrit les yeux. En s'apercevant que c'était moi, il sourit.

— J'ai toujours eu un petit faible pour toi, m'avoua-t-il. Même le jour de ton mariage, j'enviais Dan qui t'emmenait dans cette chambre d'hôtel.

Je lui répondis qu'il ne devait pas parler ainsi.

— Il ne faudra pas recommencer, ajoutai-je.

Et cela ne se reproduisit pas. Mais encore maintenant, je pense à ses sourires sensuels, à sa façon de prononcer mon nom, à la fois intime et différente. Il illuminait un lieu de sa présence.

Plus tard dans la matinée, je me sentais mal, tiraillée, coupable. Lors du petit déjeuner en famille, nul n'aurait pu deviner quoi que ce soit. Jamie me taquina, souleva les enfants dans ses bras, flatta sa mère, fit rire tout le monde, même moi. Je me demande si Jamie avait des sentiments pour moi ou s'il n'était qu'un coureur de jupons opportuniste, comme son aîné.

Et quand, quelques jours plus tard, il partit vers une autre aventure, les adieux se déroulèrent comme de coutume. Il m'avait changée à bien des égards, sans même s'en rendre compte – mais je savais que la réciproque n'était pas vraie. Avais-je des sentiments pour Jamie ? Étais-je tombée un peu amoureuse de lui ? Peut-être mais, après son départ, j'avais remis de l'ordre dans mes idées pour avancer et faire ce qu'il fallait : sauver mon mariage.

Après le départ de Jamie, je me sentis capable de confronter Dan à propos de ce que j'avais entendu. Il fut contrit, affirmant que cette femme, Carmel, n'était qu'une hôtesse de l'air un peu stupide qui était obsédée par lui. Il prétendit qu'il avait parlé de me quitter uniquement pour la calmer.

Je ne le crus pas vraiment mais, si j'avais admis le fait qu'il était infidèle et menteur, j'aurais dû réagir et je n'en avais pas l'énergie. Pour l'heure, je devais rester tranquille. Il n'avait jamais rien fait de tel et me jurait que cela ne se reproduirait plus. Au bout d'un moment, je me sentis prête à le pardonner. En revanche, je peinais à me pardonner à moi-même. Mon hypocrisie, ma propre trahison me rongeaient. C'était l'appel téléphonique de Dan qui m'avait poussée à agir, mais cela ne justifiait rien. Quoi qu'il arrive, je savais que je devrais vivre avec. Je ne pourrais jamais le dire à Dan ou à qui que ce soit. Jamie et moi nous étions mis d'accord sur ce point. Les conséquences seraient trop graves et impliqueraient la famille entière, y compris mes enfants. Mon couple serait détruit et les Taylor me banniraient du clan, rejetant la faute sur moi plutôt que sur Jamie ou sur Dan. Pour Joy et Bob, cela n'aurait rien à voir avec la désinvolture et l'égoïsme des frères Taylor.

À notre retour de Grèce, nous avions donc essayé de nous remettre de la liaison de Dan avec « l'hôtesse de l'air », comme l'appelait Joy. Notre couple battait encore de l'aile, et je me remettais secrètement du tourment émotionnel de cette nuit passée avec son frère. Je ne supportais pas la présence de Dan, ce qu'il prit pour une réaction à son infidélité. En réalité, je me sentais coupable de l'avoir trompé.

Comme si cela ne suffisait pas, je repris mes gardes de nuit, à jongler entre les enfants et le travail, tout en étant présente pour Dan. C'est alors que j'eus un retard de règles.

26

Quand mon test de grossesse se révéla positif, je sus que le bébé ne pouvait être de Dan. Les dates ne concordaient pas. Après des nuits sans sommeil, je compris qu'il valait mieux ne rien dire car cela n'aurait fait qu'empirer les choses. Je devrais garder ce secret pour ne pas détruire la famille. J'aimerais cet enfant comme les deux premiers, et Dan aussi.

Cette troisième grossesse fut facile. Je reléguai Jamie au fond de mon esprit, ne voyant en lui que le frère de Dan. Un jour, peu après la naissance de Freddie, Jamie se présenta sur le pas de ma porte, un après-midi. Il rentrait de voyage. Dan était au bureau et Violet, à l'école. Il n'y avait que moi et les garçons. Je n'oublierai jamais ce moment où il m'a dit, dans la cuisine, pendant que je préparais du café :

— Je sais.

Je fis mine de ne pas comprendre de quoi il parlait, mais il ne fut pas dupe.

— Clare, Freddie est de moi, n'est-ce pas ?

Je songeai un instant à lui mentir, à affirmer que j'avais fait mes calculs et que c'était impossible. Après tout, j'étais la seule à connaître les dates. Malgré ma détermination à garder le secret, je ne parvins pas à mentir à propos d'une chose aussi importante.

— Peut-être, répondis-je prudemment. Je n'étais même pas sûre que tu te souviendrais de cette nuit. Alors de là à établir un lien avec ma grossesse... Tu as dû avoir des centaines d'autres femmes, depuis.

— Aucune ne t'arrive à la cheville. Tu sais que j'ai toujours eu un faible pour toi. Depuis le jour où Dan t'a ramenée à la maison...

— Arrête, le coupai-je, de peur qu'il en dise trop.

C'était tellement bizarre, pendant la sieste des petits, juste avant d'aller chercher Violet à l'école. Nous étions de retour sur un terrain glissant. Si nous n'y prenions pas garde, tout pouvait recommencer. Je lui déclarai donc que Freddie était plus que probablement de Dan et qu'il ne devait pas se faire d'illusions. Depuis la liaison de Dan avec Carmel, l'hôtesse de l'air, nous cherchions à recoller les morceaux. Il ne fallait pas que cette histoire vienne tout gâcher.

— Tu imagines ce que cela te ferait ? Et à Dan ? À toute la famille ? lui demandai-je.

— Je ne veux faire de mal à personne. J'avais besoin de savoir si j'avais un enfant, s'il était mon fils, tu comprends ?

J'acquiesçai.

— Oui, je comprends mais, je t'en prie, dans l'intérêt général, essaie d'oublier.

— Sache que je ne le dirai à personne. Mais comment ne pas être fier du petit Freddie ?

Il m'embrassa sur la joue et me remercia en me répétant que je n'avais rien à craindre, qu'il ne parlerait pas.

— C'est notre secret.

Ce jour-là, sur le pas de la porte, avant de partir, il me caressa la joue en disant :

— Il me ressemble, n'est-ce pas ?

— Oui. Mais tu ressembles un peu à Dan.

Pour cette raison, personne ne saurait jamais qu'il était le père de Freddie.

Ainsi, depuis presque trois ans, nous gardions notre secret. Jamie venait aux réunions familiales quand il n'était pas en voyage et j'étais toujours contente de le voir, non pas à cause de sentiments résiduels mais parce qu'il se montrait chaleureux et gentil avec moi, ce qui n'était pas le cas de Dan.

— Qu'est-ce que tu fais avec un tel abruti ? plaisantait-il en présence de Dan. Tu aurais pu trouver bien mieux, Clare. Même s'il est beau gosse...

Dan riait et rétorquait sur le même ton. Je culpabilisais parce que mon mari n'était pas au courant. En dépit du fardeau que je portais, les relations de notre trio restèrent décontractées. Je me sentais acceptée. Jusqu'à cet été, avec Ella, qui voulait le dire à tout le monde et tout gâcher.

Je peux avouer, à présent, que, quand Jamie a débarqué avec sa superbe épouse, j'ai d'abord ressenti un soupçon de jalousie. Je m'étais persuadée que ce n'était rien, que mes sentiments pour Jamie étaient ceux d'une sœur et que notre unique nuit n'affecterait personne si je l'enfouissais au fond de ma mémoire. Beaucoup d'enfants ressemblaient à un oncle ou à une tante. Personne ne s'étonnerait que Freddie soit le portrait craché de Jamie à condition que notre aventure d'un soir reste secrète. Hélas, Jamie l'avait dit à Ella, lui offrant une bombe à retardement qu'elle tenait désormais entre ses mains parfaitement manucurées.

Maintenant que je savais qu'elle était au courant pour Jamie et moi, je souhaitais que ces vacances se terminent au plus vite. Quand Ella demanda à Joy de l'accompagner en ville, sans m'inviter, de façon clairement délibérée, je passai l'après-midi au bord de la panique. Elles se retrouvaient seules toutes les deux et je risquais gros. Si elle se sentait d'humeur mesquine ou vindicative, Ella dirait tout à Joy sur Jamie et moi... et Freddie. Elle préparait son coup depuis que je l'avais accusée de vol devant toute la famille, c'était évident. À présent, je n'avais plus d'atout dans ma manche. J'avais joué ma carte et les autres ne m'avaient pas crue ou bien s'en moquaient. Les boucles d'oreilles ayant été retrouvées dans la cuisine, elles ne semblaient pas avoir été volées. Tout le monde devait penser que je m'étais méprise ou, pire encore, que j'étais odieuse.

Les enfants étaient avec Dan, qui réparait le camion d'Alfie. De l'autre côté du bassin, Jamie lisait non loin de Bob, qui ronflait.

C'était ma chance de parler à Jamie en l'absence d'Ella. Je me dirigeai nonchalamment vers lui comme si j'examinais la piscine sous tous les angles.

— Jamie, tu lui as dit, n'est-ce pas ? marmonnai-je, les dents serrées.

Je m'assis sur la chaise longue voisine de la sienne et souris pour faire croire aux témoins éventuels que nous bavardions gentiment.

— Je ne le lui ai pas exactement dit...

— Elle m'a affirmé que tu lui avais tout raconté.

Mal à l'aise, Jamie se redressa.

— Clare, je... je n'ai pas craché le morceau comme ça. Ella et moi, on ne se connaissait pas depuis longtemps quand je l'ai demandée en mariage...

— Quel rapport ?

— Elle voulait qu'on se fasse totalement confiance, qu'il n'y ait aucun secret entre nous. Si on devait passer le reste de nos jours ensemble, on devait tout partager.

— Chut ! Ne parle pas si fort !

Il scruta les alentours avant de reprendre :

— Elle est très intuitive. Elle se doutait que je lui cachais quelque chose et m'a prévenu que, si je ne lui avouais pas quoi, elle ne pourrait pas m'épouser. Selon elle, les secrets rongent les gens.

Il posa sur moi un regard entendu.

— Mmh… À moins qu'elle n'ait voulu que tu lui donnes des informations pour pouvoir te faire chanter si besoin.

— Pas du tout ! souffla-t-il.

Il regarda en direction de la piscine. J'en fis autant pour faire croire que nous parlions de la couleur de l'eau ou du temps.

— Je trouve qu'elle a raison, reprit-il.

— À propos de quoi ?

— Des secrets qui nous rongent. Avec Ella, on n'a aucun secret l'un pour l'autre. Cela ne te dérange pas de vivre dans le mensonge, toi ?

— Ce n'est pas le cas. Il n'y a aucune certitude, répondis-je, sur la défensive.

Selon mes calculs, si l'on tenait compte des dates, du physique et du tempérament, Freddie avait plus de chances d'être de Jamie que de Dan. Mais je devais jouer le jeu car j'avais trop à perdre.

— Tu sais aussi bien que moi que même si tu pouvais prouver que Freddie était de toi, le massacre n'en vaudrait pas la peine. Dan demanderait le divorce et il ne te parlerait plus.

Je m'interrompis pour faire coucou à Violet, assise avec son père.

— Quant à Joy et Bob, imagine un peu… et pense aux enfants. Ce serait la fin du monde, pour eux. Surtout pour Freddie.

— Comme le dit Ella, il n'est question que de toi, de Dan et des enfants… As-tu pensé à ce que je ressentais ? Et moi, Clare ?

— Bien sûr que j'ai pensé à tes sentiments, mais on n'avait rien prévu. Si Freddie est de toi, c'est par un étrange hasard biologique. Nos chemins se sont séparés et ma grossesse a été mon problème, ou plutôt notre problème, à Dan et moi. Et il faut que les choses restent ainsi. Je t'en supplie, Jamie, ne serait-ce que dans l'intérêt de Freddie.

— Et si je ne voulais pas ? Et si je voulais être le père de Freddie ?

Je n'en croyais pas mes oreilles.

— Depuis quand ?

— Depuis qu'Ella m'a fait comprendre ce que j'avais manqué et que je n'aurai peut-être pas d'autre enfant.

Je compris soudain que ce n'était pas forcément Ella qui risquait de divulguer ce secret, mais Jamie. Je me tournai vers lui, je devais être très claire.

— Freddie a déjà un père. Tu as toujours su qu'il y avait une chance qu'il soit de toi, or tu n'as pas hésité à poursuivre ta vie sans responsabilités. Crois-moi, Jamie, il vaut mieux pour tout le monde que les choses restent ainsi. Parler bouleverserait chacun d'entre nous. Je ne comprends pas pourquoi Ella t'encourage à remuer tout ça. Il faut qu'elle cesse de s'en mêler.

— Ella « remue tout ça » parce qu'elle tient à moi. Elle voit comment je suis avec Freddie. Elle trouve qu'il est mon portrait craché. On s'entend très bien et je ne devrais pas être privé de lui parce que ça va compliquer ta vie.

— Il n'est pas seulement question de moi. Si seulement... Tout le monde est concerné. Tu imagines la peine de tes parents ? Tu ne vois pas que c'est encore une manigance d'Ella ?

Il avait le visage fermé. Il n'avait pas envie d'entendre cela, comme si elle lui avait lavé le cerveau.

— Tu te trompes. Ella m'aime et je suis d'accord avec elle sur ce point. J'ai le droit d'être un père pour mon fils au lieu d'être privé de ce bonheur, comme si c'était un vilain petit secret.

— Tu reprends les mots d'Ella, c'est comme ça qu'elle parle de la nuit que nous avons passée ensemble. Mais je ne considère pas cela comme un « vilain secret ». Et Freddie n'en est pas un non plus.

— Dans ce cas, levons le voile sur l'identité de son père. Arrêtons de mentir.

J'étais en nage et pas seulement à cause de la chaleur. Mon cœur battait à tout rompre et j'avais le souffle court. Je répétais en boucle dans ma tête : *Non, par pitié...*

— Nous ne sommes même pas certains qu'il soit de toi. Et ce n'est pas uniquement une question de paternité. Tu as couché avec la femme de ton frère et j'ai couché avec le frère de mon mari. Tu imagines les dégâts !

Je poussai un long soupir.

Le soleil dardait ses rayons sur mes épaules, sur lesquelles semblait maintenant reposer le poids du monde. Ella était de retour et bavardait avec Dan, postée devant lui, les jambes écartées, en se caressant le cou. Elle éclata de rire à ce qu'il venait de dire, puis se pencha vers lui pour toucher son épaule. Cherchait-elle à me provoquer ou à rendre Jamie jaloux ? Quoi qu'il en soit, je m'en moquais. Elle avait conseillé à son mari de revendiquer sa paternité et c'était bien plus dangereux pour la famille que sa façon de draguer Dan.

Je me levai.

— Je suis désolée pour tout ça. J'espérais qu'on pourrait être heureux, poursuivre nos vies, mais Ella ne semble pas le vouloir.

Sur ces mots, je m'éloignai, sachant que cette histoire nous hanterait toujours. Nous ne pourrions pas garder ce secret éternellement. Maintenant que quelqu'un d'autre était au courant, nous ne serions jamais libres.

Je longeai le bassin en direction de Dan. En me voyant, Ella s'écarta et se dirigea vers Jamie. J'étais tellement rouge de colère, de honte et de culpabilité que je ne pus même pas la regarder. Je la haïssais pour ce qu'elle me faisait, pour ce qu'elle faisait à ma famille. J'avais réussi à gérer la situation jusqu'à ce qu'elle débarque et incite Jamie à agir, ce qui équivalait à mettre la famille en péril.

Je resserrai mon paréo autour de ma taille pour me donner une contenance car j'imaginais les deux hommes en train de nous observer, marchant dans des directions opposées. La comparaison ne m'était pas favorable. Je pris place à côté de Dan. Les enfants s'amusaient dans l'eau. Freddie était près de nous, avec ses brassards. Du coin de l'œil, je surveillai Ella qui se blottit contre Jamie. Je dus détourner les yeux, au bord des larmes, jalouse, pas seulement parce qu'elle avait Jamie, mais parce qu'elle avait avec lui ce que j'avais brièvement partagé avec Dan. J'avais beau essayer, je n'arrivais pas à le retrouver. Si Ella mettait son plan à exécution, c'en serait terminé de Dan et moi.

— Maman, maman ! Viens te baigner avec nous ! lança Alfie.

— Demande à papa.

J'avais besoin de me ressaisir. Après cette conversation avec Jamie, j'avais la nausée et j'étais incapable de réfléchir normalement.

Dan se leva à contrecœur en marmonnant qu'il n'y avait « pas de vacances possibles avec trois gosses ». Il sauta à l'eau et fut vite rejoint par Jamie. Celui-ci appela immédiatement Freddie pour lui dire de sauter dans l'eau, en promettant de le rattraper.

— Oh, il est trop petit pour ça, Jamie ! intervins-je.

Je me levai pour empêcher Freddie de se jeter dans la piscine. Mais, le temps que je le rejoigne, Ella le tenait déjà par la main et le guidait vers le bord.

— Ella, ne le laisse pas sauter ! demandai-je en m'efforçant d'être calme.

— Ce n'est rien, Clare, fit-elle d'un ton agacé.

Sans doute levait-elle les yeux au ciel, mais elle ne me regardait pas. Elle avait les yeux rivés sur Jamie, dans le bassin, les bras tendus, comme s'il s'apprêtait à attraper un maudit ballon de plage et non mon fils.

Je me précipitai pour récupérer Freddie. Hélas, elle le tenait déjà sous les bras et le balançait au-dessus de l'eau. Il se mit à crier de joie.

— Non ! criai-je.

Mais elle continua à le balancer d'avant en arrière. Au moment où j'allais le rattraper, elle lança l'enfant à Jamie.

Je lui hurlai dessus.

— Ella, je t'avais demandé de ne pas faire ça !

— Il n'a rien ! Détends-toi, Clare !

— C'est bon, Clare ! lança Dan.

Mon propre mari enfonçait le clou.

— C'est incroyable, soufflai-je.

Il était dangereux de balancer un enfant de deux ans au-dessus d'une eau profonde, et elle aurait d'autant plus dû le comprendre que sa propre sœur s'était censément noyée. Mais cela allait au-delà d'un jeu avec Freddie. Ella venait de prendre une décision parentale qui allait à l'encontre de mes souhaits. Si Jamie exigeait une preuve qu'il était le géniteur de Freddie, qui savait où cela pouvait mener. La perspective des week-ends de visite qu'exigerait Ella, même si elle n'avait que faire de Freddie, m'était insupportable. Non, il ne fallait pas que cela arrive. Pour elle, il n'était qu'une jolie photo à poster sur Instagram.

En voyant Freddie en sécurité dans les bras de Jamie, je repris place sur ma chaise longue pour réfléchir, sans quitter des yeux Ella et mes enfants.

— Je vais aller du côté où on a pied, avec Freddie, tu nous rejoins ? demanda Jamie à Ella.

— Non, je ne veux pas me mouiller les cheveux. Mes extensions seraient fichues ! répondit-elle en marchant vers moi.

Elle se pencha pour prendre une serviette.

— S'il te plaît, ne dis pas à Jamie comment se comporter avec son fils, me dit-elle à voix basse.

Heureusement que les enfants chahutaient car, sinon, quelqu'un aurait pu l'entendre, notamment Dan. Quelques secondes plus tard, Joy apparut à son tour et s'installa sur une chaise longue proche de la mienne.

— Votre shopping était agréable, Joy ? demandai-je.

Je voulais tâter le terrain, détecter d'éventuels signes qu'Ella lui avait parlé de Jamie et moi.

Elle me sourit.

— Ella et moi avons trouvé de formidables petites boutiques. Il faudra qu'on y retourne ensemble, Clare, si on a le temps.

Il me sembla qu'Ella n'avait pas craché le morceau. Elle arrivait près de nous et avait dû nous entendre.

— Je ne crois pas que ce soit le genre de boutiques que fréquente Clare, intervint-elle. Tu n'es pas vraiment branchée mode, n'est-ce pas ?

Elle me toisa en passant. Je me tournai vers Joy pour voir si elle avait entendu, mais elle lisait déjà.

Mon cœur se serra. Telle serait peut-être ma vie, désormais, les remarques perpétuelles, les messes basses, les insultes à peine voilées. Et Ella ne dirait pas directement la vérité. Pas encore. Elle voulait d'abord s'amuser un peu.

Elle se dirigea vers le bassin en ondulant des hanches et s'assit délicatement au bord. Une photo, un selfie, ses ongles vernis sur l'écran. Elle ne prêtait aucune attention à Freddie ou aux autres enfants. Violet nagea vers elle et se mit à lui parler. Ella lui montra ses photos et elles se mirent à glousser. Violet porta une main à sa bouche en regardant vers moi. Je ne pouvais qu'imaginer ce qu'Ella lui montrait, et je ne pouvais protester. En faisant une histoire, j'aurais contrarié Violet et, aux yeux de tous, ce serait une scène de plus.

Compte tenu de ce qu'Ella savait et de sa haine envers moi, je n'aimais pas que mes enfants soient en sa présence. Et si elle s'en prenait à eux ? Au bord de la panique, je les appelai.

— Sortez, à présent ! Ce n'est pas bon de rester toute la journée dans l'eau !

Naturellement, ils protestèrent contre la requête déraisonnable de leur mère. Si je pensais réellement qu'ils avaient besoin de se reposer à l'ombre, je n'avais pas choisi ce moment au hasard. Je voulais aussi les éloigner d'Ella.

Je pensais qu'Ella les défendrait et me contredirait. Mais j'aurais dû me douter qu'elle était bien plus maligne que ça.

— Venez, les enfants ! Maman a raison. Toi aussi, Jamie ! ajouta-t-elle avec un sourire.

Que mijotait-elle ?

Jamie fit mine de bouder et lui lança le flamant rose en plastique dessus, ce qui fit rire les enfants.

— Je ne sors pas ! affirma-t-il, comme s'il faisait un caprice, ce qui provoqua l'hilarité des enfants.

— Tonton Jamie a le droit de rester, hein, maman ? demanda Violet.

— Non. Ta mère ne le laissera pas rester non plus, soupira Ella en levant les yeux au ciel.

— Mamaaan ! implora Violet. On s'amuse trop bien !

— Vous vous amuserez encore tout à l'heure. Pour l'instant, séchez-vous et mettez de la crème solaire. Ensuite, vous vous reposerez à l'ombre.

— J'ai pas envie de me reposer, décréta-t-elle en croisant les bras, le visage fermé.

Dan ignorait cet échange. Il avait pris Freddie des bras de Jamie et le déposa à mes pieds, avant de s'écrouler sur la chaise longue voisine de la mienne.

— Ta garde est terminée, à ce que je vois, raillai-je.

— C'est toi qui as voulu les sortir de l'eau, rétorqua-t-il avant de fermer les yeux.

— S'il te plaaaît ! implora Alfie, dans l'eau peu profonde.

Freddie se leva et retourna vers le bassin.

— Freddie ! appelai-je.

— S'il te plaaaît, maman ! insista Alfie.

— Tu nous avais promis, dit Violet.

Elle se mit à donner des coups de pied dans ma chaise longue, sans agressivité, mais à un rythme régulier, en répétant en boucle « tu nous avais promis ».

Ajoutée aux suppliques d'Alfie et au souvenir de ma conversation avec Jamie, cette cacophonie envahit ma tête. Freddie marchait vers moi d'un pas chancelant, les bras tendus, en pleurs parce que je lui avais ordonné de revenir. J'avais envie de pleurer, moi aussi.

— Maman ! hurlait Freddie, énervé et fatigué.

Violet frappait toujours le bois de ma chaise longue. Le son régulier me transperçait comme un battement de cœur.

— Violet ! ARRÊTE ÇA TOUT DE SUITE ! hurlai-je à la surprise générale, y compris la mienne.

L'espace d'un instant, les autres échangèrent des regards. Le menton de Violet se mit à trembler. Elle s'enfuit en courant. Je n'aurais pas dû crier. Ils n'étaient que des enfants en vacances et ils avaient envie de s'amuser. Ils ne faisaient rien de mal. J'avais interrompu leurs jeux parce que je voulais les éloigner d'Ella.

— Violet, reviens !

Je ne pouvais pas la rattraper parce que j'aurais dû laisser les deux garçons en pleurs.

— Ils sont épuisés, dis-je à Dan qui avait ouvert les yeux pour poser sur moi un regard accusateur.

— Non, on n'est pas fatigués, maman. Tu es méchante ! lança mon fils de quatre ans.

— La vérité sort de la bouche des enfants... murmura Dan en se retournant pour faire semblant de dormir.

— Va te faire foutre, Dan, sifflai-je.

Alfie m'entendit sans doute car il porta les deux mains à sa bouche, les yeux écarquillés.

— Pardon... bredouillai-je, horrifiée. Alfie, maman n'aurait pas dû...

Mon fils avait besoin de spectateurs. Nous lui avions appris à réprouver les gros mots chez les autres enfants, et il n'y avait pas de raison que cela ne s'applique pas aux mamans.

— Mamie, mamie ! Maman a dit un gros mot ! hurla-t-il à Joy.

Elle abandonna à contrecœur Barbara Taylor Bradford pour

assister à ce qu'elle devait voir comme une énième crise provoquée par sa belle-fille.

— Oh, Alfie, cela m'étonnerait beaucoup, répondit-elle avec un sourire, son livre en équilibre sur ses genoux.

Mon petit garçon se fit un devoir de fournir à sa grand-mère les moindres détails de la bêtise de maman. Il courut murmurer à son oreille. Joy blêmit, mais je n'eus pas le temps de gérer sa réaction car Violet était assise près d'Ella et Jamie, en larmes. Ella avait un bras autour d'elle pour la réconforter après la réprimande mesquine qu'elle venait de subir de la part de sa vilaine mère. Je ne savais plus où donner de la tête, et ce n'était pas fini, car Freddie se dirigeait vers eux, lui aussi. Il trouva vite le réconfort dans les bras de son oncle – qui était peut-être plus que ça.

J'étais anéantie. Il n'y avait qu'une chose de pire que le ressentiment de Dan, c'était le ressentiment de mes enfants. Je me tournai vers Dan, allongé sur le dos, les yeux fermés. Il avait manifestement décidé de rester en dehors de tout ça. Il ne pouvait être endormi avec le bruit des pleurs.

J'observai Joy, qui réconfortait Alfie, tandis que Jamie et Ella rassuraient les deux autres. Même Bob était de la partie. Il se leva et fit mine de trébucher pour faire rire Alfie. Autrement dit, toute la famille s'efforçait désormais de réparer les dégâts que j'avais provoqués, du moins à leurs yeux. En réalité, ils empiraient la situation en validant le sentiment d'injustice des enfants. J'eus alors une idée et me levai pour lancer à la cantonade :

— Écoutez-moi tous ! Voilà, je suis désolée, mais c'était le moment de sortir de l'eau. Violet, je regrette d'avoir crié. Et si on allait chercher des glaces dans le petit magasin, au bout de la rue ?

Alfie, le plus proche, leva les yeux. Étrangers au concept de rancune, Violet et Freddie se levèrent, prêts à me rejoindre. Du coin de l'œil, je vis Ella murmurer quelques mots à Violet, qui hocha la tête avec enthousiasme.

— Hé, Clare ! Et si on les emmenait, Jamie et moi ? suggéra Ella.

C'était moins une question qu'une déclaration d'intention.

— Ouais ! s'exclama Violet comme si c'était une surprise alors qu'Ella venait de le lui dire à l'oreille.

Elle avait beau n'avoir que neuf ans, Ella n'avait aucun scrupule à la manipuler pour me nuire.

— Non, merci, Ella. Je les emmènerai, affirmai-je avec un sourire forcé.

— Mais non ! persista Ella en se levant pour prendre Violet par la main. Il est clair que tu es épuisée, d'où ton emportement.

La garce...

— Tu as besoin d'un peu de temps sans les enfants, poursuivit-elle. Ils te tapent visiblement sur le système. Viens, Violet. Soyons gentilles avec maman et emmenons les garçons pour qu'elle puisse se détendre. Il ne faudrait pas qu'elle s'énerve encore...

L'enfant perçut le malaise car elle nous observa tour à tour. Chagrinée de la voir déchirée ainsi entre nous deux, je lui souris pour la rassurer.

— De toute façon, ajouta-t-elle tandis que son mari prenait Freddie dans ses bras, Jamie et moi, nous adorerions passer un peu de temps avec eux.

— Ouais ! s'exclama Alfie en bondissant de joie.

Les autres contournaient la piscine. Ella prit Alfie par la main et le groupe passa devant moi en me faisant signe. Sans broncher, je les regardai s'éloigner telle une parfaite petite famille.

Après leur départ, le silence se fit. L'eau était calme. Même les oiseaux s'étaient tus. C'était presque sinistre. Je n'entendais plus que la voix imaginaire de cette vendeuse de granités, sur le bas-côté, et ses mises en garde : « *pericolo* » et « *decesso* ».

27

Pendant toute l'heure qui suivit, je fus incapable de me détendre. Où étaient-ils ? Combien de temps s'absenteraient-ils ? Étaient-ils en sécurité ? J'étais inquiète car Alfie était parfois incontrôlable dans la rue et, malgré un « entraînement » intensif, il était distrait. Violet serait trop occupée à imiter Ella, choisir le même parfum de glace, copier sa façon de la manger, répéter ses propos. Quant à Freddie...

Au bout d'une demi-heure à essayer en vain de me concentrer sur ma liseuse, je dus abandonner. Dan était plongé dans son livre. Je me rendis sur le compte Instagram d'Ella.

Je fus accueillie par les sempiternels clichés en maillot de bain et fis défiler les photos : Dan, Jamie, naturellement, aucune de moi. J'étudiai ses amis, dont certains étaient identifiés sur ses photos. Un nom menant à un autre, je me retrouvai sur divers comptes de sosies d'Ella. C'est ainsi que je repérai @EllaFamily1, qui était différent des autres comptes d'amis, avec des clichés en noir et blanc un peu mélancoliques. Je dus chausser mes lunettes de lecture pour les examiner. Les images étaient surexposées, la plupart des personnes dessus, pas de face. Je vis de magnifiques clichés d'une famille idéale : au restaurant, à manger des pâtes, autour d'une piscine, un petit garçon marchant dans un jardin, les reflets du soleil dans ses cheveux blonds, des enfants riant avec papa et maman. Jamie et Ella avec *mes* enfants. « #famille #vacances #enfants. »

Alarmée, je fis défiler d'innombrables photos de mes enfants. Pour quelqu'un qui ne les connaissait pas, c'était un compte consacré à une famille. Les petits semblaient être ceux de Jamie et Ella. Toutes les photos donnaient la même impression. Ella avec mes enfants. « #enfamille. » Elle et Violet se maquillant ensemble devant le miroir de sa chambre. « #grande-fille. » Il y avait même un cliché d'eux endormis dans leurs lits. « #bonnenuit. » Elle avait dû se faufiler dans leur chambre pour le prendre.

— Dis donc, tu as vu ça ? demandai-je à Dan en me redressant vivement.

— Quoi encore ? maugréa-t-il en levant les yeux.

— Pas la peine de me parler sur ce ton. C'est dingue !

J'agitai mon écran devant ses yeux pendant qu'il se mettait péniblement en position assise.

— Clare, calme-toi une minute.

Il regarda l'écran de mauvaise grâce.

— Ce sont de belles photos. Je ne vois pas quel est le problème.

Comme s'il n'avait rien à voir là-dedans, comme si ce n'était pas *sa* famille qu'Ella exploitait.

— Le problème, c'est qu'elle suggère que nos enfants sont les siens... et...

Je peinai à m'exprimer.

— Elle a pris ces photos d'eux à notre insu, sans notre permission, Dan ! On n'a pas le droit de photographier des enfants et de les publier sur Internet.

Il haussa les épaules, ce qui éveilla mes soupçons.

— Tu lui as donné l'autorisation de le faire, c'est ça ?

Il parut mal à l'aise.

— Non, pas exactement. En y repensant, elle a dit quelque chose, l'autre jour, sur un projet de maman blogueuse.

J'étais furieuse.

— De pire en pire ! Alors elle les exploite, se fait de l'argent et reçoit des trucs gratuits sur le dos de nos enfants !

— Mais non...

— C'est pourtant le cas, répondis-je en désignant l'écran.

Pourquoi niait-il l'évidence ?

— Je me demande si c'est pour ça qu'elle a voulu les emmener acheter des glaces... Ouah ! Regarde un peu ça !

Sur la page apparurent soudain des photos de nos enfants mangeant une glace. « #enfamille #vacances. » La plus récente était un portrait de Jamie avec Freddie sur les genoux, en train de lui faire manger une cuillerée de glace. « gelato #portraitcraché. »

J'eus soudain la bouche sèche. Était-ce une provocation ? Est-ce qu'elle avait prévu que, via son compte, je tomberais sur ces clichés et savait que je ne pourrais rien y faire ? C'était un avertissement. Freddie et Jamie ensemble. Les hashtags allaient révéler notre secret à sa place. Je ne pouvais laisser Dan voir ça.

Heureusement, il s'était replongé dans sa lecture.

— Je ne sais pas quel est ton problème. Ce sont des photos mignonnes des enfants. D'accord, c'est ma faute, je suis désolé. Je lui ai laissé croire que je lui avais donné notre permission. Cela ne fait de mal à personne. Si cela te contrarie, on peut lui demander de les supprimer.

— Oui. Tu veux bien t'en charger ?

On aurait dit Joy s'adressant à Bob. Mais si Dan demandait à Ella d'enlever les photos, je n'aurais pas besoin de me battre avec elle.

— Oui.

— Quand ? insistai-je.

— Qu'est-ce que tu veux que je fasse ? s'emporta-t-il. Que je fonce au village pour arracher les glaces des mains des enfants, faire un scandale et les ramener en leur disant de ne plus parler à tatie Ella ?

— Ne fais pas l'imbécile !

— Non, c'est toi qui fais l'imbécile. Quand ils rentreront, on lui demandera calmement de fermer ce compte puisqu'il te rend si malheureuse.

— Pourquoi faut-il que tu ajoutes « puisqu'il *te* rend si malheureuse » ?

— Décidément, tu n'es jamais contente, quoi que je dise ! Tu sais quoi ? Fais ce que tu veux, Clare !

Sur ces mots, il referma les yeux. Dans l'impossibilité de communiquer avec Dan, je me levai et me dirigeai vers Joy qui posa son livre.

— Tout va bien, ma grande ?

— Vous n'allez pas le croire. Ella a créé un compte Instagram consacré aux enfants !

Je lui montrai mon téléphone afin qu'elle fasse défiler les photos. J'étais tellement déterminée à ce qu'elle voie ce qu'Ella avait fait que je me moquais des hashtags ambigus. Puisqu'elle ne savait rien, elle n'aurait pas de soupçons.

— Celle-ci est superbe ! Ils sont tous les trois. Et celle-là, de Freddie ! Tu devrais lui demander de te les envoyer.

— Vous ne trouvez pas ça un peu dérangeant ? lui demandai-je quand elle me rendit mon téléphone.

— Pourquoi ? Elles sont magnifiques. Tu pourrais en faire imprimer certaines pour les encadrer. Ce serait superbe sur ton buffet, dans la salle à manger.

— Je ne savais même pas qu'elle les avait prises.

Que diable se passait-il dans cette villa ? Même Joy ne saisissait pas la gravité de la situation : cette femme faisait passer les enfants d'une autre pour les siens.

— Elle a pris des photos pendant toutes les vacances, ma chérie, me dit-elle du ton qu'elle employait pour expliquer à Alfie pourquoi il ne devait pas frapper Freddie.

— Oui, mais je trouve un peu bizarre de créer un compte avec les photos des enfants de quelqu'un d'autre sans le préciser au préalable.

Joy leva les yeux sur moi.

— Clare, je suis sûre qu'elle ne pensait pas à mal. Ce sont de merveilleux enfants et elle a eu envie de les photographier. Et c'est une bonne chose qu'ils les aient emmenés faire un tour. Depuis l'arrivée d'Ella et Jamie, cette maison est une vraie cocotte-minute.

Enfin, elle admettait ressentir la même chose que moi ! Je sautai sur l'occasion dans l'espoir de faire d'elle mon alliée.

— Je ne suis pas à l'aise. Je sais que vous avez envie de croire que Jamie a pris la bonne décision et je ne voudrais pas remettre l'histoire des boucles d'oreilles sur le tapis, mais je ne suis pas certaine qu'Ella soit digne de confiance, Joy.

Je voulais également couper l'herbe sous le pied d'Ella au cas où elle voudrait parler de Jamie et moi à Joy.

— Oh, elle est jeune et elle cherche à nous impressionner. Tu ne t'entends pas avec elle, n'est-ce pas ?

J'eus soudain l'impression que Joy me rendait responsable de tout ça.

— Pas vraiment, non.

— Tu prends tout ça trop à cœur, Clare. Je suis sûre qu'elle ne voulait faire de mal à personne avec ces photos. Elle n'a sans doute pas osé te demander l'autorisation parce que tu... Enfin, elle a un peu peur de toi.

Je faillis lui rire au nez.

— C'est ce qu'elle vous a dit ?

— Eh bien, pas exactement. Elle a simplement dit qu'elle trouvait Dan plus abordable. Tu es intimidante, à ses yeux. Elle croit que tu ne l'aimes pas.

— Intimidante ?

Elle était bien bonne, celle-là ! J'étais furieuse qu'elle me fasse endosser le rôle de la méchante. Elle avait réussi à manipuler tout le monde et les autres trouvaient cela plausible.

— Elle a raison. Je n'ai pas envie de créer de liens avec elle. Elle vous a volé des boucles d'oreilles, ne l'oublions pas.

De façon un peu pitoyable, j'essayai de pointer du doigt ce qu'il y avait de pire chez Ella. Mais que dire d'autre ? Il y avait tant de choses dont je ne pouvais pas parler. Je me rendais compte que je passais pour la vieille femme aigrie qu'Ella voulait faire de moi. Face à l'absence de réaction de Joy, j'adoptai une tactique plus risquée.

— Joy, vous savez aussi bien que moi qu'elle a volé vos boucles d'oreilles, n'est-ce pas ?

Elle eut un moment d'hésitation, puis elle redevint cette version tolérante d'elle-même qu'elle était, du moins en apparence, depuis l'arrivée d'Ella.

— Peut-être, mais je les ai récupérées, donc tout va bien...

Cela ne lui ressemblait pas d'être aussi passive, et tout cela pour Jamie, pour qu'il revienne dans son giron et y reste, cette fois.

— Donc vous admettez que vous la croyez coupable ? insistai-je.

— Je ne sais pas, Clare ! Nous ne le saurons jamais avec certitude.

Elle semblait gênée par mes questions. Pourquoi ?

— Moi, j'en suis sûre, même si personne d'autre ne veut l'admettre.

— Écoute... Je comprends pourquoi tu te sens un peu... menacée. Il est clair que Dan... *apprécie* Ella.

Le sous-entendu était sans ambiguïté. Je savais ce qu'elle essayait de me dire et ce fut un choc. Je n'étais donc pas la seule à avoir remarqué l'attention que Dan accordait à Ella. Joy cherchait-elle à me dire quelque chose ? Était-ce une mise en garde ? Ces vacances, la chaleur intense et la tension ambiante m'avaient-elles rendue paranoïaque au point de perdre la tête ?

Mon mari avait-il une attirance pour ma nouvelle belle-sœur ? Ou Joy voulait-elle me monter contre Ella en le suggérant ? Il fallait voir les choses en face : Joy n'avait pas intérêt à ce que ses belles-filles s'entendent trop bien car elles risquaient de se liguer contre elle. Connaissant son fonctionnement, elle était capable de diviser pour mieux régner afin de modeler les relations familiales à son avantage.

« C'est une question de survie, m'avait-elle un jour confié après avoir répandu une rumeur sur une amie, ce qui m'avait étonnée. Elles sont comme des mouettes hurlant pour avoir du poisson. Je leur en jette et je les laisse se battre entre elles. Cela me repose et, pendant qu'elles s'en prennent les unes aux autres, elles ne me regardent pas. »

En voyant mon expression ahurie, elle avait ajouté en riant : « Ne m'écoute pas, ma chérie. Je plaisante. » Ce qui n'était absolument pas le cas.

Je n'eus pas le temps de réfléchir au rôle de Joy dans cette histoire de belles-sœurs car, à mon grand soulagement, j'entendis des voix enfantines, au loin. Les voix de mes enfants. Le cœur battant, je traversai le jardin en courant. Je les accueillis sans doute comme si je ne les avais pas vus depuis une éternité, et je n'avais effectivement jamais été aussi heureuse de les retrouver.

— Franchement, Clare, on est juste allés manger une glace, dit Ella en se pavanant derrière eux, portant Freddie, qui avait la tête enfouie dans son cou.

Ce geste intime me troubla plus que de raison. Je voulais récupérer mon fils et tendis les bras vers lui. D'instinct, Freddie venait toujours vers moi et il m'avait repérée. Et pourtant, il se lova contre Ella comme s'il voulait rester avec elle.

— Il s'est attaché à toi, en tout cas, lui dit Jamie avec un sourire.

Radieuse, Ella avait les yeux pétillants de joie.

Je ne pouvais forcer Freddie à venir dans mes bras et je ne

voulais pas prendre le risque qu'il crie alors que j'essayais de le prendre. Je demandai donc à Violet et Alfie si les glaces étaient bonnes. Ils me décrivirent leurs cornets en détail.

— Qui veut se baigner ? proposai-je, dans une tentative éhontée pour me voir décerner le titre de meilleure maman du monde par les enfants.

Ella avait beau leur acheter des glaces, elle ne jouerait jamais avec eux dans l'eau.

— Moi ! s'écrièrent les deux grands avant de se déshabiller.

Freddie resta agrippé à Ella.

— Tu viens dans l'eau avec maman ? lui suggérai-je gentiment.

— Je crois qu'il est trop fatigué pour se baigner, décréta Ella en le berçant.

— Dans ce cas, je vais le prendre, dis-je d'un ton sévère. Il pourra rester avec moi.

— Je croyais que tu allais te baigner avec Violet et Alfie, objecta-t-elle à voix haute pour qu'ils l'entendent. Tu viens de le leur promettre.

Elle avait raison et je voulais le faire, mais je tenais aussi à récupérer Freddie. Au moment où je tendais les bras vers lui, les deux grands m'appelèrent pour que je les rejoigne dans l'eau.

— Vas-y, Clare. Va te baigner avec les autres. Il est bien avec nous, déclara Jamie.

— Oui… C'est mieux pour lui s'il s'habitue à Jamie… et à moi, renchérit Ella, qui souhaitait apparemment rendre ses intentions très claires.

Si je leur refusais ce moment avec Freddie, elle parlerait à Dan… Je ne pouvais prendre ce risque. À mon corps défendant, je rejoignis Violet et Alfie dans le bassin tout en gardant un œil sur Ella et Jamie pendant qu'ils jouaient avec Freddie.

— Tatie Ella a pris un tas de photos de vous, je parie, soufflai-je à Violet.

— Oh oui, comme d'habitude. Maman, tu sais qu'elle a vingt-cinq mille *followers* ?

— C'est ce que j'ai entendu dire, oui.

De l'autre côté de la piscine, Jamie soulevait Freddie en l'air pendant qu'Ella lui chatouillait les pieds en riant. Je décidai d'accorder pour l'heure à mes grands l'attention qu'ils méritaient. Je m'occuperais de @EllaFamily1 le moment venu.

28

Quelques heures plus tard, en voyant Ella regagner la villa, en bikini, je la suivis. Elle se rendit dans le salon et ferma la porte. Pas question qu'elle m'interdise l'accès d'une pièce sur mon lieu de vacances ! Je frappai donc et entrai. Allongée sur le canapé, elle avait les yeux rivés sur son écran, sans doute en train de poster d'autres photos sur son compte Instagram.

— Je n'arrive pas à croire que tu aies créé un compte avec des photos de mes enfants sans m'en parler.

— Qu'est-ce que tu me racontes, encore ? fit-elle d'un ton monocorde, sans même me regarder.

Ma rage monta d'un cran. J'avais fait preuve de suffisamment de patience. Assez joué ! Elle avait impliqué mes enfants et ils étaient ce qui comptait le plus au monde à mes yeux.

— Ton foutu compte Instagram ! Tu postes des photos de mes enfants comme s'ils étaient les tiens ! Pour qui tu te prends ?

Enfin, elle leva les yeux de son téléphone, toujours allongée.

— Tu parles du compte @EllaFamily1 ? Je croyais que tu les aimerais bien, ces photos, déclara-t-elle d'un air faussement innocent.

Elle avait une lueur de jubilation dans le regard. Elle était vraiment machiavélique dans ses mises en scène. Elle savait me manipuler pour que je passe pour la méchante. Je ne parvenais plus à masquer mon irritation.

— Ce qui me dérange, ce ne sont pas les photos elles-mêmes, c'est le fait que tu les aies publiées sans mon autorisation.

— Détends-toi, Clare, soupira-t-elle.

— Je te demande de les enlever tout de suite !

— Ouah, tu as besoin de te calmer, toi.

— Non ! C'est à toi de te calmer !

— À t'écouter, on dirait que je les ai kidnappés, déclara-t-elle posément, avec un air peiné très travaillé. Ma nièce et mes neveux font partie de ma famille aussi. Je n'ai jamais affirmé qu'ils étaient mes enfants. Pourquoi t'en prends-tu toujours à moi ? Avec toi, j'ai toujours tout faux. Je ne peux même pas emmener tes enfants manger une glace. Tu fais des histoires pour un rien.

— C'est faux !

Je m'efforçai de me ressaisir, de ne pas trahir ma colère pour l'empêcher de jouer les victimes.

— Quand tu es arrivée, repris-je, je voulais t'apprécier, mais tu as tout de suite été brusque. Tu m'as eue dans le nez dès le départ, sans raison logique. Tu ne me connaissais même pas. Je pense que nous sommes trop différentes pour nous entendre.

— Je peux en dire autant de toi. Tu t'es immédiatement montrée hostile. Tu as déclaré à Jamie que tu ne m'aimais pas. Ne le nie pas. N'essaie pas de me faire passer pour la méchante.

— C'était plus tard. Au départ, je voulais t'apprécier...

— Tu n'es pas obligée de m'apprécier, Clare, me coupa-t-elle, reprenant ce que j'avais dit à Jamie.

Le message était clair. Jamie lui rapportait tout ce que je disais. Comme il l'avait déclaré, ils n'avaient pas de secrets l'un pour l'autre. Apparemment, tout le monde déblatérait sur tout le monde, répétant des confidences qui n'en étaient plus.

— Je ne sais pas si je t'apprécie ou pas, Ella, parce que je ne te connais pas. Personne ne te connaît, ici. On s'est rencontrées il n'y a que quelques jours. Je trouve... intéressante la façon dont tu as débarqué dans cette famille et, franchement, je me demande ce que tu cherches. Au bout de quelques heures, tu avais déjà mis ton nez dans les affaires de l'entreprise familiale, critiqué le site Web, décidé de la place de chacun à table et de ce qu'on devait manger, suggéré que j'étais en pleine ménopause, dragué Dan, et maintenant...

Je me tus face à cet air innocent qui me rendait folle. Je pris le temps de me ressaisir avant de reprendre posément :

— Et maintenant tu postes des photos de mes enfants sur Instagram, tu te mêles de ce qui ne te regarde pas, d'histoires entre Jamie et moi.

Je captai son regard.

— Comment ça, ça ne me regarde pas ? s'insurgea-t-elle, l'air choqué. Tu crois que tu peux monter sur tes grands chevaux et critiquer les autres, leur reprocher ce qu'il t'arrive ? Je sais que tu me réprouves, que tu ne me trouves pas assez bien. Regarde-toi, l'épouse et la mère parfaite ! Tu hurles sur tes enfants et tu couches avec le frère de ton mari derrière son dos. Bravo.

Je gardai mon calme.

— J'aime mes enfants. Ils sont merveilleux et, parfois, je les gronde parce que je veux qu'ils deviennent des adultes responsables. Tu n'es pas mère, abstiens-toi de critiquer ma façon d'élever mes enfants. Quant à Jamie et moi, c'est arrivé il y a longtemps, en période de stress. Dan avait rencontré une autre femme et je croyais qu'il allait me quitter...

— Et c'est reparti ! Tu reproches aux autres tes erreurs et la vie dans laquelle tu es coincée. Je suppose que c'était la faute de cette femme, si ton mari t'a trompée avec elle. Sa faute si tu as couché avec Jamie... C'est ça, oui !

— Ce n'est pas ce que j'ai dit. Les choses étaient différentes et, ensuite, Jamie et moi avons pris la décision de ne plus en parler. Puis Freddie est né et, oui, il est possible qu'il soit le fils de Jamie. C'était notre secret et Jamie n'aurait pas dû te le confier.

— Je suis sa femme ! On n'a pas de secrets l'un pour l'autre !

Elle répétait le mantra que Jamie avait utilisé et qu'elle lui avait sans doute elle-même enfoncé dans la tête.

— En attendant, tu fais l'autruche, comme le reste de la famille, en ce qui concerne les mains baladeuses de ton mari.

Elle marqua une pause pour guetter ma réaction.

— Tu incrimines « l'autre femme » et tout le monde tourne la page, c'est ça ?

Elle me rappelait non seulement que Dan avait été infidèle, mais que, en plus, elle le savait. De plus, son jugement sur les Taylor était exact. C'était ainsi qu'ils se comportaient. Naturellement, Jamie était au courant de la première liaison de Dan parce que je lui en avais parlé la nuit où nous avions couché ensemble. Et je supposais que Joy l'avait mis au courant pour Marilyn. Il l'avait visiblement répété à Ella, tout comme l'intégralité de ce qui concernait cette famille, apparemment. Après tout, ils n'avaient pas de secrets l'un pour l'autre. Du moins, Jamie ne cachait rien à Ella, car j'étais persuadée qu'il ignorait encore pas mal de choses sur sa jeune épouse.

J'avais l'impression d'être sur un manège qui tournait et que l'une d'entre nous devait descendre.

— Et si on laissait tomber, Ella ? demandai-je doucement dans l'espoir d'enterrer la hache de guerre. Finalement, cela n'a pas d'importance. C'est du passé. Vous avez la vie devant vous, Jamie et toi. Vous pouvez voyager, voir le monde, trouver un endroit où vous installer...

— Nous avons déjà trouvé une superbe maison entourée d'un jardin à trois kilomètres de chez toi et Dan. Ce sera pratique pour le travail... et pour que les enfants viennent nous voir.

Elle me regardait droit dans les yeux, attendant que je morde à l'hameçon. Je ne pus m'en empêcher.

— Nos enfants ?

— Qui d'autre ? Jamie veut voir Freddie plus souvent.

Ma rage monta d'un cran. Je n'en pouvais plus. Elle se donnait une image inoffensive, avec ses extensions, son yoga, son véganisme et ses faux cils, mais ce n'était qu'une façade pour les réseaux sociaux. Demain, la semaine suivante, l'année suivante, elle muerait comme un serpent. Une semaine plus tôt, elle était une jeune mariée, une fille en bikini, et voilà qu'elle jouait les mamans. Cela ne collait pas. Il n'y avait aucune substance derrière tout cela. Elle essayait la vie des autres pour voir si elle lui allait bien.

— Je ne sais pas à quoi tu joues, Ella. Tu as réussi à manipuler tout le monde avec tes airs d'ingénue alors que tout est bidon. Au lieu de créer un compte Instagram bizarre pour faire semblant d'être une maman, tu n'as qu'à le devenir. Fais des enfants avec Jamie, sois une maman blogueuse ou une maman influenceuse, je ne sais pas comment on appelle ça. Mets tes propres enfants en scène sur Internet, mais n'essaie plus de me voler les miens !

Elle me foudroya du regard.

— Tu crois tout savoir, hein ? Tu crois me connaître, être au courant de ce que je fais. Tu n'en as aucune idée !

— Oh, je ne risque pas de tout savoir sur toi. Une chose est sûre, tout ça n'est qu'une façade et, sous le vernis, ta vie doit être un sacré bazar.

— Ma vie ? s'esclaffa-t-elle. Ma vie ?

— Ella, rends-nous service et sois authentique, pour une fois. Fais un bébé, puisque tu en as tellement envie. Crois-moi sur parole, ça te changera les idées et tu auras une vraie vie. Cela t'empêchera peut-être même d'être obsédée par la mienne.

Elle me dévisagea comme si j'avais perdu la raison.

— Ouah...

— Quoi ?

— Tu crois vraiment que j'ai envie de ta vie ? Que je veux passer de ce que je suis à une grosse bonne femme stressée, une vache à lait ? Génial ! Je vais pondre quelques marmots, engraisser, puis je regarderai mon mari courir après d'autres femmes. Comme on aura des enfants, il ne me quittera pas. Je ferai bisquer ces jeunes et jolies créatures dont il croit être amoureux ! C'est ça, ta vie, Clare. Pas de quoi rêver.

Je n'en revenais pas. Quelle méchanceté ! Il m'était douloureux d'envisager que, oui, j'étais peut-être cette femme. Il n'y a que la vérité qui blesse...

Elle poursuivit :

— Je sais que tu me détestes, mais tu te détestes aussi de supporter ça. C'est pour ça que tu as couché avec Jamie, pour te venger. C'est pathétique. Et ça s'est bien retourné contre toi !

— Je regrette ce qui est arrivé, mais pas Freddie.

— C'est exactement ce qu'affirme Jamie. Alors pourquoi ne le laisses-tu pas être le père de Freddie, le reconnaître, le dire à la famille ? Et à Freddie, quand il sera assez grand ?

— Non, répondis-je calmement. Je ne crois pas que tu comprennes les conséquences...

Elle était toujours sur le canapé, bronzée, les ongles vernis en doré. En la voyant croiser ses jambes sculpturales, je lui enviai sa souplesse.

— Eh bien, je t'ai accordé une chance, dit-elle d'un ton menaçant, le regard noir.

— Je n'ai pas le choix, répondis-je, au bord de la panique.

— Tu aurais pu avoir le choix, si tu avais avoué, si tu avais laissé Jamie être un père.

— Jamie n'avait aucune envie d'être père avant que tu ne débarques. Tu es là pour semer le trouble et tu lui as vraiment lavé le cerveau. Tu ne veux pas être mère, toi, alors qu'est-ce que tu veux ? De l'argent, c'est ça ?

— Oh, tu es complètement à côté de la plaque !

Elle rejeta la tête en arrière et éclata d'un rire sans joie exposant ses dents blanches.

Tout chez Ella, de sa bibliothèque arc-en-ciel à ses sacs de marque en passant par son régime végane à base d'avocats à toutes les sauces, tout n'était qu'image. Si elle voulait que Jamie passe du temps avec Freddie, ce n'était pas par amour pour Jamie. Elle voyait un enfant blond et mignon et le voulait sur son compte Instagram. Dans la vie d'Ella, tout était mis en scène. Pas d'émotions brouillonnes, pas d'humanité, rien que des selfies aseptisés, des extensions capillaires et des faux cils. Et elle voulait ajouter un de mes enfants à sa panoplie.

— Clare, Jamie a le droit de voir son fils. Il est trop faible pour lutter seul. Il a passé la majeure partie de sa vie sous le joug de cette horrible bonne femme...

Dans un éclair de lucidité, je compris qu'Ella s'était rendu compte de l'influence de Joy et s'était attiré ses faveurs pour se mettre en avant. À force de bavardages et de recettes de cuisine, elle avait fait son trou, lentement mais sûrement.

— Il fallait bien que quelqu'un répare les dégâts que tu avais causés. Autant que ce soit moi... Après tout, tu ne comptes pas dire la vérité, n'est-ce pas, Clare ?

— Je ne peux pas. Les enfants... Les conséquences pour Dan, pour tout le monde...

— Dan ?

Elle se leva et me fit face, les mains sur les hanches.

— Tu parles de celui qui t'a trompée depuis le début ? Voyons les choses en face, il ne s'est jamais vraiment impliqué. Tout le monde sait qu'il cherche à échapper à tes griffes depuis des années, à fuir cette vie banale. Il ne reste que pour les enfants. Il faut être aveugle ou pathétique pour ne pas en être consciente.

J'eus l'impression de recevoir une gifle dont l'impact aurait vibré dans tout mon corps.

— Ce qu'il s'est passé entre Dan et moi ne te regarde pas.

J'essayais de ne pas pleurer. Venait-elle de dire la vérité ? Ne restait-il que pour les enfants ? Dans ce cas, étais-je la seule à ne pas m'en rendre compte ?

— Ça va mieux entre nous. C'est du passé, toutes ces histoires, dis-je en m'efforçant de m'en convaincre moi-même.

Elle se dirigea vers la porte.

— Du passé, dis-tu ? D'accord, alors quand Dan me demande ce que j'aime, au lit, c'est du passé ? Quand Dan me demande si je le préfère à Jamie, c'est du passé ? Quand Dan m'a dit ce matin qu'il avait envie de m'embrasser, c'était du passé ?

J'en eus le souffle coupé, au point de perdre l'usage de la parole. Disait-elle vrai ? Avait-il vraiment agi de la sorte pendant ces vacances supposées nous réconcilier ? Ou bien Ella mentait-elle pour me faire du mal ?

— Et je ne mens pas, Clare, reprit-elle comme si elle lisait dans mes pensées.

Elle ouvrit la porte et, avant de sortir, ajouta :

— J'ai rencontré un tas d'hommes tels que Dan et, fut un temps, je me serais bien laissé tenter, mais pas cette fois.

Elle hésita.

— Quand je pense à... comme il est... j'en suis malade. Et je te préviens, ce n'est vraiment pas « du passé ». Il y a dix minutes, au bord de la piscine, il m'a dit qu'il adorerait me voir nue.

Sur ces mots, elle quitta la pièce en ondulant des hanches dans son bikini trop petit.

29

Ces vacances étaient censées nous aider à surmonter la liaison adultère de Dan. S'était-il de nouveau laissé tourner la tête ? Dans ce cas, on ne s'en remettrait pas. Je ne parvenais pas à chasser de mon esprit les paroles d'Ella. « Il m'a dit qu'il adorerait me voir nue. » « Il ne reste que pour les enfants. Il faut être aveugle ou pathétique pour ne pas en être consciente. » Étais-je aveugle et pathétique ? Étais-je cette épouse stupide qui avait cru à un énorme mensonge ? Avais-je eu tort de le pardonner... deux fois ? Ou bien s'agissait-il encore d'un petit jeu tordu d'Ella ?

Quoi qu'il en soit, j'étais à la merci de cette fille. Elle en savait trop sur moi et s'en servait pour me manipuler. Il était temps que je reprenne le dessus.

Si je ne pouvais pas l'empêcher physiquement de dire à Dan et aux autres que j'avais couché avec Jamie, je pouvais peut-être au moins détourner son attention et gagner du temps. En travaillant à temps partiel sur les réseaux sociaux de l'agence Taylor, j'avais appris combien il était facile de se faire passer pour ce que l'on n'était pas. En fin d'après-midi, pendant que les enfants jouaient dans le jardin et qu'Ella et les autres se prélassaient au bord de la piscine, je rédigeai un premier message destiné à @toutsurElla123 depuis mon tout nouveau compte, @StarsTV. « Où les stars d'Instagram d'aujourd'hui sont les stars de la télé de demain. »

Salut Ella !

Je te contacte parce que nous adorons ton Insta. Je m'appelle Summer et je suis casteuse pour une nouvelle émission télévisée prometteuse encore confidentielle. Nous envoyons des DM à nos comptes préférés pour trouver des personnes intéressées par un futur programme de téléréalité, un mélange de Love Island et du Bachelor, mais je ne peux pas en dire davantage pour l'instant #topsecret. La somme à gagner est très élevée, on parle d'un nombre à sept chiffres. Nous réservons nos publications pour le jour du lancement et notre site Web n'est pas encore accessible.

Pour un tournage qui commence dans quelques semaines, nous recherchons des candidates célibataires et sublimes, sans attache et disposées à quitter le pays au besoin. Si tu es tentée, contacte-moi par DM et je te fournirai tous les détails sur la chaîne, la somme à gagner et les retombées potentielles pour ton image.

À bientôt,

Summer

Dissimulée par mes lunettes de soleil et mon chapeau, j'observai discrètement Ella, en train de prendre la pose au bord du bassin. Elle avait beau être jeune mariée, elle était inconstante, passant de célibataire à maman en l'espace d'une semaine.

J'espérais qu'elle mordrait à l'hameçon afin de prouver ma théorie selon laquelle Ella ne cherchait qu'à s'amuser le temps d'un été. Après avoir débarqué, semé la zizanie, bouleversé tout le monde, elle allait filer vers ce qu'elle pensait être un avenir lucratif, rempli de tapis rouges et de célébrités.

Je ne supportais plus cette épée de Damoclès au-dessus de ma tête et ce serait mon dernier effort pour l'éloigner. Pourvu qu'elle cède à la tentation. Je cliquai sur « envoyer ». C'était bon de reprendre la main !

Jamie et elle semblaient s'asseoir le plus loin possible de Dan et moi, désormais. Je sentis à son attitude qu'elle avait lu le message. Elle était plus animée. Elle riait, se montrait tendre avec Jamie. L'espace d'un instant, je me demandai si elle était tiraillée face à cette offre incroyable.

Je vérifiai sans cesse si elle avait répondu. Toujours rien. Elle était occupée à appliquer du rouge à lèvres, de l'huile solaire, faire des selfies. Après avoir pris une centaine de clichés, elle demanda à Jamie d'être son photographe – sa perche à selfies ne lui suffisait visiblement pas. Et voilà qu'elle se retrouvait immergée jusqu'aux cuisses à l'extrémité du bassin, torse nu, couvrant ses seins de ses mains. Ce n'était pas vraiment approprié, en famille, mais je me dis que, au moins, ils restaient de leur côté de la piscine. Personne ne s'en serait rendu compte si elle n'avait pas crié :

— Jamie, mets-toi en surplomb pour prendre la photo. J'ai l'air maigre si je me mets comme ça ? Est-ce que l'eau rend mes yeux plus bleus ?

— Tu es sublime, mon amour. Oui, tes yeux sont super !

Oh non... Il commençait à parler comme elle...

Je fis mine de ne me rendre compte de rien. Violet, en revanche, regarda dans leur direction, tellement choquée qu'elle en était drôle. Montrer ses fesses était une chose, mais même ma fille de neuf ans fixait la limite aux seins dénudés, du moins l'espérais-je.

Ce narcissisme décomplexé se poursuivit jusqu'en milieu

d'après-midi. Je commençais à me demander si elle avait lu le message quand je reçus une notification.

Salut Summer,

Ouah, je suis ravie que mon compte ait retenu ton attention et j'adorerais participer à ce nouveau projet. Il tombe à pic car je suis en train de boucler un gros dossier sur lequel je travaille depuis des mois. Je suis célibataire, sublime et sans attache. Je suis prête ! Dis-moi simplement ce que je dois faire !

Ella

Parfait ! J'avais désormais ma propre petite menace... et une pièce à conviction écrite. Pourvu que cela suffise à la faire taire ou partir.

Vint ensuite un déluge de photos. Je dus couper le son de mon téléphone à cause des tintements frénétiques des notifications qui risquaient d'alerter Ella. Il s'agissait bien sûr des photos qu'elle venait de prendre, encore plus sexy et excessives que de coutume. Elle cherchait désespérément à devenir une star de la télévision. J'étais plutôt satisfaite de moi-même. J'avais vu juste.

Dommage que je n'aie pas eu l'intention de répondre, car ça promettait d'être amusant. Mais j'avais déjà ce qu'il me fallait : une preuve qu'elle larguerait Jamie dès qu'une meilleure offre se présenterait. Elle serait si tendue en attendant une réponse qu'elle me laisserait peut-être tranquille jusqu'à ce que je trouve un moment pour discuter avec elle, seule à seule. Oui, j'allais la faire mariner, lui donner vraiment envie. Après tout, @StarsTV n'allait pas répondre tout de suite, ils devaient contacter d'autres instagrammeuses à propos de ce projet « top secret », non ?

Pendant les deux jours suivants, je l'observai. Elle était plus heureuse, plus vive, plus déterminée. Je voyais bien qu'elle se préparait mentalement à fuir Jamie et sa famille difficile. Je savais ce qu'elle ressentait parce que j'avais déjà envisagé de quitter Dan au moins deux fois quand il m'avait trompée. Les deux fois, j'avais eu cette idée folle que nous irions tous chez ma cousine en Écosse, puis j'avais pensé à commencer une nouvelle vie sans Dan, en prenant un emploi d'infirmière dans un hôpital lointain. Pour moi, ce n'était qu'un rêve. Ma priorité, mon véritable objectif, était de garder ma famille. Je n'étais pas Ella, prête à parcourir le monde en quête d'un autre homme. J'avais un mari, des enfants, j'avais les Taylor. J'appréciais ce qu'ils m'avaient apporté. Ella était une femme différente avec une vie différente. Sa réaction rapide à mon message démontrait qu'elle abandonnerait sans hésiter son mari pour avoir une chance de devenir une star de la téléréalité. Elle était un papillon déployant ses ailes. Elle n'avait ni loyauté ni engagement envers personne à part elle-même.

Deux soirs après que je lui avais envoyé le message, nous dînions ensemble, mais Jamie ne se présenta pas à table. Ella nous expliqua qu'il avait une légère insolation.

— J'ai de l'après-soleil et des pastilles de réhydratation si tu veux, proposai-je.

— Clare, il faut toujours que tu joues les infirmières. Non, ça ira, dit-elle avec un sourire satisfait.

Je me sentais si piégée, si nerveuse en sa présence, mais j'avais mon arme, maintenant, et j'étais impatiente de m'en servir.

Après le dîner, je suggérai que nous fassions la vaisselle toutes les deux et nul ne s'en plaignit. Je crois que les autres se méfiaient un peu et ne voulaient pas être pris entre deux feux. Après nous avoir aidées à débarrasser la table, ils nous laissèrent dans la cuisine. Il me tardait de mettre les choses au point.

— Tu vas bien ? demandai-je à Ella devant l'évier plein d'eau chaude et de mousse.

— Je vais mieux que bien, me répondit-elle.

Visiblement, elle brûlait d'annoncer la nouvelle à quelqu'un.

— Tu sembles heureuse...

— C'est parce que je le suis.

Même si c'était extrêmement tentant, je ne pouvais prolonger l'attente plus longtemps. Je ne faisais pas ça pour mon bon plaisir.

— J'ai quelque chose à te dire, commençai-je. À propos du message que tu as reçu de cette boîte de prod, l'autre jour.

Elle parut méfiante.

— Quel message ?

— Celui de @StarsTV... Le nouveau projet top secret ? Un mélange de *Love Island* et du *Bachelor* ?

Elle se tourna vers moi.

— Comment... comment es-tu au courant ? Oh non... Clare... Tu as lu mes messages ? Ouah, tu es encore plus pathétique que je le croyais.

Elle jeta son torchon.

— Non, répondis-je en secouant la tête. Je ne m'intéresse pas tant que ça à tes messages.

— Menteuse. Comment tu le sais, alors ?

— C'est moi qui te l'ai envoyé.

— Quoi ?

Elle en demeura bouche bée.

Elle ne cessait de répéter « ouah ». Je ne pensais pas avoir déjà vu une personne aussi soufflée ; elle n'avait rien soupçonné.

— Comment as-tu pu... ?

Elle semblait au bord des larmes.

— Il fallait bien que je fasse quelque chose. Tu sais tout, tu menaces sans cesse de cracher le morceau et, maintenant, j'ai les moyens de riposter. Je ne comprenais pas pourquoi tu étais tombée amoureuse de Jamie. Finalement, tu ne l'aimes pas.

— Sale garce !

Elle était appuyée sur le comptoir, furieuse et dévastée que l'offre n'existe pas.

— Tu m'as répondu que tu étais célibataire, sans attache et prête à partir n'importe où n'importe quand.

— Oui... parce que je croyais que c'était un message de...

— Je sais et je ne devrais pas me mêler de ta carrière, qui ne me regarde en rien. Quant à toi, tu ne devrais pas te mêler de ma vie non plus. Ce qui est arrivé il y a trois ans entre moi et Jamie ne te regarde en rien. Tu vois où je veux en venir ?

Elle se contenta de me fixer. Je ressentais sa haine, si puissante qu'elle était presque palpable.

— Donc, si tu gardes pour toi ce que tu sais et que tu ne dis rien à Dan, je garderai pour moi ce que je sais et je ne montrerai pas à Jamie le message dans lequel tu dis que tu es célibataire, prête à tout avec n'importe qui, pour connaître ton moment de gloire.

Elle leva les yeux au ciel comme une adolescente qui subit un sermon de sa mère. Je lus de la déception et de la souffrance dans son regard. J'eus presque de la peine pour elle.

— Tu as joué le rôle de la jeune mariée, tu as eu des vacances gratuites, tu as ensorcelé Jamie et sa famille, poursuivis-je. Mais dès que quelque chose de mieux se présente, tu es prête à le larguer, à mettre fin à ton couple sans le moindre scrupule.

— Il se trouve que j'ai des scrupules, justement.

— Bien sûr, raillai-je. Bref, si tu ne veux pas que Jamie sache que tu étais sur le point de rompre avec lui pour participer à une émission de téléréalité de bas étage pour célibataires, tu ferais mieux de garder le silence à propos de Jamie et moi.

Elle prit le temps de se ressaisir. Sa douleur et sa déception se muèrent en colère.

— Tu es vraiment une garce, maugréa-t-elle comme pour elle-même.

— Désolée, Ella, tu m'as poussée à faire ça.

— Non, tu n'es pas désolée. Tu es une grosse vache jalouse, cracha-t-elle. Tu me méprises depuis le début... et à cause de toi, c'est fini entre Jamie et moi.

— Tu n'as pas à rompre. Si tu me laisses tranquille, j'en ferai autant. Personne n'aura à le savoir.

— Tu m'as fait passer pour une idiote ! s'esclaffa-t-elle. J'ai envoyé des messages à mon agent, à mes amis. J'en ai parlé à tout le monde. Tu as tout gâché. Tu te rends compte de ce que tu as fait ?

— Désolée, il le fallait...

J'étais sans pitié et j'avais l'impression d'être dans mon bon droit. Elle était vraiment prête à faire table rase à la moindre occasion intéressante.

— C'est ça... Tu es juste mesquine, tellement jalouse de voir que ton pervers de mari est toujours avec moi. (Elle se mit à geindre d'une voix censée imiter celle de Dan.) « Oh, Ella, laisse-moi t'aider à étaler ton huile solaire. » D'après Jamie, il est tellement vicelard que Bob s'inquiète quand Dan s'occupe des entretiens d'embauche parce qu'il ne choisit que des femmes jeunes et jolies qui ne sont même pas qualifiées pour le poste. Ce n'est pas un problème pour Dan. Il trouve vite de quoi les occuper. Je le vois me regarder, et toi aussi.

Je n'avais pas envie d'entendre ça.

— Ella, je ne sais pas pourquoi, mais j'ai l'impression que tu n'as jamais cherché qu'à me détruire.

— Moi, te détruire ? Tu as raconté à tout le monde que j'étais une voleuse, que j'avais volé les boucles d'oreilles de ma belle-mère, et ensuite que j'avais menti sur la noyade de ma sœur. Pourquoi mentirais-je sur ce genre de chose ?

— Je suis désolée... pour ta sœur. Les boucles d'oreilles, tu les as bien volées.

— Non. Joy m'a demandé d'aller les lui chercher.

— Elle a voulu te couvrir. Joy en est capable pour éviter la gêne, la honte...

— Non, elle m'a demandé d'aller les chercher sur sa coiffeuse. Je suis descendue avec. Elle a déclaré qu'elle me les donnait et que je ne devais pas te le dire car tu serais jalouse.

— Ce n'est pas vrai ! Joy ne ferait pas ça. Tu mens, une fois de plus, Ella. Quand vas-tu t'arrêter ?

— Elle m'a dit qu'elle ne m'avait pas acheté de cadeau de mariage, poursuivit-elle, ignorant ma réponse. Que je pouvais les garder et les porter en rentrant à la maison, mais pas devant toi.

— Je ne te crois pas. J'étais avec Joy quand elle a ouvert sa pochette à bijoux. Elle était à la fois perturbée et surprise de ne pas trouver ses boucles d'oreilles.

— Il fallait bien qu'elle ait l'air surprise. Elle ne pouvait pas t'avouer qu'elle me les avait données.

Je levai les yeux au ciel. Décidément, elle était incapable d'assumer ses actes. C'était toujours elle la victime, toujours la faute des autres.

Elle se dirigea vers la porte de la cuisine. Appuyée contre le comptoir, je m'étonnais qu'elle le prenne aussi mal. Au moins, j'avais l'impression de pouvoir tourner la page et d'avoir réussi à faire cesser ces menaces perpétuelles. C'est alors qu'elle se retourna.

— Ah, au fait, tu seras contente de savoir que j'ai déjà annoncé à Jamie que je le quittais. Je lui ai expliqué que j'avais reçu une proposition incroyable et qu'elle nécessitait d'être célibataire et sans attache. Je voulais être honnête, ne pas lui donner de faux espoirs. Il n'a jamais eu d'insolation. Il était juste incapable d'affronter les autres. Donc ton petit plan visant à me faire chanter a mal tourné. Tu peux toujours cracher le morceau, je n'ai rien à perdre. Contrairement à toi.

30

Le lendemain, Dan et moi étions dans le jardin avec les enfants quand je vis Ella sortir par la porte-fenêtre. Je fus immédiatement en alerte. Au vu des conséquences, je me sentais coupable. J'avais simplement voulu rendre à Ella la monnaie de sa pièce, faire peser son secret au-dessus de sa tête. C'était plus une riposte qu'une vengeance. Je ne m'attendais pas à ce qu'elle quitte son mari seulement quelques heures après avoir reçu le message pour se jeter à corps perdu dans son rêve de téléréalité, pour un projet qui n'existait même pas.

J'envisageai un moment de tout expliquer à Jamie, de m'excuser auprès d'eux deux, car c'était ma faute s'ils étaient sur le point de se séparer. Je me consolai en me disant que si elle l'avait vraiment aimé, et réciproquement, cela ne se serait pas produit – mais leur rupture aurait tout de même dû survenir naturellement, sans que j'y sois pour quoi que ce soit.

Du coin de l'œil, je la vis fouler la pelouse et venir à notre rencontre. Son expression me donna des palpitations.

Lorsque nos regards se croisèrent, elle ne cilla pas et continua d'avancer vers nous, lunettes de soleil posées sur le sommet de son crâne et cheveux au vent.

— Dan, je peux te parler ? dit-elle, les yeux rivés sur lui, sans un regard pour moi ou pour les enfants.

— Oui... fit-il, surpris. Maintenant ?

— S'il te plaît. Je ne le garderai pas longtemps, Clare. Je sais que c'est un moment en famille. J'ai besoin de discuter de quelque chose d'important.

Elle m'adressa un sourire mielleux qui me donna des frissons d'effroi.

— Ella... S'il te plaît...

Je tentai d'établir une connexion en la dévisageant.

Dan semblait déconcerté.

— Qu'est-ce que vous avez, toutes les deux ?

Il souriait presque, comme si nous le taquinions, mais je l'implorais toujours du regard de ne rien dire.

— Clare, il faut que je parle à Dan... Ne t'en mêle pas.

Elle était catégorique. J'avais beau ne la connaître que depuis quelques jours, cette expression déterminée était éloquente.

Je baissai les yeux vers Alfie, qui me demandait où le soleil dormait, la nuit. Ils en profitèrent pour s'éloigner.

— Dans le ciel, chéri.

Heureusement que j'étais assise car mes jambes se seraient sans doute dérobées.

— Mais... maman, il a un lit, dans le ciel ? insista Alfie.

— Oui... euh, non.

Ils marchaient vite. Ella était impatiente de lui annoncer la nouvelle. Elle avait choisi ce moment parce qu'elle savait que je ne pouvais pas les suivre. Je me retrouvais seule à surveiller les enfants. Non seulement mon plan si intelligent me rendait responsable de leur rupture, mais il lui donnait encore plus de raisons de parler de moi à Dan.

Ils s'arrêtèrent près de la table de jardin et elle tapota une chaise avec un geste enfantin pour l'inviter à s'asseoir. Ils se trouvaient à trente mètres de moi et je n'entendais pas ce qu'ils se disaient. J'avais la gorge nouée. Je contemplai mes trois enfants blonds qui m'entouraient. Violet jouait sur sa tablette, Alfie était allongé à mes pieds, à me poser des questions saugrenues, et Freddie était sur mes genoux. Serait-ce la dernière fois que nous serions ainsi ? Ella était-elle sur le point de faire d'eux des enfants de divorcés ?

J'observai discrètement leur échange. Elle avait posé une main sur le bras de Dan, comme si elle le soutenait. Il secoua lentement la tête.

Au bord des larmes, j'eus envie de courir vers eux et de crier à Ella d'arrêter. Tout était ma faute. Je n'étais pas prête à renoncer à notre couple, à notre famille. Aucun de nous deux ne voulait vraiment quelqu'un d'autre, non ? Marilyn et Jamie constituaient-ils les épreuves ultimes avant que Dan et moi nous installions dans une vie conjugale longue et fidèle ?

Quant au problème lié à Jamie, j'avais pardonné à Dan d'avoir couché avec d'autres femmes. Il devrait pouvoir en faire autant pour moi.

Je regardai Freddie, assoupi sur mes genoux, un rappel que mon infidélité était différente et, tout bien considéré, probablement bien plus grave.

La conversation était assez animée. Que diable pouvaient-ils se raconter ? Je voulais que cela se termine, qu'Ella me renvoie Dan après lui avoir tout révélé. J'avais déjà commencé à réfléchir à comment la famille allait affronter tout cela. Si Dan ne parvenait pas à me pardonner, il devrait s'en aller. Jamie essaierait d'obtenir un droit de visite. Peut-être se battrait-il pour reconnaître Freddie, mais je ne pouvais pas m'inquiéter pour ça dès maintenant. Pour l'heure, les enfants étaient ma priorité.

Je continuai d'expliquer à Alfie le rituel du soir du soleil, de répondre aux questions de Violet sur les raisons pour lesquelles tatie Ella discutait avec papa, tout en caressant les cheveux de Freddie. Quand tout s'écroule, c'est ce que nous faisons, nous, les mères. Les murs peuvent s'effondrer, les bombes, tomber autour de nous, au cœur du chaos, tout ce que nous voulons, c'est assurer la sécurité et le bonheur de nos enfants.

Dan avait la tête dans les mains et Ella passait une main dans son dos. Elle se tourna vers moi, triomphante. J'allais demander à Violet de surveiller les garçons pour aller prendre le contrôle sur mon destin au lieu de le confier à Ella quand Joy apparut.

— Tu as vu Bob ? s'enquit-elle. Je ne sais pas où il est passé.

— Non... Il dort peut-être au bord de la piscine. Il s'allonge souvent sous cet arbre, sur le côté.

— Il se cache là-bas ! s'esclaffa Violet. Il m'a dit qu'il y était tranquille.

Joy leva les yeux au ciel.

— Je vais vérifier, merci, les filles.

Elle traversa la pelouse et s'arrêta net en voyant Ella et Dan. Elle se tourna pour m'interroger du regard. Je me contentai d'un haussement d'épaules qui n'effaça pas son expression alarmée. Avait-elle entendu ce qu'ils se disaient ? Était-il trop tard ? Je me sentais mal. Lorsqu'elle apprendrait ce que j'avais fait avec Jamie, Joy serait profondément blessée. Bob ne s'en remettrait pas. Il était si attaché à la famille.

Un jour, je lui avais demandé, sur le ton de la plaisanterie, pourquoi il supportait Joy. Je n'oublierai jamais sa réponse. Il m'avait regardée en disant : « Parce que je ne serais rien sans elle. Elle est tout pour moi, Clare. Elle a fait de moi l'homme que je suis, m'a donné ma famille. »

Touchée, j'avais espéré que Dan pourrait dire la même chose à propos de moi, un jour. En cet instant, j'en doutais. Il n'était pas dévoué à sa femme, comme Bob. À trente mètres de moi, l'ouragan Ella était en train de détruire mon couple et je savais que je ne serais jamais « tout » pour mon mari.

La suite des événements serait ma faute et j'en porterais l'entière responsabilité. C'était à Dan de décider s'il voulait rester ou partir. Je devais être forte pour les enfants alors que tout s'écroulerait autour de moi.

Je devais à présent affronter les conséquences de cette nuit d'égarement, trois ans plus tôt...

Si le papillon n'avait pas battu des ailes, l'ouragan n'aurait pas eu lieu.

Enfin, Dan se leva et revint vers nous. Malgré la présence des enfants, je lui demandai s'il allait bien.

— Oui, répondit-il, visiblement sous le choc. Mais on a un problème.

31

— Alors, vous avez discuté ?

Dan hocha la tête et regarda au loin, comme s'il ne me voyait même plus.

Les enfants bavardaient et Freddie dormait toujours.

— On peut s'en remettre, Dan. Je sais que ça semble difficile, mais...

— Donc tu savais ce qu'elle était en train de me dire ?

— Oui...

— Elle t'en a parlé ?

J'acquiesçai, même s'il n'arrivait pas à me regarder, ce que je comprenais.

— Elle semble déterminée à m'anéantir, Dan... Il faut penser à la famille et pardonner, tourner la page pour avancer.

— Tu crois ? demanda-t-il avec espoir.

Il se prit la tête dans les mains. Je me réjouis que Freddie soit endormi sur mes genoux et Violet et Alfie distraits par une partie de ballon. Dan émergea enfin et se passa une main dans les cheveux, l'air désemparé.

— Rien n'est vrai, Clare. Je n'ai pas essayé de la toucher.

Je fus déstabilisée. Que lui avait-elle donc raconté ?

— Hein ?

Comment l'interroger sans trop en révéler ?

— Qu'est-ce qu'elle t'a dit, exactement ?

Il secoua lentement la tête.

— Que j'avais essayé de l'embrasser, que j'avais eu des gestes inappropriés, que j'avais dit...

— Que tu adorerais la voir nue ? suggérai-je.

N'avait-elle pas mentionné Jamie et moi ?

— Bon sang, elle a prétendu que j'avais dit ça ? demanda-t-il, horrifié.

— Oui.

— Je ne comprends pas, reprit-il. Elle a inventé tout ça et a menacé de te le dire... mais elle te l'a déjà révélé ?

Je hochai la tête. Apparemment, Ella se jouait de nous deux.

— Clare, ce n'est pas tout... Elle affirme que c'est du harcèlement et menace de porter plainte.

— La garce...

Elle était habile. Violet et Alfie revinrent vers nous. Dan me fit signe de me lever pour que nous puissions parler loin des oreilles indiscrètes. Le cœur battant, je soulevai Freddie dans mes bras, sa tête sur mon épaule.

Dan ne m'aida pas en prenant Freddie endormi, comme il l'aurait fait d'ordinaire. Il ne semblait même pas se rendre compte que je peinais. Il marchait de long en large, une main sur sa bouche, le regard fuyant.

— Elle ne peut pas appeler la police pour ça, si ? m'enquis-je. Et comme rien n'est vrai, elle n'a aucune preuve.

— Dieu seul sait ce qu'elle peut me faire. Elle pourrait raconter n'importe quoi. De nos jours, un homme ne peut plus rien dire ou faire sans qu'une femme menace d'appeler la police.

— Ouah, fis-je, un peu comme Ella. Je n'arrive pas à croire que tu aies dit ça.

— Tu vois ce que je veux dire... Elle a menacé de le dire à Jamie et à mes parents.

Il avait une mine épouvantable et semblait à deux doigts de vomir.

Que dire ? Que penser ? Devais-je croire Ella ou Dan ? Ils avaient tous les deux démontré qu'ils étaient capables de mentir pour obtenir ce qu'ils voulaient.

— Dis-moi la vérité, implorai-je. Est-ce qu'il y a quelque chose qui pourrait t'incriminer ? As-tu dit ou fait quelque chose qui pourrait être mal interprété ?

Dan soupira.

— C'est une jolie fille. Je l'ai peut-être regardée, je lui ai probablement fait quelques compliments, mais jamais je n'ai eu de gestes inappropriés. Jamais !

— C'est ta parole contre la sienne et, si tu dis la vérité, tu ne risques rien, répondis-je amèrement.

J'en voulais à Ella d'avoir provoqué cette histoire et je m'en voulais à moi-même de ne pas faire totalement confiance à mon mari. Et surtout, j'en voulais à Dan d'avoir été aussi stupide et de risquer des ennuis à cause d'une réflexion anodine. Je lui avais dit que je me méfiais d'Ella, mais il ne m'avait pas crue. À présent, il comprenait à quel point elle était manipulatrice et sournoise. Peut-être était-il trop tard.

— Je ne sais pas quoi faire, avoua-t-il, au bord de la panique. Et si elle continuait de m'accuser quand on sera de retour chez nous ? Même si je parvenais à la convaincre de renoncer à appeler la police, elle pourrait me menacer en permanence.

Bienvenue dans mon monde, songeai-je.

— Elle ne nous attire que des ennuis, déclarai-je. Et on dirait que son couple avec Jamie bat de l'aile.

Je ne lui dis pas pourquoi et il ne me posa pas la question. Je supposai que c'était inévitable. Une femme comme Ella ne restait jamais longtemps.

— Eh bien, bon débarras. C'est mieux ainsi. Jamie est son petit chien. Elle l'a vu venir, celui-là !

— Oh oui, soupirai-je.

Dan me regarda, hésita un instant et reprit :

— Le problème, c'est que... elle m'a réclamé dix mille livres, en échange de quoi elle garderait le silence, elle s'en irait et on n'entendrait plus parler d'elle.

— Tu ne peux pas accepter ce chantage ! On n'a pas les moyens, soufflai-je.

On se serait cru dans un film de gangsters. Dans mon monde, on n'exigeait pas dix mille livres pour se taire. C'était une somme énorme.

Naturellement, Dan ne m'écoutait pas, perdu dans ses pensées.

— Je ne savais pas si je devais la croire. Je me disais que, puisqu'elle est mariée à Jamie, elle resterait un certain temps dans la famille, mais s'ils sont au bord de la rupture...

— Non, Dan. On n'a pas les moyens de payer.

— Cela vaudrait le coup pour être débarrassés d'elle.

— Si tu es innocent...

— Peu importe. Tu l'as dit, c'est sa parole contre la mienne et je n'ai aucune chance. Elle prétend que ce n'est pas tout, qu'elle a des infos sur d'autres membres de la famille.

— Ce ne sont que des mensonges supplémentaires, répliquai-je, le cœur battant.

— Je veux être débarrassé d'elle, Clare. Je peux la payer avec l'argent de l'agence. Je rembourserai. Je vais juste faire un prélèvement. Je prends les choses en main.

L'empressement de Dan à acheter sa tranquillité m'alarma. Il avait vu sa mère chasser Carmel et Marilyn de notre vie et croyait peut-être qu'il suffisait d'un claquement de doigts pour en faire autant avec Ella.

— Non.

— On peut emprunter.

— Non, Dan. Même si elle rompt avec Jamie, même s'ils divorcent, elle restera présente et reviendra à la charge pour nous soutirer encore de l'argent. Elle nous tiendrait à jamais.

— En le faisant, on gagnerait du temps.

— Si tu la paies, tu auras l'air coupable si elle se présente à la police.

— Non. Si elle porte plainte, je parlerai à la police de son chantage. C'est illégal et j'aurai une preuve.

— Refuse. On n'a pas l'argent et...

— Je... j'ai accepté de payer.

— Abruti !

J'avais envie de pleurer. Cela représentait presque la moitié de mon salaire annuel. Nous n'avions pas les moyens. Pire encore, j'aurais l'impression de travailler pour financer ses manucures et ses chaussures.

— Écoute, laisse-moi m'occuper de ça, Clare. Elle veut que je la conduise à l'aéroport pour ne pas avoir à dire au revoir à Jamie. Elle part passer une audition. Apparemment, un grand ponte de la télé l'a repérée sur Instagram et veut faire d'elle une star. À mon avis, c'est du pipeau.

Elle s'en tenait donc à sa version... J'avais essayé de la coincer et elle arrivait encore à retourner la situation à son avantage.

— Dan, tu ne peux pas la conduire à l'aéroport.

— Si. Je vais me débarrasser d'elle, lui dire de se taire car, sinon, elle n'aura rien, puis je lui ferai un virement la semaine prochaine, quand on sera rentrés.

Je voulais qu'elle prenne cet avion autant que Dan. Toutefois, dans la voiture, elle risquait de lui raconter ce qu'elle savait sur le reste de la famille Taylor. Surtout sur moi. Et je ne pouvais pas la laisser faire cela. Elle aurait pu lui parler de moi quand elle l'accusait d'un comportement inapproprié. Or elle ne l'avait pas fait. Elle voulait nous détruire un par un avant de partir. La révélation de ma nuit avec Jamie serait son coup de grâce. Sa mission serait accomplie. La famille serait déchirée.

— Je pourrais l'emmener, moi, suggérai-je.

Il haussa les épaules. Il n'imaginait pas une minute que son épouse si fiable ait fait quoi que ce soit sans qu'il le sache.

— Tu n'es pas assurée et tu n'as jamais conduit à l'étranger. Franchement, je doute qu'elle ait envie que tu l'emmènes.

— Ah bon ? m'esclaffai-je.

Sur ces mots, j'appelai les enfants pour le déjeuner.

— Ma chérie, tu as une minute ? me demanda Joy tandis que je déjeunais avec elle et les enfants dans la cuisine.

Mon cœur se serra. Que savait-elle, au juste ?

— Bien sûr, répondis-je en finissant mon sandwich.

— Je t'attends dans le salon.

Son attitude ne m'indiquait pas si c'était une mauvaise chose ou si elle voulait juste boire un gin. De toute façon, j'avais envie de savoir ce qu'elle avait à dire. Je confiai les garçons à Violet et passai dans la pièce voisine. Joy portait sa tenue de plage des années 1950.

— Je voulais te parler en tête à tête, dit-elle en me faisant signe de fermer la porte.

— Que se passe-t-il ?

Je pris place dans un fauteuil en velours.

— C'est à propos d'Ella. Et je ne sais pas... Enfin, je ne sais pas s'il faut prendre ça au sérieux. Écoute, je ne veux pas de réaction excessive de ta part, je veux que tu gardes ton calme...

— D'accord.

Je n'avais qu'une envie, qu'elle parle. Je n'en pouvais plus. Heureusement que j'étais assise.

— En voyant Ella et Dan discuter dans le jardin, j'ai été troublée et intriguée, comme tu l'imagines. Et j'ai entendu ce qu'ils se disaient, Clare. Je crois qu'elle accuse Dan de quelque chose... de pas très agréable.

J'aurais dû me douter que Joy comprendrait. Que dire ? Mieux valait sans doute qu'elle l'apprenne par moi plutôt que par Ella. Je lui répétai donc ce que Dan m'avait raconté sur les accusations de gestes inappropriés.

— Oh, Clare, Dan ne ferait pas... Je veux dire, ce n'est pas notre Dan.

— Non, répondis-je. Ces choses-là sont difficiles à prouver... et à réfuter. Je doute qu'elle aille plus loin. Elle cherche simplement à l'effrayer.

Je n'étais pas étonnée par l'incapacité de Joy à trouver le moindre défaut à Dan en dépit de son passé. Elle devait voir le véritable visage d'Ella, à présent, non ?

— J'ai l'impression que tu avais raison depuis le départ, Clare.

— J'ai compris qu'on ne pouvait pas lui faire confiance en la voyant vous voler vos boucles d'oreilles, expliquai-je, plus assurée maintenant que Joy était de mon côté.

— Oui. Elle est mauvaise.

Joy était désemparée, à juste titre.

— Dans quel pétrin Jamie s'est-il fourré ? Le chantage et ces terribles accusations !

— Elle cherche à semer la discorde, Joy. Tout n'est que mensonge. Ne vous mettez pas dans cet état.

Je la pris par les épaules. Elle était au bord des larmes et me semblait très vulnérable.

— Elle m'a dit des choses, Clare, et maintenant elles prennent tout leur sens.

— Quoi donc ?

— Il y a quelques jours, elle m'a appris que l'un de mes fils avait trahi l'autre de la pire des façons.

Joy leva les yeux vers moi.

— Je crois que c'est cette histoire d'attouchements de Dan

sur elle. C'est dégoûtant. Comment peut-elle affirmer une chose pareille ?

Je secouai la tête et serrai un coussin contre moi.

— Elle m'a dit de t'en parler parce que tu saurais à quoi elle faisait allusion.

Je secouai de nouveau la tête et affichai un air perplexe, mais j'avais sans doute des plaques rouges révélatrices dans le cou.

Je me levai pour nous servir un gin, le temps de réfléchir à une réponse et pour dissimuler mes rougeurs.

— Je... je ne crois pas... Je ne vois pas ce qu'elle insinuait. Joy, il ne faut pas accorder foi à ce qu'elle raconte.

Je remplis deux grands verres de gin.

— Essayons juste de tenir jusqu'à la fin de la journée, repris-je en lui tendant sa boisson. Je crois qu'elle prend l'avion demain pour rentrer en Angleterre.

— Ah, tant mieux. Hier soir, je suis allée voir Jamie pour vérifier s'il avait vraiment une insolation. Il a fait le tour du monde sans jamais rencontrer ce genre de problème. Pendant qu'Ella était dans la cuisine, je suis montée. Il semblait bouleversé. Il a dit qu'elle allait participer à une émission de téléréalité ou quelque chose comme ça.

J'étais mal à l'aise en songeant au rôle que j'avais joué dans cette histoire.

— Quelque chose comme ça, soupirai-je. Je pense qu'elle serait partie de toute façon. Si ce n'était pas pour une promesse de célébrité, il y aurait eu autre chose. Ella croyait que nous étions très riches, que Bob et vous étiez les propriétaires de cette villa et que l'entreprise familiale était une multinationale. Elle est tombée amoureuse de Jamie et l'a entraîné dans ce mariage précipité en Italie simplement parce que ça ferait une jolie *story* sur Instagram. Elle ne vit que pour ça. Pourquoi une personne passerait-elle sa vie aux quatre coins du monde, où nul ne la connaît et où elle n'a pas à se justifier ? D'après ce qu'elle m'a dit, j'ai l'impression qu'elle a gagné son argent de la plus difficile des façons, si vous voyez ce que je veux dire.

— Oh non ! Prostituée et maître chanteur...

— Je ne pense pas qu'elle se soit prostituée. Disons que c'est une touriste de la romance. Elle se trouve quelqu'un dont elle est « amoureuse », elle vit avec lui le temps d'une saison puis elle passe au suivant.

— Mais elle a épousé Jamie ! Pourquoi se marier si elle ne voyait en Jamie qu'un amour d'été ?

Joy semblait si horrifiée que j'eus de la peine pour elle.

— Pour les filles telles qu'Ella, les hommes sont un métier. Elle n'a pas besoin d'argent, ils sont riches, ils lui achètent des cadeaux. Elle est logée, nourrie, blanchie pendant un certain temps.

— Je savais bien que ce n'était pas une femme pour lui. Je me doutais que leur couple ne durerait pas. Je n'ai rien dit à Jamie, mais je n'étais pas emballée, Clare.

Elle parlait comme si elle s'était retenue pendant trop longtemps. Je retrouvais la Joy que je connaissais, à la fois cancanière et franche, disposée à critiquer quelqu'un pour le plaisir en buvant un gin avec un glaçon et une rondelle de citron.

— J'ai été gentille dans l'intérêt de Jamie, poursuivit-elle. Mais tu as vu sa façon de remonter le bas de son maillot pour montrer ses fesses ? C'est dégoûtant, siffla-t-elle.

— C'est la mode, aujourd'hui, Joy.

Nous retrouvions notre complicité. Elle avait enfin compris et j'étais pardonnée de l'avoir traitée de femme autoritaire.

— Quelle honte si mes amies du golf club avaient vu ses fesses !

En réalité, les fesses d'Ella étaient le dernier de nos problèmes mais je faillis sourire, malgré tout.

32

Ce soir-là, Jamie et Ella annoncèrent qu'ils ne dîneraient pas avec nous car ils se rendaient au village.

— Ella prend l'avion demain, nous expliqua tristement Jamie. Elle a reçu une super proposition de travail et on va prendre un peu de recul pour voir si on a tous les deux les mêmes objectifs.

C'était sa façon de nous dire qu'ils se séparaient. Ella s'en était tenue à son histoire de téléréalité et il l'avait gobée. J'avais de la peine pour lui, mais Ella n'était pas celle qu'il croyait. Sur le long terme, elle ne lui aurait apporté que de la souffrance. Je comprenais qu'ils veuillent passer leur dernière soirée loin de la famille. Cependant, Ella ne vint même pas dans le salon pour nous dire au revoir. Elle attendit dans l'entrée. Par la fenêtre, je les vis monter à bord d'un taxi. Je ne ressentis que du soulagement de ne pas avoir à faire comme si tout allait bien tandis que Joy racontait des banalités et qu'Ella murmurait des remarques perfides.

Cette soirée se déroula comme les premières. Tout le monde était détendu, évoquant des souvenirs attendris de nos vacances précédentes, riant avec les enfants, une famille en villégiature, enfin capable de respirer sans une ombre qui planait au-dessus d'elle.

Cela ne dura pas longtemps.

Le lendemain matin, à mon réveil, le départ d'Ella fut la première chose à laquelle je pensai. Je voulais qu'elle s'en aille. J'étais contente d'en être bientôt débarrassée, mais j'étais aussi tiraillée et nerveuse car elle risquait encore de parler à Dan pendant le trajet. Peut-être étaient-ils déjà partis... À moins que Jamie et elle ne se soient réconciliés et qu'elle ait décidé de rester – auquel cas ils seraient encore dans leur grand lit pour rattraper le temps perdu.

Les enfants étaient encore endormis. J'enfilai mon peignoir en coton et me rendis dans la chambre de Dan.

Sur le palier, je fus comme toujours attirée vers la haute fenêtre donnant sur la piscine, le jardin et, au-delà, la mer scintillante et nimbée de brume. On voyait même la route sinueuse et traîtresse longeant la côte. Je pensai de nouveau à la vendeuse de granités au citron en me demandant si elle était à son poste, à mettre les gens en garde contre les dangers qui les attendaient.

En baissant les yeux vers la piscine, je crus distinguer quelque chose dans l'eau. Une longue chevelure ondulante qui semblait s'ouvrir et se fermer telle une méduse et un corps flottant à la surface de l'eau d'un bleu intense.

Ella nageait dans la partie la plus profonde du bassin. Elle avait donc menti sur ce point aussi : elle savait nager.

Je l'observai un instant pour voir ce qu'elle faisait et, avec effroi, me rendis compte qu'elle ne nageait pas. Elle avait le visage immergé et les jambes immobiles. Je ne me rappelle pas avoir couru, mais ce fut sans doute le cas parce que je me retrouvai au bord du bassin en quelques instants, à essayer de la sortir de l'eau en appelant à l'aide.

Je sentis soudain que je n'étais pas seule. Quelqu'un

essayait de l'entraîner vers le côté. C'était Dan. D'où avait-il surgi ? Tandis que nous la tirions, Joy apparut à son tour, hurlant à Bob de se dépêcher. Bob contourna le bassin armé d'une sorte de perche.

Dan était près du bord, se maintenant avec un bras en tirant Ella de l'autre tandis que je saisissais ses jambes. C'est alors que Jamie arriva. Il courut vers nous en poussant des cris hystériques. Il se jeta à l'eau et agrippa Ella en l'implorant de se réveiller, incapable de croire qu'elle n'était pas endormie. Dan me regarda, puis il se tourna vers sa mère, qui était extrêmement choquée, les mains sur sa bouche. Agenouillée, elle demanda à Dan si Ella était en vie. Tout se déroulait comme au ralenti. Je me rappelle encore le poids de l'eau, la force brutale, la panique absolue, alors que nous espérions encore pouvoir la sauver.

En unissant nos forces, nous parvînmes à la hisser hors de l'eau. En voyant son corps inerte sur le carrelage, je sus qu'il y avait peu de chances qu'elle s'en sorte. La couleur de sa peau suggérait qu'elle avait passé beaucoup de temps dans l'eau.

Jamie lui tenait la tête comme pour la bercer. Il sanglotait en l'embrassant, comme si cela pouvait la ramener à la vie. Le conte de fées se transformait en cauchemar. Je dus l'écarter pour pratiquer les gestes de premiers secours. Les autres étaient penchés sur nous dans un silence de mort tandis que j'alternais massage cardiaque et bouche-à-bouche. J'étais incapable de m'arrêter, mais je savais au fond de moi qu'elle était partie depuis un moment.

Je crois que c'est Dan qui me dit :

— Arrête, Clare. C'est fini.

Il me fit reculer.

— Bob, appelle une ambulance ! ordonna Joy sans même le regarder.

— Trop tard. Mieux vaut appeler la police, répondis-je.

Bob obéit et regagna la maison.

Joy, Dan et moi étions en cercle autour d'Ella, à l'observer.

— Jamie... fit Dan, une main dans le dos de son frère, qui était assis sur le carrelage mouillé, tenant toujours la tête d'Ella dans ses mains.

Elle avait les yeux grands ouverts, vides. J'étais mal à l'aise, comme si elle m'observait. Doucement, je baissai ses paupières.

Bob avait appelé la police et, sur les ordres de Joy, était monté réveiller les enfants pour les emmener dans le jardin, bordé d'arbres qui leur épargnaient le spectacle horrible de la piscine. Nous ne voulions pas qu'ils voient ou qu'ils sachent quoi que ce soit, dans l'immédiat. Pendant ce temps, abasourdis, nous attendîmes avec la dépouille d'Ella, incapables d'enchaîner deux phrases cohérentes ou de comprendre ce qui avait pu se passer.

— Qu'est-ce qu'elle faisait dans l'eau ? Elle ne sait pas nager, fit Joy, affolée. Il est 7 heures et elle est dans la piscine alors qu'elle ne sait pas nager.

— Du yoga, répondis-je.

Ils se tournèrent vers moi.

— Elle faisait toujours son yoga ici, vers 6 heures du matin.

Plus tard, en consultant son compte Instagram, je la vis. Elle n'avait pas manqué cette occasion de faire un selfie. Elle souriait à l'appareil, vêtue de son débardeur rouge et de son pantalon de yoga. Ses cheveux dorés étaient noués en chignon sur sa tête.

— Tu l'as regardée faire du yoga ? s'étonna Dan devant tout le monde, comme si j'étais une sorte de voyeuse ou de harceleuse.

— Pas ce matin ! Et je ne l'ai jamais observée, me défendis-je. Je l'ai vue d'autres matins. Parfois, quand je me levais de bonne heure, je prenais mon livre et je m'installais sur la terrasse pour ne pas déranger les enfants. Et elle était là.

— Oui, elle faisait du yoga le matin, confirma Jamie. Mais pas au bord de la piscine. Elle aurait eu trop peur de tomber à l'eau...

— Elle était pourtant dans le jardin, dis-je doucement. Elle faisait toujours sa séance dans le jardin.

— Comment diable s'est-elle retrouvée dans le bassin ? Elle ne se serait pas approchée du bord d'elle-même, dit Jamie à travers ses larmes.

— Il y avait peut-être quelqu'un d'autre, suggéra Dan en me regardant.

J'étais un peu mal à l'aise.

— Elle a peut-être voulu essayer une nouvelle posture au bord de l'eau, hasardai-je. La piscine en arrière-plan, c'est toujours bien, pour un compte Instagram.

— À moins que... Ça m'embête de dire ça, fit Joy. Elle était peut-être bouleversée et...

— Elle ne ferait jamais ça, affirma Jamie. Elle n'aurait pas fait une bêtise.

J'avais peine à l'imaginer, moi aussi. Ella était furieuse contre moi et déçue que la proposition de téléréalité ne soit qu'une illusion, mais elle n'était pas suicidaire.

— Elle était triste à l'idée de me quitter, mais on a discuté. J'ai promis d'aller la voir dès la fin du tournage. J'étais bouleversé et j'ai tenu des propos que je regrette. En revanche, je ne suis pas responsable de ça !

Il lâcha sa tête et s'assit.

— Personne ne dit ça, chéri, déclara Joy.

Lorsqu'elle voulut l'embrasser, il eut un mouvement de recul. Elle porta une main à sa poitrine, affligée de ne pouvoir consoler son fils.

— C'est trop... souffla-t-elle. J'ai besoin de m'allonger.

Elle sortit de la poche de son peignoir un bâton de rouge à lèvres pour effectuer une retouche avant l'arrivée des *carabinieri*.

Pendant que Jamie et Dan discutaient pour savoir s'il fallait laisser le corps d'Ella au soleil ou le déplacer à l'ombre, je rejoignis Bob et les enfants dans le jardin. Je pensais qu'il fallait expliquer la situation à Violet et parler à Alfie avant qu'ils voient arriver tout un groupe de personnes en uniforme. Je leur dis que quelque chose de triste était survenu. Qu'Ella était tombée à l'eau et montée au paradis.

— Elle courait, maman ? s'enquit Alfie.

On lui avait interdit de courir au bord de la piscine et il voyait ça comme une grosse bêtise.

— On n'en sait rien, chéri, mais il ne faut jamais courir ou faire des bêtises au bord d'une piscine.

— Ella faisait des bêtises au bord de l'eau, maman ? demanda Violet.

— En quelque sorte...

La vision simpliste des enfants sur la vie et la mort avait quelque chose de réconfortant.

Violet était troublée, bouleversée. Alfie se mit à poser des questions sur le paradis.

— C'est comment, le paradis, maman ? Ella pourra voir *Thomas et ses amis* ?

Et ainsi de suite.

Je conseillai à Bob d'aller réconforter Joy pendant que je jouais avec les enfants, tant pour moi que pour eux. J'avais besoin de leur présence, de mon petit cocon. Je les fis rentrer dans la maison pour un petit déjeuner qui traîna en longueur. Au bout d'un moment, ils s'agitèrent. Quoi qu'il soit arrivé, c'était leur dernier jour de vacances et ils voulaient jouer dehors. J'avais établi clairement que la piscine était inaccessible, mais qu'ils pouvaient s'amuser dans le jardin. Je m'efforçais de faire comme si tout était normal, au point que, à l'arrivée de la police, je riais avec les enfants, ce que Dan s'était empressé de me reprocher, par la suite.

« Même si tu n'aimais pas Ella, tu aurais pu avoir un peu de respect, avait-il déclaré.

— Et chacun sait combien toi, tu l'appréciais », avais-je rétorqué.

Un inspecteur se présenta et déclara que cela ressemblait à un *omicidio*.

Joy lui avait répondu, de sa voix « italienne » :

— Non, mon cher monsieur. Personne n'a tué cette fille. Ce doit être un *suicidio*.

Elle avait clairement consulté Google Traduction. Le policier voulut savoir comment était Ella quand nous l'avions vue pour la dernière fois et s'il s'était passé quelque chose d'inhabituel. Nous n'avions pas grand-chose à lui raconter.

— Je crois que c'était un accident, déclarai-je. Sans doute faisait-elle un selfie quand elle est tombée à l'eau. Elle ne savait pas nager, voyez-vous.

L'inspecteur me signala que son téléphone avait été retrouvé dans le jardin.

— Si elle était en train de faire un selfie, l'appareil ne serait-il pas tombé à l'eau avec elle ?

Naturellement ! Je n'y avais pas songé, dans l'agitation générale. Que diable s'était-il passé ?

— Elle venait de recevoir une proposition de travail à la télévision, geignit Jamie.

Je me crispai aussitôt. Seules Ella et moi connaissions la vérité sur cette offre.

— Elle m'a dit que cela lui briserait le cœur de ne pas y aller... Je l'ai suppliée de rester, mais c'était une opportunité exceptionnelle. Je crois qu'elle était un peu dépassée et que cela lui a un peu tourné la tête. Elle était très fragile.

— Oui, acquiesça Joy. Elle était un peu perturbée.

Chaque mot me transperçait comme une pique, me rappelant que si je n'avais pas provoqué Ella avec ce faux message sur Instagram, nous n'en serions sans doute pas là. Quelle idiote ! J'aurais aussi bien pu la pousser à l'eau moi-même.

— Elle ne faisait que s'asseoir au bord de la piscine, elle ne se baignait pas. L'autre jour, elle est tombée à l'eau et elle était vraiment paniquée, racontai-je à la police. C'est pourquoi je ne pense pas qu'elle se soit suicidée. Elle aurait trouvé un autre moyen de mettre fin à ses jours. Je pense qu'il s'agit d'un terrible accident.

Un peu plus tard, l'inspecteur nous interrogea sur un mobile éventuel, les rapports familiaux et pourquoi nous pensions éventuellement au suicide. Il donna à chacun l'occasion de s'exprimer franchement, sans la pression du reste de la famille. Je craignais que Jamie ne parle de notre nuit ensemble, quand bien même elle n'avait rien à voir avec la mort d'Ella. Oui, elle voulait que Jamie reconnaisse Freddie, mais je savais aussi que ce n'était pas la raison de sa noyade. Elle était bien trop vaniteuse pour se suicider. Et même si la proposition de téléréalité était factice, elle voulait avancer dans la vie, reprendre son existence d'avant Jamie, avant les Taylor. J'expliquai à la police qu'il ne s'était rien passé à la villa qui puisse justifier ce décès car aucun d'entre nous ne comptait vraiment, pour elle. Ce ne pouvait être qu'un accident...

L'inspecteur prit des notes pendant que je lui parlais. Il hochait parfois la tête en me demandant de répéter mes propos. Je fus aussi honnête que possible sans révéler mes propres secrets.

— Ella était plutôt heureuse. Je suis infirmière et j'ai travaillé en psychiatrie. Ella ne semblait pas déprimée et elle n'était absolument pas suicidaire, c'est certain.

Mais pourquoi se trouvait-elle au bord de l'eau sans personne ? Elle ne se serait jamais mise en danger. Si ce n'était ni un suicide ni un accident, je me demandais qui, dans la famille Taylor, aurait pu souhaiter la mort d'Ella... ou qui ne l'aurait pas souhaitée, plutôt ?

33

— Ton instinct ne t'a pas trompée, admit Dan quand les enfants furent couchés.

Nous étions seuls dans le jardin.

— Ella... n'était pas digne de confiance. Je ne me réjouis pas de sa mort, mais elle nous aurait coûté une fortune. Et pas seulement parce qu'elle voulait me faire chanter. Et s'ils avaient divorcé ? Ce qui serait arrivé tôt ou tard, soyons réalistes. Maman m'a dit qu'Ella était du genre à exiger le pactole en cas de divorce.

— Ta mère a dit ça ?

— Oui. Je savais qu'elle ne tarderait pas à demander le divorce et à exiger beaucoup d'argent. Je frémis en pensant à ce qui serait arrivé à l'entreprise si elle était encore...

Il ne termina pas sa phrase. C'était inutile. Je ne pus m'empêcher de me demander si Dan n'avait pas plus d'une bonne raison de descendre jusqu'à la piscine, aux aurores, et de la pousser à l'eau.

Pendant quarante-huit heures, la chaleur et la tension furent implacables dans la villa tandis que les autorités passaient les lieux au peigne fin avec une équipe de la police scientifique. Les enfants étaient fascinés. Alfie ne cessait de poser ses questions saugrenues à voix haute : « Où est tatie Ella ? Déjà au ciel ? Je ne la vois pas. » « C'est le tour de qui d'aller au ciel, maintenant ? »

C'était difficile. Nous déambulions dans la maison tels des zombies, au milieu des *carabinieri*. Ils avaient examiné les moindres recoins de la piscine et parlé à chacun de nous. Malgré la barrière de la langue, nous leur avions transmis le plus d'informations possible.

Je n'avais pas beaucoup dormi. Je n'avais pas avoué que la proposition de participation à une émission de téléréalité était bidon, que c'était moi qui l'avais inventée de toutes pièces, et je craignais que cela ne me revienne en pleine face. La famille n'était pas au courant et je ne voulais pas qu'ils le sachent. À quoi bon ? Je priai donc l'inspecteur de m'accorder un instant en privé.

— Nous vous avons déjà interrogée, objecta-t-il en rassemblant ses papiers sur la table de la terrasse.

— Je sais, mais… il y a une chose que j'ai omise.

— D'accord, soupira-t-il en me faisant signe de m'asseoir.

J'attendis qu'il ait rangé ses documents et qu'il me donne la parole.

— C'est moi qui ai inventé la proposition de travail à la télévision.

Il sembla perplexe.

— Cette proposition n'existait pas vraiment.

Il hocha la tête. Cela dit, je n'étais pas certaine qu'il ait compris.

— Le problème, c'est qu'Ella y a cru… Elle pensait vraiment qu'une émission de télévision voulait l'engager. Ensuite, je lui ai avoué que j'avais tout inventé. Elle était bouleversée et m'a annoncé qu'elle partait.

— Bouleversée ?

— Oui, mais je ne crois toujours pas qu'elle se soit suicidée. Elle avait besoin de se panser ses plaies, puis la situation se serait arrangée.

— Panser les plaies ?

— Panser ses plaies, oui. C'est une expression ; ce que je veux dire, c'est qu'il fallait simplement qu'elle se remette du choc. Il était manifeste qu'elle n'était pas très amoureuse de Jamie. Sinon, elle n'aurait pas affirmé à la casteuse de la société de production qu'elle était célibataire.

— Non ?

Il était toujours perplexe. Il ne parlait pas vraiment couramment anglais, et moi, pas un traître mot d'italien. M'avait-il comprise ? Je redoutais que les enquêteurs ne trouvent les messages sur le téléphone d'Ella et les interprètent mal. Même pour un anglophone, mes propos auraient semblé décousus. Je poursuivis néanmoins mon récit.

— Elle était fâchée contre moi, mais je doute que cela ait un rapport avec sa mort. Je pensais qu'il valait mieux que vous le sachiez.

— Fâchée, dites-vous ?

— Oui, mais cela durait depuis le début des vacances. On ne s'entendait pas... dès le départ.

— Ah... oui. *La signora* Taylor m'a dit...

Il consulta ses notes.

— Vous et la *vittima*... la victime, vous vous détestiez.

— C'est un peu excessif. Joy, je veux dire, *La signora* Taylor a vraiment dit ça ?

J'étais étonnée qu'elle ait cru bon de le préciser.

— Oui, j'ai bien noté. Ne vous inquiétez pas.

Il fit un geste désinvolte. Avant que je puisse m'expliquer, un agent l'appela.

Maintenant que j'avais tout avoué à la police, je me sentais mieux. Cette histoire était si compliquée.

Juste après mon interrogatoire, je rejoignis les autres pour prendre le petit déjeuner. C'était notre dernier jour de vacances et nous étions pressés de partir, mais nous devions rester jusqu'à ce que la police en ait terminé. L'atmosphère était lourde et la chaleur, accablante. Il était difficile d'alléger l'ambiance pour les enfants. La conversation revenait sans cesse vers Ella. Elle avait beau être partie, vu la tournure dramatique qu'avaient prise les événements, elle semblait devoir demeurer parmi nous à jamais.

Ce fut une période bizarre de deuil, de regrets et de peur, car nous ignorions ce qu'il était arrivé. Pour le bonheur de Joy, Jamie avait recommencé à lui accorder la majeure partie de son attention. Elle semblait étrangement heureuse.

Au milieu de cette tristesse, il y eut des moments doux-amers lors des repas, quand les enfants nous faisaient rire avec leurs réflexions. C'était comme si nous étions tous de nouveau réunis après avoir frôlé la catastrophe.

— Seigneur, quelle mort tragique, dit Joy un soir, lors du dîner. Espérons que cette petite fleur délicate repose en paix.

Elle soupira et se tapota les yeux d'un mouchoir. Je n'aurais pas qualifié Ella de petite fleur délicate, même dans la mort. Néanmoins, Joy pouvait au moins brosser un portrait plus favorable et plus sain de sa défunte belle-fille.

— Elle a eu une vie tellement triste... Depuis la mort de sa sœur, elle n'avait aucune famille, vous savez. Cela me rappelle combien nous avons de la chance d'être ensemble et solidaires. Roberto, enfin, l'inspecteur Bianchi, pense à un suicide, dit-elle, un verre de gin à la main, pour se remettre du choc. Cette pauvre enfant...

J'en reparlai avec Dan plus tard, alors que nous n'étions que tous les deux.

— On peut compter sur Joy pour s'être déjà assez rapprochée de l'inspecteur pour l'appeler par son prénom. Je parie qu'elle lui a fait du gringue, commentai-je.

— Maman résiste étonnamment bien dans les moments difficiles. En cas de coup dur, elle parvient à se mobiliser.

— Comme quand elle s'est « mobilisée » pour évincer ta maîtresse de l'entreprise ? C'est ta mère, non, qui l'a virée ?

J'étais un peu cruelle d'en parler à cet instant, mais je n'avais pu m'en empêcher. Les mots étaient sortis tout seuls. Je m'interrogeais sur tout et tout le monde.

— Oui, répondit-il, gêné.

Je vis alors l'enfant, le fils à sa maman surprotégé quelles que soient ses bêtises.

— Ta mère ferait n'importe quoi pour assurer la cohésion de la famille, surtout si un intrus la menace.

Je marquai une pause. Je ne cessais de retourner cette idée dans ma tête depuis la mort d'Ella.

— Tu sais où elle se trouve, en ce moment ? Marilyn, c'est ça ?

Je fis mine d'avoir oublié son prénom, comme si je n'avais pas rêvé de l'écrire en toutes lettres avec son propre sang.

— Je ne pense pas que le moment soit bien choisi pour...

Il était de moins en moins à l'aise.

À l'époque, je n'y avais guère prêté d'importance. J'étais trop contente que quelqu'un se soit chargé de la sale besogne et que Marilyn soit partie. Mais je commençais à me demander s'il n'y avait pas autre chose derrière le « licenciement » de Marilyn.

— Je ne cherche pas à remuer le passé, Dan. Je me demande simplement ce que ta mère a fait d'elle.

— Comment ça ? fit-il avec un rire nerveux. Ils ont décelé des irrégularités dans la comptabilité... Nous avons dû nous en séparer. Où veux-tu en venir, Clare ?

— Je ne sais pas.

Qu'est-ce qui m'échappait, dans cette affaire ? Si Ella avait voulu se suicider, elle aurait opté pour une mise en scène bien plus esthétique. Elle aurait porté autre chose qu'une tenue de yoga. Elle aurait choisi une longue robe blanche, pour le choc visuel qu'aurait constitué la découverte de « la mariée noyée », pas du Lycra rouge. En tant qu'infirmière, je connaissais les démons qu'affrontaient certaines personnes et les troubles mentaux susceptibles de mener au suicide. J'avais tenu la main de survivants terrifiés, aux yeux écarquillés d'effroi, et de parents endeuillés. Les horreurs du suicide m'étaient familières. Naturellement, je ne pouvais savoir ce qu'il se passait dans la tête d'Ella, mais elle semblait heureuse, impatiente de se lancer dans une nouvelle aventure. Elle était sur le point de tourner la page, comme elle avait l'habitude de le faire.

« Comment savoir ce qui est arrivé à Ella ? C'est peut-être pour ça qu'elle l'a fait. Elle en avait assez de cette vie sur Instagram », avait suggéré Dan plus tôt dans la journée.

Il était loin du compte. Elle ne vivait que pour Instagram. C'était dans son ADN, mais je m'étais gardée de le contredire.

— Alors ? Où est Marilyn, à présent ? insistai-je.

— Elle s'est installée en Australie. Elle avait de la famille, là-bas. Je n'ai pas eu de nouvelles... On n'est pas restés en contact.

— Quelqu'un a eu de ses nouvelles depuis son départ ?

— Comment le saurais-je ? Clare, je t'en prie, passons à autre chose, m'implora Dan, visiblement mal à l'aise.

— J'aimerais bien. Hélas, je ne suis pas sûre d'en être capable.

Plus tard, quand les enfants furent couchés, Dan, Joy, Bob et moi mangeâmes des restes dans la cuisine. Nul ne dit grand-chose. Nous étions soudain comme des inconnus polis se passant le beurre et parlant de la pluie et du beau temps. La mort d'Ella était trop énorme pour que l'on en parle, qu'il s'agisse d'un suicide ou d'autre chose, c'était une épreuve difficile à surmonter. Malgré l'heure tardive, il faisait chaud et l'air était lourd, surtout dans la cuisine. Nous étions tous perdus dans nos pensées. J'eus soudain besoin de sortir un peu pour remettre de l'ordre dans mes idées.

— Je vais prendre l'air, annonçai-je en promettant de ne pas m'attarder.

Ils ne réagirent même pas à mon départ, trop concentrés sur leurs propres théories. Dans le jardin, il faisait un peu plus frais. Je vis Jamie assis, seul.

Je pris le temps de l'observer. Notre relation d'une nuit avait-elle perturbé Ella plus que je ne l'imaginais, d'où sa haine envers moi ? Je ne pus m'empêcher de songer à une autre fois où j'avais croisé Jamie dans un jardin. Comment les choses auraient-elles tourné si, cette nuit-là, des années plus tôt, Dan n'avait pas été au téléphone avec Carmel, sa maîtresse, et si je ne m'étais pas enfuie dehors ? Ella aurait-elle eu une attitude différente envers moi ? Serait-elle encore de ce monde ? Elle serait peut-être en train de flâner avec moi, à rire des frères Taylor.

Jamie était assis devant la table en fer forgé, là où Ella et Dan avaient discuté, quelques jours plus tôt.

— Je peux me joindre à toi ?

Il ne leva même pas les yeux.

Au bout de quelques secondes d'hésitation, je finis par m'asseoir au bord d'une chaise.

— Comment tu vas, Jamie ?

Pas de réponse. Quand je posai une main sur son bras, il haussa les épaules.

— Jamie, dis-je en prenant mon courage à deux mains. Tu crois que c'était un accident ou... ?

Il se tourna vers moi, la mine grave.

— Je crois que c'était un meurtre.

— Oh !

J'étais sous le choc. Je m'attendais à ce qu'il pense à un suicide, voire à un accident, mais pas à un meurtre.

— Comme je l'ai dit à la police, elle ne se serait jamais suicidée. Et elle ne se serait pas aventurée seule au bord de la piscine. Je crois que quelqu'un l'a poussée à l'eau.

Ne sachant que dire, je ne lui répondis pas.

— Ella était plus courageuse que moi, soupira-t-il. Elle refusait de rester dans l'ombre, comme nous. Même si on était en train de rompre, elle avait raison quand elle disait que j'avais besoin de savoir une fois pour toutes si j'étais le père de Freddie, avant d'affronter la situation. Toi, tu ne voulais surtout pas ça, n'est-ce pas ? Ce qui est arrivé à Ella te facilite la vie. Je parie que tu es contente qu'elle soit morte.

Il me regardait avec une haine profonde. Ses yeux naguère tendres me transperçaient.

Si je ne me réjouissais pas de sa mort, il avait raison quant au fait que la disparition d'Ella me facilitait la vie. Jamie était la seule autre personne au monde à savoir à quel point j'avais pu souhaiter sa mort et pourquoi. Incapable d'en supporter davantage, je me levai lentement et m'éloignai.

34

L'inspecteur Bianchi finit par partir avec son équipe et nous autorisa à rentrer en Angleterre. Il déclara avoir d'abord pensé à un meurtre mais, faute de preuves, il ne pouvait que conclure à une mort accidentelle. Nous devrions sans doute revenir en Italie en tant que témoins. Pour l'heure, nous étions libres.

Nous étions soulagés d'échapper à la chaleur pour rentrer chacun chez soi.

La veille de notre vol, je jouais dans le jardin avec les enfants. Nous n'avions plus utilisé la piscine. J'évitais Dan. Je n'étais plus certaine de connaître mon mari et il me fallait du temps pour réfléchir. Bizarrement, j'éprouvais le besoin de faire mon deuil d'Ella, la femme qui avait fait de ma vie un enfer. Je regardais son compte Instagram en me rappelant nos conversations. J'avais l'impression d'être une détective enquêtant sur la mort d'Ella. J'avais beau étudier les indices, je n'obtenais aucun résultat. Quand Dan faisait une apparition, il avait l'air hanté. Détenait-il la clé du mystère ? Peut-être se posait-il la même question à mon propos. Nous ne nous parlions guère, éludant les conversations tout en jouant notre rôle en présence des autres.

Bob conduisit Jamie à la morgue où reposait la dépouille, qui serait rapatriée quelques jours plus tard. Ce soir-là, lors du dîner, il nous déclara que la police britannique avait retrouvé la famille d'Ella.

— J'ignorais qu'elle avait de la famille, dit Joy en se tapotant les lèvres avec sa serviette.

— Apparemment, ses deux parents sont encore en vie, révéla-t-il d'une voix hésitante.

Nous échangeâmes tous des regards abasourdis.

— Qu'est-ce que... ? fit Dan.

Naturellement, Jamie était dévasté. Pour ne pas perdre la raison, il avait besoin de comprendre, sans doute.

Joy et moi essayâmes de le réconforter pendant que Dan couchait les enfants. Bob faisait la vaisselle, ce qui permit à Jamie de parler. Il était désemparé de voir que tout ce à quoi il avait cru s'écroulait.

— Pourquoi avoir dit qu'ils étaient morts ? ne cessait-il de répéter, la tête dans les mains.

Joy prit le bras de son fils cadet.

— Ils étaient peut-être brouillés, hasarda-t-elle.

Jamie avait fini par s'entretenir au téléphone avec les parents d'Ella, qui lui avaient confirmé que leur fille souffrait de troubles mentaux. Je me sentais terriblement coupable. J'aurais dû m'en rendre compte. Je me serais alors comportée différemment avec elle. Mais je savais que cela ne justifiait rien et j'étais incapable de me pardonner.

— Elle semblait si forte, si sûre d'elle, geignit Jamie. Quand on la connaissait mieux, elle n'était plus du tout ainsi. D'après ses parents, elle ne s'était jamais remise de la mort de sa sœur et ils sont persuadés que c'est pour cela qu'elle s'est suicidée.

— C'est logique, soupira Joy. Je ne sais pas comment ils font pour tenir le coup.

— Je me demande si c'est la raison pour laquelle elle nous a dit qu'ils étaient morts, s'interrogea Jamie. En les voyant, elle pensait à sa sœur. Si seulement elle ne m'avait pas menti... J'aurais préféré connaître la vérité.

— Qui sait ? intervins-je. Parfois, il ne s'agit pas tant de mentir que de ne pas dire la vérité pour protéger les autres.

Je ressentis alors une connexion avec Ella, ce qui n'était pas arrivé de son vivant.

— Elle devait avoir ses raisons, dit Joy. Sa vie entière n'était qu'un mystère, en réalité.

— Oui... même pour moi. C'est ce que je trouvais si intrigant chez Ella, son mystère.

Jamie sourit comme s'il revivait un souvenir.

— Je me demande encore comment elle gagnait sa vie rien qu'en postant des photos. Ses parents t'en ont révélé davantage ? demanda Dan en nous rejoignant.

L'espace d'un instant, Jamie hésita, puis il déclara :

— Apparemment, Ella passait d'un homme à l'autre. Ils payaient tout et elle n'avait pas besoin de travailler. Elle se contentait de vivre... J'imagine que je n'étais qu'un amant de plus pour elle.

Jamie était sans doute triste parce qu'Ella avait été moins ouverte avec lui qu'il l'avait été avec elle.

— Mon Dieu ! s'exclama Joy avec effroi en entendant ces révélations.

Quand je lui avais dit que c'était ce que je soupçonnais, elle n'avait pas eu l'air de comprendre.

— Je me demande si elle avait des sentiments pour moi, soupira-t-il.

— Bien sûr que oui, assura Joy sans conviction.

Pour ma part, je ne pouvais le réconforter. Je n'avais aucune preuve de son amour pour lui. J'aurais aimé apaiser sa souffrance. Hélas, je ne pouvais lui mentir. Le fait qu'Ella ait été prête à le quitter aussi facilement pour une simple proposition de travail suggérait qu'elle n'avait guère d'amour pour lui. Après la mort de sa sœur, avait-elle été capable d'aimer de nouveau ?

— Jamie, elle voulait se remplir les poches, dit Dan, exprimant les pensées de tous. Je sais que le moment est mal choisi pour te dire ça, mais elle essayait de me faire chanter.

— Quoi ? fit Jamie en blêmissant. Je n'arrive pas à le croire.

Il n'avait réellement aucune idée du genre de femme qu'avait été sa jeune épouse, mais, finalement, qui connaissait vraiment Ella ? Elle-même semblait avoir été plutôt perdue, de son vivant.

— Elle voulait prétendre que je l'avais touchée, que je lui avais fait des avances.

Incrédule, Jamie secoua la tête et Bob, de retour de la cuisine, se mit à grommeler.

— Assez parlé de tout ça ! décréta Joy, pour qui la conversation prenait une tournure glauque. Bob va nous servir un bon gin tonic avec de la glace et du citron, n'est-ce pas, Bob ? Et on ira tous se coucher de bonne heure pour prendre l'avion demain matin.

C'était ainsi, chez les Taylor. Joy menait la danse. Elle glissait le moindre problème sous le tapis, une méthode efficace jusqu'alors. Peut-être avait-elle compris qu'Ella serait moins facile à manipuler...

Le lendemain, à l'aéroport, nous avions l'air d'une famille normale rentrant de vacances. Les enfants chahutaient et Joy avait déjà mis son masque. Le stress des derniers jours avait eu des effets néfastes sur sa peau. Bob était plongé dans une grille de mots croisés et Dan et moi nous chamaillions à propos de l'heure à laquelle faire manger les enfants. Pendant ce temps, le pauvre Jamie gardait le silence, cherchant toujours à comprendre ce qu'il s'était passé. En quelques jours, il était passé de jeune marié à veuf.

Violet me tira soudain par le bras.

— Maman, maman, il y a une urgence !

D'instinct, je regardai en direction des portes menant à la zone de contrôle des passeports. J'avais l'impression que l'inspecteur Bianchi n'en avait pas terminé avec nous.

— Quelle urgence, chérie ?

— J'ai envie de faire pipi.

Je me mis à rire, soulagée de ne pas voir arriver les *carabinieri*. Confiant les garçons à Dan, je me dirigeai vers les toilettes avec ma fille. En sortant, nous fîmes un petit tour à la boutique duty free. Violet nous aspergea de parfum, puis me montra les bijoux en disant qu'elle aimerait bien avoir la grosse bague en diamant de la vitrine. Pour ma part, je préférais les boucles d'oreilles, également en diamants.

— Tu pourrais avoir celles de mamie, me répondit-elle. Je suis sûre qu'elle te les donnerait. Tatie Ella n'en a plus besoin, maintenant.

Du haut de ses neuf ans, Violet ignorait ce qu'il s'était passé. Elle n'avait capté que des bribes de conversations.

— Je crois que c'est mamie qui les a, déclarai-je, sachant que Joy les avait récupérées.

— Non, non, elle les a données à Ella, insista Violet.

— Qu'est-ce que tu me racontes ?

Mon cœur s'emballa soudain.

— J'étais là ! Je jouais à cache-cache avec Alfie et j'étais cachée derrière le canapé. Elles sont entrées et mamie a dit : « Ella, je veux que tu acceptes mes boucles d'oreilles en diamants en guise de cadeau de mariage, mais ne le dis pas à Clare. Va les chercher dans ma chambre et cache-les dans ton coffret à bijoux, ma chérie. »

Ella n'avait donc pas menti... Elle n'avait pas volé les boucles d'oreilles.

35

AUJOURD'HUI

Je me rappelle clairement les détails. Son parfum de sel et de citron, l'éclat doré de sa peau, sa façon de rire à gorge déployée, la tête rejetée en arrière, révélant ses dents blanches, vivant l'instant présent. Ce n'est qu'un an plus tard que je peux faire mon deuil de la jeune femme qui est entrée dans notre vie pour si peu de temps et dont la vérité nous échappait comme un poisson nous glissant entre les mains.

Loin de la pression de l'été dernier, je comprends qu'elle n'était potentiellement pas celle que je croyais. J'avais peut-être projeté une partie de ma méfiance, de ma vulnérabilité et de mes craintes sur cette inconnue qui ne faisait que se protéger en parcourant le monde, perdue sans sa sœur. C'étaient les autres qui mentaient, qui manipulaient. C'étaient eux qui voulaient se sauver, quitte à me faire souffrir.

Au cours de l'année écoulée depuis ces vacances funestes, j'ai compris beaucoup de choses. Les Taylor ne sont pas aussi parfaits, bienveillants ou accueillants que je le croyais. Joy n'est pas la bourgeoise inoffensive qu'elle prétend être. J'aurais dû m'en apercevoir dès le moment où elle avait planifié mon voyage de noces et fait en sorte de nous débarrasser de la maîtresse de mon mari avant de me convaincre de poursuivre une relation qui me tuait à petit feu. Je me suis rendu compte, dans la chaleur et les secrets, que mon couple n'avait pas résisté à l'ouragan des infidélités de Dan. Je vivais en marge, sans savoir, sans faire confiance, toujours méfiante. Je l'ai toujours su, au fond de moi, mais, depuis quelque temps, cela m'apparaît de plus en plus clairement et je ne peux pas vivre avec ce sentiment pour le restant de mes jours.

Finalement, Jamie n'a pas intégré l'agence. Il a fait comme d'habitude et a pris un avion vers une contrée lointaine pour se cacher pendant quelques mois. C'était compréhensible. Sa jeune épouse était morte. Il n'allait pas se présenter au bureau le lundi matin en se frottant les mains, impatient de s'y mettre. Étonnamment, Bob a vraiment cédé ses responsabilités à Dan. Mais l'été dernier nous avait tous affectés. Dan n'avait plus la même énergie, le même enthousiasme pour son travail. Il s'absentait pendant des heures, le soir, en prétendant travailler tard. Je me demandais s'il avait rencontré quelqu'un d'autre.

Je lui ai posé la question sur tous les tons, en vain. Je me suis surprise à fouiller dans son téléphone, à lire ses mails. Je devenais la femme que je ne voulais pas être. Je m'interrogeais sur son envie de quitter le travail plus tôt pour aller chercher Violet à l'école, ce qu'il n'avait jamais vraiment fait auparavant. Quand il a commencé à parler de Mlle Thomas, l'enseignante de Violet, j'ai compris. C'était comme entendre une chanson dont on ne se souvenait que de la moitié des paroles, mais dont la mélodie était familière et ravivait des douleurs du passé. Je ne voulais pas passer le reste de ma vie dans l'impossibilité de trouver le repos, à guetter le danger partout. Je n'avais plus confiance et, sans cela, la relation ne pouvait plus fonctionner.

J'en ai parlé à Joy en ajoutant que je ne resterais pas, cette fois, et que j'allais demander le divorce. Elle m'a répondu que c'était une erreur et m'a proposé d'aller voir la directrice de l'école pour faire muter Mlle Thomas.

« Vous ne comprenez pas, Joy, lui ai-je répondu. Le problème n'est pas l'hôtesse de l'air qui lui a servi une bière, ni la jolie comptable, au bureau, ni même Mlle Thomas. Le problème, c'est Dan. Votre fils n'est pas celui que vous croyez, du moins celui que vous faites mine de voir en lui.

— Ma chérie, je ne suis pas stupide. Tu as raison, bien sûr. Hélas, les hommes sont ainsi. »

J'ai su à cet instant que j'avais perdu son soutien. Je quittais les Taylor, alors les Taylor me quittaient.

Je vois à présent qu'Ella et moi étions toutes les deux des victimes, des intruses dans cette famille dont les membres ne se soutenaient qu'entre eux. Joy était agréable tant que l'on était de son côté, dans sa famille, mais, dès qu'elle percevait une menace, elle passait à l'attaque. À sa façon subtile, elle s'était insinuée entre nous. « Tu apprécies Clare, Ella ? » « Je m'inquiète... Surtout pour Clare. Elle est un peu fragile... sur la défensive, en ce moment, d'autant plus en présence d'une personne aussi séduisante que toi. » Elle avait distribué les rôles en suggérant qu'il y avait peut-être un problème et en donnant à Ella ces boucles d'oreilles que j'admirais tant. Elle savait que cela me ferait de la peine et engendrerait peut-être du ressentiment de ma part. Joy ne pouvait savoir que je verrais Ella les « dérober » et que je déclencherais un tel conflit. Je me rends à présent compte que Joy se servait de moi pour tirer à boulets rouges sur Ella tout en restant en retrait. J'étais l'imbécile qui avait fait de la vie de ma nouvelle belle-sœur un enfer pendant deux semaines. Joy nous avait manipulées telles des marionnettes. Ella n'était pas un ange. Elle pouvait se montrer malhonnête, mesquine, égocentrique. Elle avait profité de ses amants. Dieu seul savait ce qu'elle attendait de Jamie, qui n'était pas un millionnaire possédant un yacht et une villa. À moins qu'elle n'ait été amoureuse de lui, je ne vois pas pourquoi elle l'aurait épousé. Je ne connaîtrai sans doute jamais ses motivations, mais elle était un pion, elle aussi.

Quant à Jamie, il va mieux et nous nous parlons de nouveau. Quand il est revenu, à Noël, il m'a embrassée comme si rien ne s'était passé. Tout était rentré dans l'ordre. Il n'a plus dit qu'il voulait être le père de Freddie et est aussi heureux de le voir lui que mes autres enfants. Je veux que nous soyons amis. Nous avons traversé une telle épreuve, l'été dernier... J'ai envie d'en parler. Jamie aussi. Joy et Dan ne ressentent pas ce besoin. Ils ont tourné la page. Pour eux, c'est du passé.

« Arrête de ressasser », répond généralement Joy quand j'essaie d'aborder le sujet.

Pour Dan, c'est sans doute trop douloureux. Après les accusations d'Ella, il était si blessé qu'il n'a plus reparlé des événements. Quant à savoir s'il était vexé parce qu'il était innocent ou parce qu'il avait été privé d'une aventure, cela reste un mystère.

La semaine dernière, Jamie, tout juste rentré de Thaïlande, est passé me voir, ce qui était gentil de sa part. J'avais une matinée de libre et il passait dans le coin. Nous avons bu un café au salon en bavardant, tandis que Freddie s'amusait.

— C'est comme au bon vieux temps, ai-je dit après qu'il m'a raconté son voyage et ses projets. Comment vas-tu vraiment ? Tu as réussi à avancer, ne serait-ce qu'un peu ?

— Oui, je crois. Je suis resté en contact avec ses parents, confia-t-il avec un sourire tendre.

— Je l'ignorais.

— Je n'en ai pas parlé. Maman n'approuverait pas. Tu la connais...

— Oui. Elle veut tout oublier, faire comme si rien ne s'était passé.

— Moi aussi. Je suis parti dans l'espoir d'oublier, mais je n'y arrive pas et ses parents sont mon dernier lien avec elle. C'est comme si elle n'avait jamais existé.

— Tu regardes son compte Instagram ?

— Je n'y arrive pas. Ce serait comme replonger dans le

passé, quand nous étions heureux, avec les photos du mariage et le reste...

Il a secoué la tête, au bord des larmes.

— Non... Peut-être un jour, a-t-il fait en essayant d'esquisser un sourire.

Je retourne sur son profil, parfois. C'est bizarre que le compte existe encore et pas elle. Sa vie fantasmée lui a survécu. C'est la marque du XXIe siècle. La vie en ligne est une forme d'immortalité. Cela lui plairait.

Au moment de sa mort, le *Manchester Evening News* a publié un long article sur elle, sur la tristesse d'une jeune mariée qui ne supportait pas de vivre.

— Comment vont ses parents ?

— Ils sont dévastés. Ils ne s'étaient déjà pas remis de la mort de sa sœur...

Je me rappelle leurs visages blêmes, lors des obsèques. Nous avons parlé brièvement à ce couple ayant perdu ses deux enfants. Comment imaginer ce que l'on ressentait lorsque l'on a perdu ses deux filles ?

— Ils ont dit qu'ils s'étaient toujours inquiétés pour Ella lorsqu'elle partait en voyage et ne donnait pas de nouvelles pendant des mois, et, pour sa sœur, c'étaient ses vols qui les tourmentaient, a poursuivi Jamie.

— Ses vols ?

— Oui. Carmel était hôtesse de l'air. Elle semblait être comme Ella, un esprit libre, a-t-il expliqué d'un ton nostalgique.

J'ai tenté de sourire, mais mon esprit était concentré sur une information. *Carmel était hôtesse de l'air.*

Il devait y avoir plus d'une hôtesse de l'air s'appelant Carmel et vivant à Manchester, non ?

— Qu'est-il arrivé... à Carmel ?

— Elle était déprimée... à cause d'un homme marié. Il lui avait dit qu'il quitterait sa femme, mais il ne l'a pas fait et, quand il l'a larguée, elle a vraiment sombré. Sa mère m'a confié qu'elle ne s'en était jamais remise. Elle ne cessait d'essayer de le contacter, mais il ne décrochait pas. Il a même changé de numéro. Pendant un moment, il l'a obsédée. Elle l'a même appelé chez lui. Sa femme était enceinte et lui a indiqué qu'elle était au courant de leur liaison. Elle lui a raconté qu'il n'avait jamais eu l'intention de la quitter et que si elle les recontactait, ils appelleraient la police. Le problème, c'est qu'il n'avait pas précisé à Carmel qu'ils attendaient un bébé. Pour elle, ce fut insupportable et elle n'avait plus de raison de vivre. Tu imagines ce qu'elle a ressenti ? Elle devait être brisée. Elle a fini par se suicider.

36

Découvrir l'histoire de la sœur d'Ella m'a fait l'effet d'une bombe. J'avais beau me répéter que ce ne pouvait être qu'une coïncidence, je savais que ce n'était pas le cas. En pratique, c'était moi qui avais porté l'estocade à Carmel. Pas étonnant qu'Ella m'ait détestée. Elle devait le savoir. Elle avait soif de vengeance. Elle n'avait pas croisé Jamie par hasard dans un bar de Manchester. Elle le connaissait grâce à Internet. Elle avait vu ses publications et savait qu'il était le frère de Dan. Elle pouvait atteindre Dan (et moi) à travers lui. Ce mariage avec Jamie était une solution extrême, mais Ella était ainsi, je crois. Excessive. Elle faisait la fête, parcourait le monde, libre comme l'air. Un esprit indépendant et tourmenté. Elle avait décidé de venger la mort de sa sœur. Pour elle, cela ne s'était pas déroulé comme prévu.

Pendant plusieurs jours, j'ai gardé pour moi mes théories et cette information. Je n'en ai même pas parlé à Dan, au début. J'avais besoin de temps pour réfléchir. Je m'interrogeais aussi sur les conséquences. Dan savait-il que Carmel était la sœur d'Ella ?

Au cours de l'année qui venait de s'écouler, j'avais senti

notre couple se déchirer davantage. Cette liaison avec Mlle Thomas a été le coup de grâce. À quelque chose malheur est bon, dit-on. Cette histoire m'a libérée. Je ne compte plus sur Dan pour quoi que ce soit. Nous vivons sous le même toit, nous profitons tous les deux des enfants à des moments différents en attendant que le divorce soit prononcé. Je vais bien. Ayant enfin chassé Dan de mon cœur et de ma tête, j'ai hâte de vivre une nouvelle aventure.

La semaine dernière, Dan et moi avons pris un ultime dîner ensemble pour discuter des finances car la maison était en vente. Je partagerai un logement plus petit avec les enfants et Dan louera un appartement non loin de chez moi pour pouvoir les voir.

— Tu es sûre que c'est ce que tu veux ?

Je le lui ai confirmé pour la centième fois.

— Depuis l'été dernier, rien n'est plus pareil entre nous, a-t-il soupiré en se servant un verre de vin.

— Cela remonte à bien avant, Dan...

— Oh, elles n'avaient aucune importance, tu le sais bien.

— Non. Elles n'avaient peut-être aucune importance pour toi, mais pour moi, si. Elles ont brisé notre couple. Enfin, tu as brisé notre couple.

— Tu refuses toute responsabilité, n'est-ce pas ? a-t-il constaté en secouant la tête.

Ces moments-là me rendaient forte et me rappelaient pourquoi je déracinais mes enfants et je faisais exploser notre famille.

— Tu parles de responsabilités ! Et les tiennes ? Tu ne te sens pas coupable de sa mort ? Celle d'Ella, je veux dire.

Il a plissé le front, visiblement contrarié.

— Non. Pourquoi ? Elle aurait pu m'anéantir.

— Oui, mais je me demande toujours pourquoi elle a lancé ces accusations.

— Parce qu'elle était toxique, a soupiré Dan.

— Ou qu'elle voulait te faire du mal. Nous faire du mal.

— Écoute, Clare, je suis fatigué. Tu aimes peut-être remuer la boue. Pas moi. Je n'ai aucune envie de parler du psychisme d'une folle, alors restons-en là, d'accord ?

Sa colère était encore vivace. Il a enfoncé sa fourchette dans ses brocolis et a levé les yeux vers moi.

— Quoi ? Je veux oublier qu'elle a existé.

— Comme Carmel ?

Il a posé rageusement sa fourchette.

— Qui ça ? Oh non, pas elle ! On est en train de divorcer, Clare. Pourquoi tu insistes là-dessus ? Tu n'arrives pas à laisser tomber, c'est ça ?

— Contrairement à toi. Tu arrives à te détacher de tout et de n'importe qui. Vous êtes tous pareils, vous, les Taylor. Quand vous n'aimez pas la vue, vous passez à autre chose.

— Heureusement qu'on se sépare. Tu n'auras plus à nous supporter. Tu ne seras plus une Taylor. Je parie que tu t'en réjouis !

— Tu savais que Carmel s'était suicidée ? ai-je demandé, ignorant son commentaire puéril.

— Il paraît, oui, a-t-il maugréé en revenant à ses brocolis.

— Tu n'en as jamais parlé.

— Pourquoi ? C'était il y a longtemps. Pourquoi en aurais-je parlé ?

— Comment as-tu appris... sa mort ?

— Je ne sais plus. Un coup de fil. Quelqu'un avait trouvé mon nom et mon numéro dans son téléphone.

— Qui ça ?

— Bon sang, Clare !

Il était rouge de colère... ou d'autre chose.

— Je t'en prie, c'est important. C'est sa sœur qui t'a appelé ?

— Peut-être. Oui, probablement.

— Ella ?

— Qu'est-ce que tu racontes ?

— Sa sœur t'a dit que c'était ta faute ?

Il a haussé les épaules.

— Elle hurlait au téléphone en me traitant d'assassin. J'ai simplement raccroché. On ne peut pas discuter avec ces gens-là.

— Si, on peut, en ayant un peu de compassion ou un sens même minime des responsabilités. Ce qui n'est pas ton cas, n'est-ce pas ?

— Je n'avais rien à voir avec ça ! a-t-il lancé en haussant le ton, furieux.

— Ça avait *tout* à voir avec toi, au contraire.

Abandonnant son repas, il s'est levé et a traversé la cuisine pour s'appuyer sur le plan de travail, le plus loin possible de moi.

— Je te répète que ce n'était pas ma faute. Tu savais qu'elle me harcelait à toute heure du jour et de la nuit. Elle me rendait dingue.

— Puis elle a appelé à la maison et j'ai décroché. Et on n'a plus entendu parler d'elle.

— Tant mieux.

— Non, pas « tant mieux ». Elle était anéantie. Une jeune femme à qui tu avais promis la lune s'est tuée à cause de toi, à cause de nous. Et il est temps que tu le saches : Ella était sa sœur !

Sincèrement choqué, Dan est revenu à table et s'est écroulé sur sa chaise.

— Carmel et Ella étaient sœurs ?

— Tu l'ignorais vraiment ?

— Je te jure que oui.

Je n'étais pas certaine de le croire. De croire quoi que ce soit venant de lui.

37

Durant plusieurs jours, j'ai pensé sans cesse à Ella et à Carmel, au point que j'ai ressenti le besoin de contacter leurs parents. Il était temps d'avancer et j'espérais que le fait de parler à quelqu'un qui avait assisté aux derniers jours d'Ella les aiderait.

Jamie m'a fourni leur numéro. Je n'ai pas jugé nécessaire de tout lui dire pour l'instant. Il avait déjà le cœur brisé et doutait des sentiments qu'avait pu éprouver la jeune femme. Cette information sur sa sœur ne ferait que confirmer ses soupçons : Ella était avec lui pour d'autres raisons que l'amour.

J'ai donc appelé Mme Bailey, qui a semblé presque heureuse de m'entendre.

— Appelez-moi Sheila, a-t-elle proposé.

Puis elle a entrepris de me poser une kyrielle de questions sur ce jour-là.

— Jamie nous a dit que vous aviez essayé de la réanimer, mon petit. Robert et moi vous en remercions.

J'avais l'impression d'être hypocrite. Nous avions été ennemies, et la mort d'Ella avait changé tant de choses pour moi. Il m'avait fallu un an pour surmonter tout ça, comprendre pourquoi nous avions agi de la sorte et à quel point elle était une victime, elle aussi.

Sheila a évoqué la vie de ses deux filles, puis j'ai gentiment posé quelques questions. C'était bien la même Carmel à qui Dan avait promis la lune. Elle était jeune, fragile et il l'avait brisée.

— Ella ne s'est pas remise de la mort de sa sœur, a soupiré Sheila. Elle a menacé d'aller chez lui pour le tuer. Robert et moi avons réussi à la convaincre que ce n'était pas la solution, mais elle vivait avec ce chagrin en elle, cette colère, ce qui est inévitable, je suppose.

— Connaissez-vous le nom de cet homme, celui avec qui sortait Carmel ?

Je retins mon souffle.

— Non. Elle ne nous l'a pas dit. Je crois qu'Ella le savait, mais nous n'avons pas posé de questions. Je préfère ne pas savoir.

Je préférais aussi qu'il en soit ainsi. Ce que j'ai assené à Carmel, au téléphone, a été entièrement soufflé par Joy, mais j'en endosse l'entière responsabilité. Je lui ai indiqué que j'étais enceinte et que nous étions heureux. En vérité, je n'avais jamais été aussi malheureuse et le bébé n'était sans doute pas de Dan. Les mensonges que j'ai proférés ce jour-là ont déclenché une réaction en chaîne menant à la mort de deux sœurs qui auraient eu la vie devant elles si elles n'avaient pas croisé le chemin des Taylor. Et le mien.

Hier, j'étais invitée à prendre le thé chez Joy. Elle souhaite me garder de son côté et insiste pour que nous restions amies malgré le divorce. « Cela n'affectera pas nos relations », répète-t-elle, et je lui en suis reconnaissante car il est important que les enfants voient leurs grands-parents. Et je veux pouvoir l'appeler si j'ai besoin d'aide ou de conseils à leur sujet.

Il était prévu qu'il y ait de petites choses à grignoter et de nombreux ragots. Quoique ce ne soit pas mon environnement habituel, j'y suis allée car je sais qu'elle veut sauver les apparences, pour que ses amies constatent à quel point sa famille est civilisée. Même en plein divorce, nous prenons le thé ensemble.

Je suis arrivée de bonne heure, avec un gâteau au chocolat maison. Les enfants l'avaient décoré et je n'étais pas persuadée que les bonbons colorés et les traces de doigts lui vaudraient un énorme succès. Je dirais néanmoins aux enfants que les gens l'avaient adoré et qu'on leur avait gardé une part, car je ne manquerais pas de rapporter des restes. Joy surveillait sa ligne alors qu'elle ne dépassait pas un petit 40.

— Joy, je suis venue plus tôt pour vous parler deux minutes, ai-je annoncé tandis qu'elle disposait sa plus belle porcelaine sur la table de la salle à manger qu'elle avait ordonné à Bob de porter sous la verrière.

— Formidable, ma chérie, a-t-elle déclaré en masquant difficilement son dégoût face à mon gâteau maison.

— On peut discuter ?

— Bien sûr.

Ce que j'avais à dire ne lui semblait pas plus important que ce thé, de sorte qu'elle a continué à s'affairer.

— C'est à propos d'Ella.

Joy a failli lâcher une tasse et s'est tournée vers moi.

— Oui ?

— Vous savez quelque chose sur sa famille ?

— Seulement qu'elle n'avait plus de parents, puis qu'elle en avait, finalement, a-t-elle répondu d'un ton sec, en dépoussiérant un pot à lait. Bob ne sait vraiment pas laver la vaisselle correctement, a-t-elle maugréé.

— Vous vous rappelez qu'Ella avait évoqué sa sœur ?

— Celle qui s'est noyée ? Oui, je me souviens. Comment distinguer le vrai du faux, avec Ella ?

Je n'ai pas réagi. Joy essayait de me mettre dans sa poche.

À Amalfi, elle avait pris le parti d'Ella et dressé des obstacles sur la route d'une amitié potentielle.

— Vous vous rappelez Carmel, la première maîtresse de Dan ?

— Oh non, tu ne vas pas revenir là-dessus, j'espère !

Elle s'est interrompue pour me regarder d'un air peiné.

— J'ai découvert que Carmel était la sœur d'Ella.

— Non ! s'est-elle exclamée, une fourchette dans la main.

Troublée, elle a continué à disposer ses fourchettes à gâteau sur les serviettes.

— Tu en es certaine ?

Je lui ai expliqué que leur mère me l'avait confirmé et qu'Ella était pleine de rage.

— Elle voulait se venger, ai-je expliqué. Elle haïssait Dan. Et moi, bien sûr. Elle voulait nous faire payer. Dommage que Jamie soit une victime collatérale. Et vous aussi. Elle détestait les Taylor.

— La vengeance et la haine sont deux mots très forts. Elle devait avoir du ressentiment face à notre complicité, à la famille unie et heureuse que nous avions créée. Elle n'aurait jamais réussi à s'interposer entre nous. C'est sans doute pourquoi elle a renoncé.

— Non, ce n'est pas pour ça, Joy. Apparemment, elle ne supportait pas le fait que Dan avait encore un frère et une famille alors que, à cause de lui, elle avait perdu sa sœur.

— J'avais perçu la menace. C'était une fille très dangereuse qui a mené notre Jamie en bateau en lui racontant des horreurs sur Dan.

Elle rougit de colère, comme Dan quand je lui avais annoncé la nouvelle. Elle n'avait pas vraiment entendu ce que je venais de déclarer, elle n'était pas prête à endosser la douleur de quelqu'un d'autre. Il n'y avait qu'elle, Jamie et Dan qui souffraient. Soudain, j'ai eu une révélation : les actes de Dan et le besoin de Joy de le protéger étaient responsables de tout ça.

Or elle n'avait même pas vraiment intégré mes propos sur les deux défuntes. Elle ne s'intéressait qu'à elle et à sa précieuse famille.

38

J'avais peine à croire que Joy soit indifférente au suicide de Carmel à cause de Dan. Je lui avais pourtant décrit l'émotion de la mère d'Ella en lui demandant d'imaginer la douleur d'une mère face à la mort de ses deux enfants.

— Je sais, c'est terrible, a-t-elle soupiré. Passe-moi les cuillères, les plus petites, là-bas. Elles sont bien plus belles que les autres, tu ne trouves pas ?

Ses amies sont arrivées et Joy les a reçues comme une reine. Elles étaient toutes comme elle : foulard en soie, sourire de façade. Je ne sais pas pourquoi, mais j'ai enduré une heure de papotages et de macarons jusqu'à ce que, n'en pouvant plus, je propose de débarrasser la table.

Avec un sourire posé, j'ai réuni les tasses pleines de traces de rouge à lèvres pour les porter à la cuisine où je les ai presque jetées dans l'évier. Puis je me suis appuyée contre le comptoir et ai pris une profonde inspiration.

— Ah, tu as réussi à t'échapper ? a fait une voix, dans le coin de la pièce.

J'ai sursauté. Ce n'était que Bob.

— C'est un peu trop pour moi, ai-je répondu, heureuse d'avoir quelqu'un à qui parler, n'importe qui.

— Tu veux un bon mug de thé ? a-t-il proposé.

J'ai eu envie de l'embrasser.

— Avec grand plaisir. J'en ai assez, de la porcelaine.

Il a ri.

— Joy adore sa vaisselle chic. Un cadeau de mariage de ma tante. Ça coûte un bras ! Enfin, tu connais Joy. Elle a inscrit ce service sur la liste et l'a obtenu.

— Joy obtient toujours ce qu'elle veut. Elle est déterminée.

Il a acquiescé d'un sourire.

— Je sais qu'elle peut être un peu difficile, parfois, a-t-il dit comme pour s'excuser, mais elle a passé une année compliquée, depuis Jamie et Ella... et le reste. Elle s'inquiète pour toi et Dan, à présent. Elle craint que tu ne prennes les enfants pour aller vivre ailleurs et qu'on ne les voie plus.

— Je ne ferais jamais ça, Bob.

— C'est une bonne nouvelle. Je connais notre Dan. Il a les yeux baladeurs, certes... Mais ces filles n'ont aucune importance. Tu as toujours été son véritable amour, la mère de ses enfants.

« Les yeux baladeurs » ? C'était ainsi que Joy et Bob qualifiaient l'infidélité de leur fils ?

— Et ce drame horrible avec Ella... Joy était bouleversée qu'elle ait raconté ces histoires sur Dan qui l'aurait touchée. Il m'a dit : « Papa, j'ai simplement passé mon bras autour de sa taille. Je lui ai peut-être touché les fesses par accident. » Et voilà qu'elle va raconter n'importe quoi. On marche sur la tête, Clare. Et notre Dan a ajouté qu'elle l'avait dragué pendant toutes les vacances avant de changer d'avis et de menacer d'appeler la police. Ce « #metoo » a vraiment tourné la tête des femmes. Le politiquement correct c'est vraiment du n'importe quoi !

Je n'ai même pas trouvé les mots pour lui répondre. C'était

une facette de Bob que je n'avais qu'entrevue par le passé, la partie de lui qui fumait le cigare derrière la maison et se ruinait l'appétit en grignotant des biscuits en cachette avant le dîner. Quand Joy n'était pas là pour le réprimander ou le corriger, Bob se lâchait.

— Franchement, ma belle, même si vous n'êtes plus ensemble, tous les deux, c'est toujours la famille qui compte. Tant que la famille ira bien, rien d'autre n'a d'importance. C'est ce que Joy dit toujours et elle a raison.

— La famille, c'est important, ai-je concédé. Je crois simplement qu'elle va trop loin, parfois, pour protéger la famille à tout prix.

Je pensais à Dan et à la façon dont Joy avait chassé les femmes qu'il avait blessées comme si elles étaient fautives et qu'il n'avait aucune responsabilité dans ces liaisons.

— En fin de compte, c'est l'essentiel, Clare, non ? La famille ! Joy m'a confié un jour que s'il arrivait quelque chose à nos garçons, sa vie serait terminée. « Il faut assurer leur sécurité, Bob. Quoi qu'il en coûte... »

Soudain frappée par la vérité, j'ai eu la chair de poule. J'ai observé Bob s'affairer dans cette cuisine superbe construite à la sueur de son front selon les directives de Joy.

— Ella ne s'est pas suicidée, n'est-ce pas ? ai-je demandé malgré moi dans le silence.

Il m'a regardée en fermant la porte d'un placard et a plié un torchon avant de secouer la tête très lentement.

— Ella créait des problèmes à notre Dan, a-t-il soufflé. Elle n'était pas bien pour notre Jamie ni pour la famille.

Il a plié le torchon une seconde fois pour ne pas avoir à me regarder dans les yeux.

— J'ai essayé de la raisonner, a-t-il poursuivi, mais elle refusait de m'écouter. Elle a dit qu'elle allait nous anéantir tous. Je ne pouvais pas accepter ça. C'était injuste pour Joy, pour les garçons. Tu dois le comprendre. Tu ne le diras à personne, n'est-ce pas ? Joy serait tellement contrariée...

J'ai vu ses yeux s'embuer de larmes.

Je peinais à respirer. Après une année à me demander ce qu'il s'était passé, à essayer de comprendre la mort d'Ella, je n'avais jamais envisagé ce scénario. Bob, le plus réservé, le laveur de vaisselle assez inefficace, toujours au second plan, qui ne vivait que pour faire plaisir à Joy et assurer son bonheur.

— Bob, vous ne pouvez pas me demander ça. On parle de la vie d'une femme, pas d'une petite bêtise...

— Joy... Elle ne me le pardonnerait pas.

— Vous ne pouvez pas cacher ça éternellement.

— Il le faut. Si elle l'apprenait, elle me quitterait et je ne le supporterais pas. Je t'en prie, Clare ! Mon boulot, c'est de protéger Joy et les garçons. « Protège-les, Bob, il faut assurer leur sécurité », dit-elle toujours. Voilà pourquoi j'ai dû m'occuper d'Ella. Elle était dangereuse, pas seulement pour nos garçons, pour nous tous. Elle menait Jamie par le bout du nez, elle racontait que Dan l'avait touchée et elle allait révéler à tout le monde pour Jamie et toi et...

— Vous êtes au courant pour Jamie et moi ?

Il a hoché la tête.

— Oh oui. Je le sais depuis longtemps. Jamie a toujours eu le béguin pour toi. Oh, ça ne serait pas allé plus loin. Il a toujours voulu ce qu'avait Dan. Cette nuit-là, quand vous avez... J'ai vu comment il te regardait, dans le jardin. C'est la faute de Joy qui leur achetait toujours les mêmes jouets quand ils étaient gosses.

Il a ri doucement.

— Bref, je suis monté me coucher, vous laissant dans le jardin, Jamie et toi. Plus tard, bien plus tard, Joy m'a envoyé lui chercher un verre d'eau, mais tu sais qu'elle ne boit que dans certains verres.

— Oui, ai-je répondu, au bord du malaise.

— Je vous ai entendus, dans le salon. Pas besoin d'être Columbo pour deviner ce que vous étiez en train de faire.

Bob a ri de sa propre plaisanterie médiocre.

— Joy est au courant... pour Jamie et moi ?

— Non. Ça lui briserait le cœur. Elle adore nos garçons et l'idée que l'un d'eux... avec la femme de l'autre... Comme moi, elle ne mettrait pas longtemps à faire le calcul, à penser que l'un des enfants de Dan pourrait être de Jamie. Tu imagines ?

Il a eu besoin de s'appuyer contre le comptoir tant cette perspective l'angoissait.

— Je croyais que nous avions réussi à éviter que la vérité n'éclate au grand jour, quand Ella est arrivée en Italie. Un jour, nous étions au bord de la piscine, et j'ai entendu Jamie te dire que lui et Ella voulaient obtenir la garde de Freddie et qu'elle allait révéler la vérité aux autres. Ensuite, il y a eu ces accusations contre Dan. Joy m'en a parlé et je ne l'ai pas toléré. Quelle souffrance ! C'était trop. Le cœur de Joy ne l'aurait pas supporté.

— Alors vous... ?

— Elle était là, dans le jardin, à faire son yoga. Je l'ai appelée pour l'attirer vers la piscine. J'ai fait ce que je devais faire, Clare. J'ai assuré notre sécurité.

Il a placé deux sachets de thé dans deux mugs et m'a regardée. L'espace d'un instant, il a affiché cet air vague qu'il avait quand il était perplexe – ou qu'il s'en donnait l'air. Puis ses lèvres ont dessiné un petit sourire.

— Maintenant, chacun de nous connaît le secret de l'autre. Si tu gardes le mien, je ne révélerai pas le tien.

Sur ces mots, il m'a fait un clin d'œil et a posé un mug de thé devant moi.

ÉPILOGUE

Je suis debout dans le salon, j'attends le retour de Dan. Par la grande fenêtre, je vois les couleurs de l'automne, les feuilles mordorées qui forment un tableau géant. Je serai triste de quitter cette maison.

J'enfile un gilet car il fait frais, la chaleur de l'été dernier est bien loin. La tension de nos vacances en Italie me semble si loin, à présent. Et ce soir, elle se sera encore davantage.

J'ai demandé à Joy de garder les enfants car il est temps que j'aie une conversation avec Dan.

« Oh ! Une soirée en amoureux ? a-t-elle commenté, les yeux pleins d'espoir, en pinçant ses lèvres rose vif. Vous êtes en train de changer d'avis sur le divorce ? Je l'espère. Je suis tellement contente que tu aies repris tes esprits, ma chérie.

— En effet, j'ai repris mes esprits, enfin, ai-je répondu en souriant. »

Sa satisfaction était visible.

« C'est bien, ma fille ! » s'est-elle exclamée comme si j'avais cinq ans.

Elle avait retrouvé la Clare qu'elle connaissait et qu'elle aimait, celle qui ignorait les infidélités de son homme et restait à ses côtés. Joy croyait nous avoir de nouveau sous sa coupe et, surtout, elle pouvait à présent réserver les prochaines vacances.

Comment peut-elle croire une seconde que je resterai avec Dan ? D'autant que Marilyn est rentrée d'Australie et que Dan et elle ont renoué le contact. Une de mes amies les a vus dans un restaurant de Manchester et ils semblaient « très proches ». Cette nouvelle ne m'affecte guère. Je ne ressens pas la moindre jalousie, le moindre regret. Je me dis simplement qu'au moins, elle est en vie. J'espère qu'elle le restera car tout le monde ne survit pas aux Taylor.

Ce soir, lors de ce que Joy croit être une « soirée en amoureux », un dîner aux chandelles au restaurant, je vais révéler à mon futur ex-mari que j'ai couché avec son frère. Je lui préciserai que notre troisième enfant n'est peut-être pas de lui et que son propre père a essayé de me faire du chantage pour que je garde son secret. Ensuite, je lui raconterai comment Ella est morte et je lui annoncerai que je vais appeler la police.

J'ignore comment Dan le prendra et je ne suis pas sûre de m'en soucier. Je veux simplement que les mensonges cessent. Sa mère a donné la grosse tête. Elle a permis à ses fils de vivre sans penser aux conséquences de leurs actes car elle était toujours là pour les tirer d'un mauvais pas ou éliminer l'origine du problème. Cette fois, à son insu, Bob est allé trop loin.

À présent, je suis heureuse de m'échapper de cette vie toxique faite de mensonges, de secrets et d'égoïstes. Peut-être ne sont-ils même pas capables d'aimer. Quand la vérité sera dévoilée, nous verrons si l'amour de Joy pour Bob est solide.

Si les Taylor voulaient que je n'aie confiance en personne à part en eux, je suis en train d'apprendre que je ne peux me fier qu'à moi-même. J'enseignerai à mes enfants à faire confiance et à être dignes de confiance, et à ne rien cacher à ceux qu'ils aiment. Ma famille, c'est Violet, Alfie et Freddie, et je les garderai proches de moi, à l'abri.

L'été dernier, ma belle-sœur a débarqué et ma vie en a été

bouleversée. Je voyais alors en Ella une ennemie. En réalité, elle aurait pu être mon alliée. Et même si elle n'est plus là pour le voir, je vais l'aider à atteindre son objectif. Je vais faire tomber les Taylor et rendre justice à Carmel. En d'autres circonstances, nous aurions pu être belles-sœurs voire amies. Hélas, les Taylor ont tout gâché. Cette fois, c'est fini. Je n'ai pas été à la hauteur et cela ne se reproduira pas. Finalement, on ne peut compter que sur soi-même. Ella le savait, mais n'a pas réussi à s'en sortir. Il est donc de ma responsabilité d'agir pour nous toutes : moi, Carmel, Marilyn et Ella, ma belle-sœur, qui me retrouve toujours, où que j'aille. Je sais qu'elle sera là. Avec son battement d'ailes de papillon, elle a invité l'ouragan, remué les eaux stagnantes, révélé les secrets qui faisaient le ciment de cette famille. Ce faisant, elle m'a montré comment mener la vie que je mérite.

Après ce soir, il n'y aura plus de secrets, plus de mensonges. Un ouragan se lève et je suis prête à affronter la tempête.

REMERCIEMENTS

Comme toujours, je remercie ma merveilleuse équipe chez Bookouture, qui se donne tant à chaque roman.

Merci à mon éditrice Isobel Akenhead d'avoir trouvé le coupable au cœur de cette forêt de mots, d'avoir lissé le récit et supprimé mes métaphores ! Je tiens aussi à remercier Jade Craddock d'avoir apporté les touches finales au texte.

J'adresse ma gratitude à Kim Nash et Noelle Holten pour leur travail acharné et à Sarah Hardy qui a lu les premières moutures et m'a prodigué de précieux conseils.

Enfin, merci à ma famille et à mes amis pour leur amour et leur soutien sans faille. Ils me disent toujours que je vais y arriver, même quand je n'y crois pas !

NOTES

Chapitre 14

1. Référence à un jeu vidéo rétro pour téléphone mobile.

www.ingramcontent.com/pod-product-compliance
Lightning Source LLC
Chambersburg PA
CBHW051120190726
48290CB00006B/1609